Juha Tuominen

Murha jäähallissa

Rikosylikonstaapeli Jaana Lindegrenin tutkimuksia 5. osa

Kannen suunnittelu: Samuli Savolainen
Sisuksen taitto: Ari Koponen

Teknistä ja toimituksellista tukea tarjosi teol. tri. Ari Koponen

Kustantaja: BoD · Books on Demand,
Mannerheimintie 12 B, 00100 Helsinki, bod@bod.fi
Kirjapaino: Libri Plureos GmbH,
Friedensallee 273, 22763 Hampuri, Saksa

ISBN: 978–952–80–9700–6

LUKU 1

Peli keskeytyy

Komisario Mauri Taponen asteli jäähallin käytävällä täysi pahvinen kahvimuki hyppysissään kohti lippunsa oikeuttamaa paikkaa pääkatsomon kolmannessa rivissä ylhäältä laskien. Matkalla hän ohitti lähimmän esimiehensä, ylikomisario Armas Leveelahden, mutta tämä ei huomannut alaistaan, joten tervehtiminen jäi toteutumatta. Peli käynnistyi. Kentällä olivat vastakkain HPK ja Ilves. Vaikka Mauri kaikkensa koitti, loiskahti kahvi kuitenkin hänen housuilleen. Hän ryysti liian kuuman kahvinsa mahdollisimman nopeasti tyhjiin ja laski kupin jalkoihinsa, jotta pystyisi keskittymään täysipainoisesti urheilunäytökseen.

Hän tarkisti vielä, että hänen kännykkänsä oli auki, koska hän oli päivystävä rikoskomisario. Periaatteessa olisi ollut suotavaa, että hän olisi ollut laitoksella, mutta tästä säännöstä joustettiin, kunhan rikososastolta joku päivystävästä ryhmästä oli paikalla. Mauri Taponen olikin sopinut suosikkietsivänsä

Jaana Lindegrenin kanssa, että tämä viettäisi iltaa linnakkeella.

Jo viiden minuutin pelin jälkeen Ilves johti 2–0. Katsomosta kuului tyytymättömiä huutoja. Kun ensimmäistä erää oli jäljellä neljä minuuttia, kompuroi Ilveksen nuori venäläispuolustaja omalla siniviivallaan niin, että HPK:n Masi Kinnunen sai kiekon ja pääsi etenemään Ilveksen maalia kohti. Hän täräytti kiekon räpylänpuoleiseen yläkulmaan. Tässä vaiheessa Mauri lähti hivuttelemaan itseään taas hallin käytävälle. Hän aikoi soittaa erätauolla työpaikalleen ja tiedustella oliko kaikki hyvin.

Hän oli juuri saanut uuden kahvin, kun hän päätti kuitenkin kurkistella erän loppuun. Aloituksen jälkeen Ilveksen puolustusalueella kiekko pomppi vaarattoman näköisesti Ilveksen nuoren venäläismaalivahdin ulottuville, mutta tämä kauhaisi tyhjää ja kiekko valui maaliin. Näin peli oli 2–2. Mauri siirtyi ulos tupakoimaan.

Siellä hän soitti Jaana Lindegrenin henkilökohtaiseen puhelimeen ja tiedusteltuaan tilannetta, hän sai huojentavan tiedon: vain yksi liikenneonnettomuus oli raportoitu viimeisen tunnin aikana, mutta sekään ei edellyttänyt rikospoliisin puuttumista asiaan. Mauri kertoi alaiselleen, että heitä oli täällä katsomossa hänen lisäkseen myös ylempää esimiesainesta. Jaana naurahti:

– Eikö se Leveelahti istu siellä ihan vakituiseen?

– Kai sillä on kausikortti.

Kun Mauri meni takaisin paikalleen istumaan, huomasi hän, että Armas Leveelahti ei ollut paikallaan. Ketään tuttuja hän ei saanut katseellaan paikallistettua, joten hän jäi rauhassa seuraamaan jäähöylän liikkeitä.

Muutamaa minuuttia aiemmin oli jäähallin huoltokäytävällä, jonka varrella joukkueiden pukusuojat sijaitsivat, ollut dramaattinen kohtaus. Kun joukkueet olivat sulassa sovussa astelleet omiin koppeihinsa erän päätyttyä, olivat käytävän kummassakin päässä päivystäneet järjestysmiehet kävelleet kumpikin puoleen väliin käytävää toteamaan, että käytävä oli tyhjä ja siirtyneet takaisin omille päivystyspaikoilleen. He seisoivat molemmat käytävän oven ulkopuolella. Tuomarien pukukopin viereisessä ovessa oli kyltti: välinevarasto. Sinne kätkeytynyt mies veti päälleen erotuomarin paidan. Valmiiksi hänellä oli jo mustat suorat housut ja mustat lenkkitossut. Hän astui käytävälle, siirtyi vierasjoukkueen pukukopin ovelle ja koputti sitä kuuluvasti.

Oven avasi Ilveksen maalivahtivalmentaja Ari Mäyrä. Käytävällä seisova mies tervehti tätä ja pyysi Tuomas Sarkalaa ovelle. Ari Mäyrä ihmetteli mitä asiaa tuomarilla voisi olla Ilveksen päävalmentajalle, mutta hän lupasi etsiä miehen. Sarkala löytyikin kopin perältä, jossa hän juuri selvitti fläppitaulun kanssa venäläispelaajille kuviota, jota tulkki selvensi pelaajille. Mäyrä kopautti häntä olkapäähän ja sanoi:

– Tumppi, erotuomarilla on sulle jotain asiaa tuolla ovella.

Tuomas Sarkala tuli pukukopin ovelle ja kysyi ihmetellen mitä asia koski. Mies viittasi hänet käytävän puolelle. Sarkala astui ulos ja sulki pukukopin oven selkänsä takana. Mies otti oikealla kädellään reiteensä kiinnitetystä kotelosta pitkäteräisen veitsen ja painoi sillä kevyesti Sarkalan vatsaa vasten. Toisella kädellään hän otti taskustaan pienen kankaankappaleen, ja sanoi Sarkalalle:

– Avaa suusi tai tämä puukko uppoaa mahaan.

Sarkala oli ihmeissään mutta avasi suunsa. Kankaankappale oli kloroformiin kostutettu, joten se maistui kuvottavalta, mutta teki myös tehtävänsä. Aine alkoi vaikuttaa Sarkalan kehossa huumaavasti välittömästi päästyään kosketuksiin limakalvon kanssa. Mies otti Sarkalaa kädestä ja saatteli tämän kulman taakse kohtaan, jossa oli loivasti V:n muotoisen käytävän alakärki. Paikassa oli katvealue, johon ei kummallakaan järjestyksenvalvojalla ei ollut suoraa näköyhteyttä. Normaalilla vilkaisuilla juuri kärkikohta jäi näkymättömiin.

Sarkala ei ehtinyt kysyä mitään, kun mies survaisi veitsen hänen vatsaansa. Samalla mies vannotti:

– Nyt jos et ole ihan paikallasi, niin kuolet just.

Sarkala nojasi selkänsä seinää vastaan ja hänen silmissään alkoi jo sumenemaan. Mies veti veitsen irti ja upotti sen saman tien uudestaan sisään, nyt oikealle puolelle mahaa. Sarkala putosi polvilleen. Mies kumartui hänen mukanaan ja toisti veitsimanööverin vielä kerran alavatsaan. Sitten hän veti veitsen vielä kerran irti ja upotti sen vasemman kylkikaaren alle lähes pystysuoraan ylöspäin, jolloin se väistämättä päätyi sydänpussiin. Sarkala oli jo lähes tajuton, mutta hän vielä kuuli, kun mies kirosi häntä ja raivosi:

– On olemassa ihmisiä, jotka tulevat estämään Suomen vanhimman ja hienoimman jääkiekko–organisaation pilaamisen venäläisillä tusinavahvistuksilla.

Mies jätti veitsen paikoilleen, astui muutaman askeleen oikealle, ja päätyi varauloskäynnin ovelle. Siitä mies pujahti hätäpoistumistielle. Ennen kuin hän astui hallista ulos, veti hän tuomarinpaidan pois päältään ja sen alta paljastui musta, korkeakauluksinen poolopusero. Jos mies olisi ymmärtänyt, että yksi tärkeimmistä todisteista häntä vastaan tulisi olemaan DNA–näyte tuomarinpaidasta, ei hän olisi ehkä jättänyt sitä jälkeensä. Hän oli kuitenkin ajatellut, että jos tuomariin asuun pukeutunut mies astuu kesken pelin ulos hallista, herättäisi se enemmän huomiota sivullisissa kuin tavallisissa vaatteissa kulkeva mies. Kun mies astui ulkoilmaan, pysähtyi hänen kohdalleen henkilöauto, jonka oikeanpuoleiselle etuistuimelle hän istui. Kuski kysyi:

– Menikö kaikki hyvin?

– Meni.

Miehet kurvasivat pois paikalta.

Ari Mäyrää oli alun pitäen jäänyt vaivaamaan se, mitä asiaa päätuomarilla voisi olla Sarkalalle ja hän lähti etsimään miestä käytävältä. Hän ei ehtinyt ottaa kuin muutaman askeleen, kun hän näki Sarkalan. Tämä makasi valtavassa verilammikossa kyljelleen lyyhistyneenä. Mäyrä kirosi, kumartui Sarkalan viereen ja yritti läpsiä tätä poskille. Hän painoi kätensä tämän kaulalle eikä löytänyt pulssia. Hän hyppäsi pystyyn ja paukutti nyrkillään HPK:n pukukopin oveen. Oven tuli avaamaan hänen kollegansa, kotijoukkueen maalivahtivalmentaja. Mäyrä huusi:

–Lääkäri, äkkiä!

Heti oli selvää, että oli kyseessä hätätilanne, joten HPK:n vastaava valmentaja ei ryhtynyt kyselemään, vaan juoksi kopin perälle, jossa hoitohuoneessa lääkäri tutki yhden pelaajan rannetta. Hän juoksi lääkärin luo, vetäisi tämän olkapäästä itseään vasten ja huusi:

– Nyt on joku hätä! Tule Ilkka heti, Ilveksen maalivah-
tivalmentaja etsii lääkäriä!

Ilkka Leppänen kaappasi lattialta mukaansa hoitovä-
linelaukun ja miehet juoksivat kopista ulos. Ari
Mäyrä oli jälleen Sarkalan vierellä, viittasi tulijat sinne
ja kertoi lääkärille, joka tuijotti hölmistyneenä, mitä
oli tapahtunut:

– Tuomari tuli hakemaan Sarkalan Tumppia. Ne tuli
tähän käytävälle ja nyt Tumppi makaa tuossa. Muuta
en tiedä.

Lääkäri kiskaisi Sarkalan paidan auki, jolloin heille
paljastui kammottava ja totaalinen tuho. HPK:n maa-
livahtivalmentaja, joka oli tullut heidän mukanaan
käytävälle, lähti juoksemaan kohti toista käytävän
päätä löytääkseen järjestysmiehen. Hän löysikin
omalta paikaltaan kokeneen järjestyksenvalvojan ja
palasi tapahtumapaikalle tämän kanssa.

Tällä välin kummastakin pukukopista oli tullut jo
muutamia pelaajia ihmettelemään mistä oli kyse.
Myös hallissa ollut ambulanssipäivystys oli hälytetty
ja samaa reittiä tieto saavuttaisi ennen pitkää myös
poliisin. Järjestysmies Pekka Vainio avasi suunsa:

– Se rikospoliisin yksi pomo istuu aina tuolla eteläpää-
dyn nurkassa vakiopaikallaan. Mä käyn hakemassa
sen.

Hän löysikin Armas Leveelahden ja viittasi tämän käytävälle pois katsomosta.

– Seuratkaa minua ja tulkaa. Mennään huoltokäytä- välle. Siellä on tapahtunut kamalia.

– Mitäs minä siellä...no, mennään sitten.

Leveelahti suostui varsin vastentahtoisesti tällaiseen hyvin toiminnalliselta kuulostavaan tehtävään. Kun he saapuivat huoltokäytävälle, oli paikalla jo puolen- kymmentä järjestysmiestä ja ainakin viisitoista pelaa- jaa. Leveelahti sai selostuksen tapahtumista useam- masta suusta. Hän sai myös kuulla, että poliisi oli jo tulossa.

Samassa käytävän päästä työnnettiinkin jo pyöräpaa- reja paikalle ja heidän perässään asteli myös sinihaa- larinen kaksikko. Leveelahti viittasi poliisiparin luok- seen. Paikalle oli saapunut myös järjestyksestä hal- lissa vastaava järjestysmiesten pomo, jota Leveelahti ohjeisti:

– Ketään ei saa päästää tästä hallista kotiin. Kaikki ovet siis lukkoon. Ja vasta kun saadaan kaikille oville poliisipartio, niin ruvetaan päästämään ihmisiä ulos. Kunhan siis saadaan ensin kaikilta henkilötiedot ylös.

– Entäs peli, kysyi joku HPK:n paidassa seisova jää- kiekkoilija.

HPK:n joukkueenjohtaja, joka oli myös hälytetty pai- kalle, sai Leveelahdelta selkeät ohjeet:

– Menet kuuluttamoon ja ilmoitat, että ottelu on keskeytetty. Mutta kaikkien on istuttava rauhallisesti paikoillaan eikä minkäänlainen ryntäily ole suotavaa. Soitan päivystävälle rikoskomisariolle.

Leveelahti otti tilanteen hallintaansa kokeneen rikostutkijan otteella, vaikka olikin toiminut jo vuosia hallinnollisissa tehtävissä.

Hän soitti Mauri Taposelle. Taponen vastasi nimellään puhelimeen ja ylikomisario älähti:

– Armas täällä. Missä sä olet?

– Olen jäähallissa.

– Helvetin hyvä. Sun ryhmäshän päivystää?

– Kyllä. Jaana on linnakkeella puhelimen vieressä.

– No sinä juokset nyt pikimmiten tänne pukukoppien luo, täällä on tapahtunut henkirikos.

Mauri lähti luonnollisesti näin selkeiden ohjeiden jälkeen heti juoksemaan paikalle. Kun hän oli ensimmäiset portaat alas selvinnyt, pysäytti järjestysmies hänet ja ilmoitti kaikenlaisen ryntäilyn olevan kielletty ja kaikkien olisi pysyttävä paikoillaan.

– Minä tiedän, Mauri totesi ja näytti virkamerkkiään ja pyysi raivaamaan tietä, että hän pääsisi mahdollisimman nopeasti pukukoppikäytävälle.

Kun Mauri saapui huoltokäytävän ovelle, oli Armas Leveelahti jo siellä vastassa. Mauri kysyi:

– Miten sinä tänne jo ehdit?

– Tuo yksi järjestysmies on vanha tuttu ja osasi tulla minut nykäisemään katsomosta.

– Kuka täällä on tapettu?

– Ilveksen valmentaja, Tuomas Sarkala.

– Älä helvetti. Onko tappajasta mitään tietoa?

– Ei minulla ole mitään tietoa muusta. Soita heti ryhmäsi paikalle.

Ensihoitajat odottivat kärryjensä kanssa. Leveelahti vaati, että ennen ruumiin pois viemistä olisi suoritettava tekninen tutkinta niin että ruumis olisi paikalla.

Mauri pysähtyi tapahtumapaikalle, tervehti kädenheilautuksella kaikkia, ilmoitti olevansa rikosta tutkivan ryhmän komisario ja että hänellä oli vastuu rikospaikasta, ja sen vuoksi kukaan ei saanut poistua vaan kaikkien oli mentävä omiin koppeihinsa.

– Peli on keskeytetty ja yritämme mahdollisimman nopeasti saada tilanteen sille tolalle, että pääsette kotiin.

Myös tuomarit seisoivat paikalla ihmettelemässä. Ari Mäyrä nappasi vielä Mauria hihasta ennen kuin suostui menemään koppiinsa.

– Sillä tappajalla oli tuomarinpuku, mutta ei se ole kukaan noista, se oli pienempi kooltaan se mies.

– Sinä siis näit hänet?

– En minä tappoa nähnyt, mutta minä avasin oven, kun tuomariksi pukeutunut mies tuli hakemaan Sarkalaa.

– Selvä. Mene nyt koppiin, me puhumme tästä myöhemmin lisää.

Taponen ohjasi myös tuomarit takaisin omaan koppiinsa.

– Kuulitte varmaan, että peli on keskeytetty. Kaikkia tullaan kuulustelemaan, kukaan ei saa poistua. Pitäkää myös ne tuomarinasut päällänne, älkääkä peskö käsiänne.

Sitten Mauri astui muutaman askeleen sivummalle ja soitti taas Jaanalle. Jaana vastasi puhelimeen toteamalla:

– Ei täällä ole edelleenkään mitään hätää.

– Mutta täällä on. Soita kaikki koolle. Täällä jäähallin huoltokäytävällä on ruumis.

Jaana keskeytti esimiehensä ja sanoi:

– Olepas hetki hiljaa. Kuuntele kun minä toistan. Tullaan koko ryhmä jäähallin pukukoppikäytävälle, siellä on ruumis.

– Juuri niin.

– Selvä.

– Ja tuo tekninen tutkinta tullessasi.

Aivan ensimmäiseksi Jaana soitti teknisen tutkinnan päivystykseen. Sitten hän ryhtyi pukemaan päälleen kevlar–liiviä ja vyötä, johon sai ripustettua pampun ja pippurisumuttimet. Samalla hän jo painoi puhelimestaan Simon pikavalinnan. Kun Simo avasi linjan, Jaana ei jäänyt kuuntelemaan vaan huusi:

– Kengät jalkaan ja takki päälle. Juokset ulos! Juokset kohti sitä makkarakioskia. Mä tulen linnakkeelta vastaan ja otan sut kyytiin. Jäähallissa on tapettu joku.

– Helvetti.

– Eikä siinä kaikki. Juostessasi soitat kaikki muut liikkeelle. Mauri on siellä jo. Jelena saa tulla päivystämään puhelinta, mutta Elias ja Ville on saatava kiinni ja sinne hallille. Nappaan sut kyytiin kun lähden täältä ja jätän putiikin hetkeksi ilman päivystystä.

Jaana juoksi portaita alimpaan kerrokseen, jossa järjestyspoliisin päivystäjä istui monimutkaisen näköisen kuulokepöydän ääressä. Jaana hihkaisi tälle:

– Kaikki partiot, jotka saat irti, niin jäähallille. Mä lähden sinne ja kerään meidän ryhmää kokoon. Mauri on siellä jo. Eli kaikki, jotka vaan saat irti! Päästäisiin kerrankin Kerhon peliin ilmaiseksi, mutta peli on keskeytetty.

Jaana napautti kesken juoksun avaimesta Audin ovet auki, hyppäsi kyytiin ja heitti etupenkille Simo Savulle kasaamansa työvälineet. Jaana runttasi etusäleikössä välkkyvän sinisen valon päälle ja sireenin soimaan. Tiellä oli rauhallista. Hän ehti Turuntielle Yömakkara-grillin kohdalle koko lailla samaan aikaan kuin Simo. Jaana heitti u–käännöksen ja Simo kysyi:

– Ehdinkö ostaa makkaran?

– Et ehdi.

Simo kiipesi kyytiin ja ihmetteli:

– Mihinkäs nyt näin tuli hännän alla ollaan matkalla?

– En tiedä sen enempää kuin että Mauri soitti äsken. Pohjantähti–areenan pukukoppikäytävällä on joku vainaa.

– Onpa mennyt kiekko kovaksi peliksi. Sain Villen kiinni ja se lupasi etsiä Eliaan ja tulevat kun ehtivät. Ja Jelena menee päivystämään puhelinta.

Poliisikaksikko paahtoi Poltinahontietä sellaista kyytiä, että muiden kulkijoiden oli syytä totella hälytysajon tunnusmerkkejä. Jaana ajoi suoraa hallin vasemmanpuoleiselle etuovelle. Siinä he joutuivat hetken aikaa rynkyttämään ovea, ennen kuin järjestysmies tuli laskemaan heidät sisälle. Jaana näytti virkamerkkiään ja ilmoitti heidän olevan rikospoliisista ja tulossa virkatehtäviin. Järjestysmies päästi heidät sisään ja sulki sitten oven takaisin lukkoon. Mies viittasi heidät seuraamaan perässä:

– Menette tästä suoraan, päädytte paikalle väistämättä.

Jaana ja Simo kävelivät reipasta kyytiä risteyskohtaan, josta pelaajat pääsivät jäälle. He näkivät jo kaukaa, että risteyksen täytti väenpaljous. Mauri huomasi heidät ja tuli vastaan. Hän pysäytti heidät ja ryhtyi heti antamaan esitietoja:

– Erotuomariksi pukeutunut henkilö puukotti hengiltä Ilveksen valmentajan Tuomas Sarkalan. Oli hakenut Sarkalan vierasjoukkueen pukukopista ja puukottanut tässä hengiltä.

Jaana tiedusteli:

– Missäs nyt ovat tuomarinpukua käyttävät herrat?

– Suljin ne tuonne omaan koppiinsa. Sinnehän meidän tulee ensimmäisenä mennä, mutta alkuoletuksen mukaan tappaja ei ole kukaan heistä.

– Miten niin?

– Yksi Ilveksen valmennusporukasta, sellainen siilitukkainen mies, oli avannut oven, kun ovea oli rynkytetty ja ovelta oli kysytty Sarkalaa. Oli ollut tuomarin kuteissa, mutta tämä kaveri ehti sanomaan, että hänen mielestään pukukopin ovella käynyt mies oli tuomareita lyhyempi. Tämä henkilö siis oli nähnyt hyvinkin tämän ovella käyneen miehen, itse puukotusta kukaan ei ole vielä ilmoittanut nähneensä.

Simo tiedusteli Maurilta:

– Mitä tuo Leveelahti täällä häärää?

– Älä nyt, meidän arvoisa esimiehemme oli ensimmäinen poliisihenkilö paikalla. Saa itse selittää, mutta ilmeisesti joku oli sen tunnistanut ja hakenut katsomosta.

– Ja sä olit täällä kanssa?

– Juu. Aarmas soitti mulle, mä soitin Jaanalle ja nyt ollaan tässä. Halli on suljettu. Ketään ei ole päästetty tietääkseni ulos sen jälkeen, kun ottelu keskeytettiin. Välikohtaus siis tapahtui ensimmäisellä erätauolla. Soitin myös jäppisten komisario Ketolalle. Se lupasi tulla organisoimaan tämän väen muistiinmerkitsemisen ja ulos päästämisen.

Jaana kertoi hälyttäneensä päivystävän tekniikan paikalle.

– Sen pitäisi olla paikalla minä hetkenä hyvänsä.

Samassa Ketola ilmestyikin paikalle. Miestä oli vaikea olla huomaamatta, sillä hän oli 195 cm pitkä ja massaakin oli varmasti 125 kiloa. Mauri kertoi tällekin lyhyesti mitä oli tapahtunut ja Ketola ymmärsi, että ensimmäinen tehtävä olisi saada ihmiset hallista ulos.

– On suoranainen ihme, ettei mitään paniikkia ole puhjennut. Onko mitään muita erikoistuntomerkkejä kuin veriset kädet mitä osattaisiin etsiä?

– Tosi huonosti. Odotahan, haetaan tuolta Ilveksen kopista se yksi kaveri.

Mauri Taponen ja Jussi Ketola astelivat Ilveksen koppiin ja Mauri tunnisti miehen, jonka kanssa oli puhunut. Hän vinkkasi tämän luokseen.

– Kerropas nyt mahdollisimman tarkasti sen henkilön tuntomerkit, joka kävi tuossa ovella Sarkalaa käytävälle kutsumassa.

Mäyrä oli toiminut ansiokkaasti ja tehnyt itselleen listan, että muistaisi kaiken. Hän oli aloittanut kuvan kokoamisen mielessään alhaalta ylöspäin:

– Miehellä oli mustat lenkkitossut, mustat suorat housut ja tuomarinpaita. Taisi olla myös mustat hanskat, mutta en ole ihan varma. Lyhyt tumma tukka, pienet viikset.

– Kuinka pitkä?

– Mä olen itse 179, se oli mua lyhyempi. Sanoisin 175.

– Näillä päästään jo aika hyvin liikkeelle. Mennäänhän nyt vielä katsomaan nämä oikeudenjakajat, jos kävisi niin hyvä tuuri, että tunnistaisit jonkun.

Seuraavaksi he marssivat tuomareiden pukusuojaan, jossa raitapaitainen nelikko istui yhä työvaatteissaan. Mauri kysyi aluksi:

– Onko joku teistä käynyt erätauon aikana vierasjoukkueen pukukopin ovella asioimassa valmentaja Sarkalan kanssa?

– Ei olla.

– Olitteko kaikki yhdessä koko ajan?

– Kyllä, paitsi vessassa on käyty, mutta se on tässä samassa tilassa.

– Onko kukaan erätauon aikana poistunut kopista?

– Silloin tultiin katsomaan, kun kuultiin että oli jokin häly käynnissä.

– No, tätä asiaa ei voi kauaa yleisöltä piilottaa, niin voin tässä sanoa, että tuomarinasuun pukeutunut mies kävi pyytämässä Sarkalaa ulos erätauolla ja hän on nyt ykkösepäilty Sarkalan puukotukseen, joka tapahtui tuossa muutaman metrin päässä.

– Ei helvetti, totesi toinen linjatuomareista ja sanoi saman hengenvetoon: – Peli pitää keskeyttää.

– On keskeytetty jo. Poliisi tulee haastattelemaan kaikki. Tässä vaiheessa järjestyspoliisit ovat ovilla, jossa otetaan henkilötiedot ylös ja kun saadaan rivit järjestykseen, niin ryhdytään käymään ihmisiä läpi. Tämä herra, mikä sinun nimesi olikaan?

– Olen Ari Mäyrä.

– Tämä mies avasi pukukopin, kun oveen koputettiin. Sen vuoksi hän on nyt mukanamme

Mäyrä sanoi: – Ei se ollut kukaan näistä. Nämä kaverit ovat varmaan ilman luistimia mua pidempiä. Ei se kukaan näistä ollut.

– Asia selvä.

Mauri totesi vielä tuomarinelikolle: – Ottelu on siis keskeytetty. Voitte riisua virkapuvut päältänne ja pukea omat vaatteet päälle. Takavarikoimme nuo tuomarien asut. Sitten annatte nimet tuossa käytävällä päivystävälle poliisille ja sitten olette vapaat tämän illan osalta. Kysyn teiltä vielä, että mistä hankitte näitä tuomarinasuja?

Toinen päätuomari vastasi: – Kauden alussa Liiga toimittaa riittävän määrän asuja. Käsittääkseni jokaisessa liigahallissa on tuomarin vara–asuja.

– Selvä. Onko näitä asuja missään myytävänä?

– Kyllä niitä on, siellä sun täällä.

– Eli tuomarinasun hankkiminen ei ole varsinaisesti vaikeaa?

– Ei ole.

– Selvä. Vielä minulla on yksi kysymys: onko tässä pukukopissa käynyt kukaan ennen minua tuomarinelikkoonne kuulumaton henkilö?

– Ei ole, miehet puistelivat päätään.

– Voitte riisua ja vaihtaa siviilit päälle.

LUKU 2

Ensimmäinen johtolanka ja tutkimukset alkuun

Jäähallilla saatiin kaikille oville organisoitua poistumispiste. Siitä pääsi aikuiset yksi kerrallaan, alaikäiset lapset saivat tulla vanhempiensa mukana. Kaikkien nimet kirjattiin. Ihmisille kerrottiin, että hallissa oli tapahtunut henkirikos ja että kaikkien tulisi olla helposti saavutettavissa lähiaikoina. Varsinaisesti ketään ei kielletty matkustamasta kauemmas. Näin halli ryhtyi hitaasti tyhjenemään ja itse rikospaikan läheisyydessä käynnistettiin poliisin tarkat tekniset tutkimukset.

Yksi avustavista järjestysmiehistä käveli varapoistumistietä aina ulko-ovelle asti ja hän näki jo muutaman metrin päästä, että hänen taskulamppunsa valokiilassa oli käytävälle viskattu erotuomarin paita. Hän palasikin takaisin ja vinkkasi ensimmäiselle kohdalle sattuneelle poliisille. Se oli Simo Savu.

– Löysin pois heitetyn erotuomarin paidan.

Simo pyysi yhden teknisistä tutkijoista mukaansa ja he lähtivät miehen seuraamana varapoistumistielle. Simo kyseli samalla, oliko tämä poistumistie aina avoinna.

Huoltomies vastasi: – Aina. Se on lakisääteinen juttu.

Tekninen tutkija kumartui paidan ääreen ja totesi: - Silmämääräisestikin sanottuna siinä on pieniä veritahroja.

Hän otti ensin valokuvan paidasta, sitten nosti sen todistepussiin ja veti valkoisella liidulla paidan löytymiskohtaan ruksin. Simo esitti vielä kysymyksen:

– Siis tästä ovesta pääsee poistumaan ulos milloin vain?

– Kyllä näin on.

– Vaikuttaa siltä, että meidän ratsiamme noilla hallin ovilla on täyttä ajanhukkaa. Tästähän se on mennyt.

Simo soitti Jaanalle ja pyysi tämän varauloskäynnille ja kehotti ottamaan komisarion mukaan. Jaana ja Mauri olivatkin hetkessä heidän luonaan. Paidan löytänyt järjestysmies kertasi mitä hän oli löytänyt ja mistä. Simo sanoi väliin ainoastaan varapoistumistien olevan aina auki.

– Joo, tästä se on mennyt, Maurikin myönteli.

Hän soitti järjestyspuolen komisario Ketolalle. Jussi Ketola hölkytteli nopeasti paikalle, totesi tapahtuneen ja piti myös todennäköisenä, että tästä oli syyllinen mennyt. Hän ei kuitenkaan halunnut keskeyttää hyvin etenevää hallin tyhjenemistä.

Mauri totesi Jaanalle ja Simolle: – Täällä on nyt tutkimukset niin hyvässä vauhdissa, niin eiköhän me mennä linnakkeelle ja pidetään ensimmäinen tutkimuspalaveri. Saadaan tämä meidän osalta käyntiin.

– Hyvä ajatus, totesi Jaana.

Simo esitti vielä, että he olisivat kerjänneet HPK:lta kassillisen makkaroita mukaan. Mauri totesi, että sen kun kerjäät. Simo kävi neuvottelemassa myyntipisteessä mahdollisesti hävitykseen menevistä lihapiirakoista ja makkaroista. Kyllähän näitä olikin, ja ystävällinen myyjätär valmisti Simolle folioon kääritytyn valtavan paketin höyrymakkaroita ja lihapiirakoita. Jaana odotti kärsimättömänä autossa, kun Simo hölkkäsi kyytiin makkarapaketti sylissään.

Mauri kysyi vielä ylikomisario Armas Leveelahdelta ettei tällä olisi mitään sitä vastaan, vaikka Mauri tiesikin, että Maurin ollessa tapauksen johtava tutkija, hänen ei tarvitsisi keltään mitään lupia kysellä. Armas Leveelahdella ei ollut vastaan sanottavaa, vaan hän aikoi myös osallistua palaveriin. He sopivat sen alkavaksi puolen tunnin jälkeen, puoli kahdeksalta, neuvotteluhuoneessa.

He kokoontuivat tutun pöydän ympärille kahvin, teen ja täytekeksien sekä Simon tuomien lihapiirakoiden ja makkaroiden ääreen. Pöydän ympärillä olivat tutkinnanjohtaja Mauri Taponen, tämän esimies ylikomisario Armas Leveelahti, Maurin ryhmän ylikonstaapelit Jaana Lindegren ja Simo Savu, konstaapelit Elias Saario, Ville Kohokas ja Jelena Rygmina sekä tutkintasihteeri Eeva Tolonen.

Mauri pyysi Eevaa tekemään fläppitaululle jonkinlaista aikajanaa ja ilmoitti palaverin alkaneeksi ja aikovansa itse laatia saman tien tapahtumista kronologisen asioiden seuraamista helpottavan järjestyksen, jossa hän piti keskiössä sitä missä järjestyksessä hän itse oli saanut mitäkin tietoonsa.

– Pohjantähti-areenalla, liigaottelu HPK-Ilves ensimmäisellä erätauolla, noin kello 17.40, sain puhelimessa tiedon esimieheltäni, että hallin huoltokäytävällä oli tapahtunut henkirikos. Olin silloin aika lailla suoraan vastapäätä katsomossa, ja lähdin juosten kohti huoltokäytävää niin ripeästi kuin pääsin. Ja pääsinkin ripeästi, sillä eräs järjestysmies teki minulle tietä pohjoiselle käytävälle, jossa oli tukkeeksi asti erätauon viettäjiä. Saapuessani paikalle ambulanssiväki oli juuri saapunut toteamaan, ettei mitään ollut enää tehtävissä potilaan hengen pelastamiseksi. Sain tietää monesta suusta heti, että kysymyksessä oli Ilveksen valmentaja Tuomas Sarkala, joka oli joutunut puukotusväkivallan uhriksi vain joitain minuutteja aiemmin. Ilmeni Ilveksen yhtä apuvalmentajaa, Ari Mäyrää, haastatellessani, että joku oli tullut koputtamaan heidän koppinsa ovelle, Mäyrä oli avannut ja oven takana oli seissyt noin 175 cm pitkä mies pukeutuneena erotuomarin asuun. Luistimia ei ollut, vaan lenkkitossut jalassa. Mies oli halunnut tavata valmentaja Sarkalan. Mies oli jäänyt käytävälle odottamaan, kun apuvalmentaja haki Sarkalaa. Sitten tuli parin kolmen minuutin katvealue. Ari Mäyrä lähti käytävälle etsiskelemään Sarkalaa, koska hän oli kiinnostunut siitä mitä asiaa tuomarilla voisi olla valmentajalla ensimmäisellä erätauolla perussiistissä pelissä. Mäyrä löysi Sarkalan verilammikosta makaamassa kyljellään. Pulssia hän ei löytänyt eikä saanut miestä tajuihinsa. Mäyrä astui HPK:n pukukopin ovelle, rynkytti sitä, kunnes sai sieltä jonkun havahtumaan. Taas kuulemma kysymyksessä oli maalivahtivalmentaja. Mäyrä vaati lääkärin paikalle, joka tulikin ja totesi Sarkalan kuolleeksi. Pari kertaa lääkäri painoi elvytysluontoisesti Sarkalan rintakehää, mutta tämä oli aiheuttanut vain veren pursuamisen puukonjäljistä. Lääkäri lopettikin painelun. Soitin Jaanalle, ohjeistin tulemaan hallille ja matkalla tavoittamaan kaikki ryhmän jäsenet. Ja nyt olemme tässä. Pidämme ensimmäistä palaveria. Olemme käynnistäneet murhatutkimuksen. Pistetäänhän murhatusta oma sivu.

Eeva Tolonen aloitti uuden sivun isosta lehtiöstä. Uhri: Tuomas Sarkala. 45 vuotta. Sitten hän kirjoitti: jääkiekkovalmentaja.

Mauri kysyi: – Tietääkö kukaan tästä Sarkalasta mitään erityistä?

Kaikki puistelivat päitään.

– Meidän täytyy siis ensitöiksemme ottaa yhteys Ilveksen joukkueenjohtoon. Pyydän, että sinä Jaana soitat tälle herralle, jonka nimi näyttäisi olevan Reijo Palo. Eli totuus on se, että emme tiedä uhristamme muuta kuin hyvin pinnallisen julkisen kuvans. Ja sitäkään jääkiekkoa seuraamattomat eivät tiedä. Joten jotain tässä on takana, mistä meillä ei ole vähäisintäkään käsitystä. Mietitäänpäs sitten murhaajaa.

Eeva avasi jälleen uuden sivun.

– Murhaaja on mies, 175-senttinen, plus miinus viisi senttiä, hoikka, kuuluu siihen loppujen lopuksi pieneen joukkoon ihmisiä, jotka pystyvät kasvoista kasvoihin tappamaan teräaseella uhrinsa.

Jaana keskeytti: – Emme voi olla varmoja, että hän on mies.

– Totta, Mauri tuki häntä ja jatkoi: – Jos ei ole kokenut tappaja tai koulutettu sotilas tai vastaava, kysymyksessä on persoonallisuushäiriöinen, vähintäänkin sosiopaatti, kenties psykopaatti. Mutta ei lähdetä vielä tähän arvailuun. Hän on tuntenut hyvin erätaukoproseduurin sekä paikan pohjapiirustuksen. Hän on ilmeisesti poistunut varauloskäynnin kautta välittömästi teon tehtyään ja siinä vaiheessa hylännyt tuomarin paidan, jonka todennäköisesti on saanut saman käytävän varrella olevasta välinevarastosta, jonka hyllyltä löysimme pinon tuomarien vara-asuja. Vaikka kun haastattelimme yhtä ottelun tuomareista kertoi tämä, että Liiga toimittaa heille kauden aluksi nipun numeroituja ja nimikoituja paitoja, mutta niiden ostaminen ei ole vaikeaa netistä tai kaupoista ja sen lisäksi niitä on jokaisessa hallissa varalta, joten surkea vihje on sekin.

Simo ehdotti: – Meidän täytyy julkistaa pikimmiten murhaajan pakenemisreitti ja toivoa silminnäkijää.

– Niin, kyllä, myönsi Mauri. – Tämä kaverihan ei varsinaisesti vältellyt nähdyksi tulemista. Toisaalta hänellä ei ollut muuta mahdollisuutta saada Sarkalaa yksin käytävälle.

Armas Leveelahti pyysi puheenvuoron. – Ilmoitan tässä vaiheessa, että minun antini tähän palaveriin on jo tullut läpikäydyksi, joten poistun paikalta. Sitä ennen kerron, että olen ilmoittanut tapahtumista keskusrikospoliisin päivystykseen. Sieltä minulle soitti takaisin Sari Lassila-niminen ylikonstaapeli. Tulee ottamaan yhteyttä Mauri sinuun vielä tämän illan kuluessa.

Jaana kysäisi tässä vaiheessa Maurilta: – Saitko muuten eilen Tiina Raikasta kiinni?

– Sain. Tai oikeastaan hän sai minut, kun olin ensin jättänyt soittopyyntöjä sinne ja tänne. Hän tulee mielellään meille, mutta pystyy aloittamaan vasta kahden viikon päästä maanantaina.

– Mitä sen pitää vielä kaksi viikkoa tuhnata?

– Ei suostunut kertomaan, mutta kahden viikon päästä tulee kuulemma mielellään. Kai se jotain töitä saattelee loppuun siellä petoksilla.

– Selvä. Eli tällaista korkean profiilin juttua lähdetään painamaan tuttuun tapaan vajaalla ryhmällä?

– Näin on. Mutta lohduksi voin kertoa, että minulle on jo myönnetty ensimmäisiksi kolmeksi päiviksi alkuhaastattelujen tekemiseen naapurijaoksesta kolme konstaapelia. Herrat Onni Nuutinen, Kari Hakala ja neiti tai rouva Niina Kilpiö ovat ryhmämme jäseniä muutaman päivän ajan. He ovat saaneet tiedon. Sanoin, että töihin pitäisi ilmoittautua huomenaamulla yhdeksältä. Olen pyytänyt tänä iltana paikalle kymmenkunta henkilöä esihaastatteluun tai ensimmäiseen kuulusteluun – sen saa toimittava viranomainen päättää. Tosissaan rupeamme huomenna purkamaan sitä jonoa, joka nimilistoista hallin ovilta koottiin. Mutta emme lähde sunnuntaiaamuna seitsemältä ovikelloja soittamaan, vaan kokoonnumme täällä yhdeksältä. Mutta sitä ennen tässä on Eliaalle kolme nimeä: HPK:n toiminnanjohtaja, halliyhtiön pomo ja ottelutapahtuman turvallisuuspäällikkö. Tulen itse tapaamaan Ilveksen paikalla olleen johtajan, joka jäi pyynnöstäni pois Ilveksen bussista sekä Ilveksen faniryhmän epävirallisena johtajana touhuavan Heini Hirven ja HPK:n vastaavan hahmon Jani Kupiaisen. Vedämme näitä kuulusteluja siten, että Jelena on Eliaan pari ja Ville minun parini. Simo saa tavata vielä tänään järjestysmiesten kenttäjohtajan, hallin teknisen pomon ja lisäksi olen järkännyt sinulle huoltokäytävän päissä seisseiden järjestysmiesten nimet ja puhelinnumerot. Ei olla koko yötä täällä, ennakoin, että tästä tulee pitkä ja hankala tutkinta. Luonnollisesti ylityölupa on vapaa, mutta mennään kuitenkin täksi yöksi kotiin, jotta ollaan huomenna lujassa iskussa.

Mauri vastasi välkkyvään puhelimeensa. KRP:n etsivä Sari Lassila kertoi saapuvansa paikkakunnalle huomenaamuna mukanaan Asko Kekkonen.

– Hän lieneekin teille jo tuttu, Lassila arveli.

– Tuttu on. Meillä on yhdeksältä ensimmäinen palaveri. Yrittäkää tulla siihen.

– Sopii hyvin.

Mauri kysyi vielä: – Onko kaikille nyt tulevan vuorokauden aikataulu selvillä?

Jaana tarkensi vielä: – Kysyisin vielä, että kun saadaan kohta ensimmäinen teknisen tutkinnan raportti, niin milloin siihen reagoidaan? Uskon, että Tolosen Sami tekee siitä vielä jonkin tiivistelmän.

– Niin varmaan, myönsi Mauri, mutta ei me sille yöllä mitään mahdeta. Otetaan sekin pöydälle huomenna yhdeksältä.

– Selvä. Lähden soittelemaan sinne Tampereelle. Olethan sinä yhteydessä aika lailla hetimiten Tampereen kollegaasi, että me tulemme vierailemaan todennäköisesti heidän kentällään, mutta kaikella ystävyydellä.

– Kyllä kyllä, tunnen sieltä oikean miehen. Olen ollut jo sinne yhteydessä ja nakitin heidät vastaan Ilveksen bussia. He ottavat sieltä muutaman henkilön jo tänä iltana haastatteluun. Ja se paikallinen komisario, joka on siellä vastuussa, on meille kaikille tuttu Kari Nieminen. Karinhan täytyy olla jo eläkeiässä, mutta niin vain kuuluu olevan päivystävä rikoskomisario.

Simo naurahti. – Se mies ei jää eläkkeelle. Aikoo kuolla poliisisaappaat jalassa.

– Voi olla. No niin, lähdetään kaikki töihimme.

LUKU 3

Ensimmäiset pelottavat ajatukset

Jaana sai puhelimella kiinni Reijo Palon. Jaana aikoi kysellä ensimmäiset kuulumiset puhelimessa, mutta Reijo Palo totesi, että olisi parasta, jos Jaana pääsisi vierailemaan Tampereella ensi tilassa.

– Minulla on jotain näytettävää.

– No, eihän se ole kuin alle tunti, kun pyyhkäisen sinne. Missä nähdään?

– Tule meidän toimistollemme. Täällä uudella areenalla. Aivan takaseinustalla on ulkoseinää vasten fanimyymälän ikkunat. Nähdään siinä oven edessä. Sovitaanko tasan tunnin päästä?

– Sopii hyvin, vastasi Jaana ja ilmoitti Maurille, että jos ei tällä ollut mitään sitä vastaan niin hän lähtisi Palon pyynnöstä Tampereelle.

– Totta kai. Mene vain.

Jaana ihmetteli mitä hänellä olisi vastassaan, kun Palo halusi hänet sinne jo tänä iltana. Olisivathan he sinne joka tapauksessa myöhemmin menneet. Jaana lasketteli niin lujaa, että saattoi pitää Lempäälässä pienen kahvitauon. Hän uskoi, että Palo varmaankin kahvia tarjoaisi, mutta hän halusi pitää pienen mietintätauon ennen perille pääsyä. Hän mietti koko asian ihmeellisyyttä. Valmentaja tapetaan kesken liigapelin. Hän ei ollut aiemmin sellaista kuullut eikä sellaista varmaan ollut koskaan käynytkään. Kyllähän tämä rikos selviäisi, oli se sen verran härski temppu, ettei murhamies pääsisi tästä läpi luikertelemaan.

Jaana ajoi autonsa suoraan Nokia-areenan taakse, jossa Palo jo istui omassa Mersussaan ja nousi ulos Jaanaa vastaan. He esittelivät itsensä ja Palo pyysi Jaanaa seuramaan.

– Tulepas katsomaan.

Ilveksen fanikaupan ikkunaan oli kirjoitettu isolla maalilla: "Otshin, harasoo". Jaana tiesi sen tarkoittavan oikein hyvää. Jaana kosketti sormellaan kevyesti maalipintaa. Maali oli vielä vähän nihkeää.

– Varmaankin spraymaalia.

– Niin kai.

Lisäksi myymälään oven lukkoon oli tungettu ilmeisesti pikaliimaan kostettu tulitikun puolikas.

– Tampereen järjestyspoliisi jo kävi kuvaamassa tekstin, mutta arvelin, että myös teidän olisi hyvä tämä nähdä.

– Onpas…aloitti Jaana, mutta jätti lauseen kesken. – Voidaanko mennä johonkin sisään?

– Toki, mennään tästä sivuovesta liikkeen takatilaan.

Palo oli näköjään hankkinut hallin monipuolisesta ruokailutarjoilusta viinereitä ja termoskannullisen kahvia. Jaana aloitti ensin pahoittelemalla suuresti Ilveksen kokemaa menetystä.

– Osaatko jo sanoa kuka tulee Sarkalan tilalle?

– En osaa, mutta huomenna se täytyy päättää.

– Oletko sinä ollut Sarkalan vaimoon yhteydessä?

– Olen. Itse asiassa joukkueemme lääkäri, joka ei siis ollut Hämeenlinnassa mukana, kävi tapaamassa Riitta Sarkalaa.

– Onko tavallista, että Ilveksen oma lääkäri ei ole pelissä mukana?

– No, koska sääntöjen mukaan kotijoukkueen tulee järjestää paikalle lääkäri, ja tämäkin herra joutuu katsomaan kaikki kotipelit, niin jääkiekkoa tulee enemmän kuin tarpeeksi. Hyvin harvoin haluavat siis lähteä vieraspeleihin.

– Ymmärrän. Tiedätkö sinä vihasiko joku Sarkalaa vai onko tämä suunnattu nimenomaan Ilvestä vastaan? Osaatko arvioida asiaa mitenkään?

– No, halusin tavata sinut myös toisesta syystä. Näytän sinulle kohta koneeltani postia, jota meille on viime aikoina tullut. Kutsuisin sitä vihapostiksi.

– Katsotaan heti, pyysi Jaana.

Palo näpytteli auki tiedoston, johon oli kopioinut kuusi erillistä viestiä palstalta, jossa kannattajat saattoivat kysyä kysymyksiä joukkueelta. Jaana luki viestit läpi ja ymmärsi heti, että niissä oli yksi yhtenäinen teema. Teeman saattoi referoida lauseen mittaiseksi: minkä vitun takia joukkueeseen hankitaan susipaskoja ryssiä?

Jaana kysyi Palolta: – Kuinka monta venäläistä pelaajaa teillä on listoillanne?

– Neljä. Kaksi on tällä hetkellä U20-joukkueen matkassa, kaksi liigajoukkueessa.

– Oletko samaa mieltä, että tässä on nähtävissä ankara protesti, joka ilmenee vihan muodossa nimenomaan teidän pelaajapolitiikkaanne kohtaan, jossa joidenkin mielestä on suosittu venäläispelaajia, jotka eivät kuitenkaan ominaisuuksiltaan joukkuetta vahvista? Tietenkään emme tiedä onko tällä liikkeen töhrimisellä ja vihapostilla mitään yhteyttä Tuomas Sarkalan kohtaloon. Täytyy sanoa, että toivon ettei ole. Mutta pahasti pelkään, että saattaa olla.

– Niin pelkään minäkin, myönsi Palo.

Jaana mietti hetken aikaa ääneti ja kysyi sitten: – Missä teidän venäläispelaajanne asuvat?

– Heillä on kullakin omat yksiönsä Hervannassa. Asuntoja, joita seura on vuokrannut jo vuosien ajan. Ne omistaa yksi rakennusliike.

– Ne ovat siis tavallisia vuokra-asuntoja tavallisessa talossa?

– Kyllä.

Jaana pyysi hetken taukoa keskusteluun.

– Minun täytyy soittaa esimiehelleni, voitteko odottaa hetken?

– Totta kai.

Jaana tavoitti Maurin kesken kuulustelua.

– Anteeksi, tiedän että olet kuulustelemassa, mutta täällä on ihan saatanallinen tilanne.

– Tulen käytävälle, kerro vain.

– Joukkueen fanituotemyymälän ikkunat on sotkettu venäjänkielisellä tekstillä ja seura pitää sellaista kysymyspalstaa faneille. Sinne oli tullut useita vihakirjoituksen kriteerit täyttäviä viestiä joukkueen venäläisistä pelaajista. Kyse on parikymppisistä kavereista. Olen tällä hetkellä helvetin huolissani näiden pelaajien turvallisuudesta. Minusta sinun pitäisi ottaa yhteyttä Tampereen kollegaasi, ja järjestää nämä kaverit johonkin turvataloon.

– Minä soitan Niemiselle, totesi Mauri ja sulki puhelimen.

Jaana palasi Reijo Palon luo ja tiedusteli: – Minkälainen kanta Sarkalalla oli näihin pelaajahankintoihin ja minkälainen hänen roolinsa niissä oli?

– Voidaan sanoa, että Sarkala oli aloitteen tekijänä ja ehdottomasti puolsi näiden nuorten venäläistaitureiden hankkimista. Nämä olivat siis nimenomaan Sarkalan hankintoja.

– Se oli julkisesti tiedossa oleva asia?

– Kyllä.

Tampereen rikoskomisario Kari Nieminen soitti Reijo Palon puhelimeen kesken Jaanan ja tämän keskustelun. Nieminen ilmoitti Palolle:

– Me tarvitsemme sinut mukaan ja tulkin, jota olette käyttäneet. Siirrämme nyt Ilveksessä pelaavat nuoret venäläispelaajat keskusrikospoliisin turvataloon.

– Onko tämä nyt tarpeellista, Palo epäröi.

– On tarpeellisempaa kuin koskaan. Joku vihaa heitä ja on valmis äärimmäisiin keinoihin.

– No niin kai, myönsi Palo.

– Ennen kuin Nieminen joukkoineen saapuu tänne, sanoi Jaana, pyytäisin vielä kertomaan tarkemmin Sarkalan ja näiden venäläisten yhteydestä?

– Ei siinä sen kummempaa dramatiikkaa ollut. Tuomas on käynyt katsomassa nuorten turnajaisia pitkin Eurooppaa ja kiinnittänyt huomionsa näihin poikiin jo kaksi vuotta sitten. Hän ilahtui viime kesänä, kun kuuli ettei näillä kavereilla ollut sopimusta mihinkään seuraan Venäjän ulkopuolella. Ja totuushan on, että nämä nuoret venäläispelaajat ovat meille paljon edullisempia kuin jotkut muut. Olisi ollut viideskin pelaaja Sarkalan kiikarissa mutta hän ehti sopia jo ruotsalaiseen joukkueeseen menosta. Nämähän tyytyvät pieneen palkkaan verrattuna viisi vuotta vanhempiin ja valmiisiin pelaajiin. Valmiita toki he eivät itse ole. Sarkala oli varma, että heistä kaikista olisi suuri ilo Ilvekselle.

– Onko teillä aiemmin ollut ongelmia fanien suhtautumisessa ulkomaalaispelaajiin?

– Jotain pientä on ollut, mutta ei me mitään vihapostia olla saatu. Jotain suunsoittoa vain. Usein on ollut niin hyviä pelaajia, että kannattajien antipatiat ovat nopeasti sulaneet. Nythän on pakko tunnustaa, että paikallispeli kaksi päivää sitten ei sujunut näiltä pojilta aivan nappiin ja kuulemma ensimmäinen erä Hämeenlinnassakin meni penkin alle. Mutta ei nämä niin huonoja pelaajia ole, että tämä reaktio voisi siitä varsinaisesti johtua. Minä olen sitä mieltä, että se johtuu heidän kansallisuudestaan.

– Olen samaa mieltä, myönsi Jaana.

Samassa Kari Nieminen jo koputti ovelle. Kun Palo kävi päästämässä tämän sisään, hän katseli ihmeissään Jaanaa ja totesi: - Lindegrenin Jaana. Mitenkäs sinä olet täällä jo nyt?

– No olisin joka tapauksessa tullut lähipäivinä, mutta kun herra Palo ehdotti.

– Minun syytäni tämä on. Olen kutsunut tontillesi vieraasta piiristä poliisin.

– Ei se mikään vieras ole vaan naapuri. Ja minä olin tämän Lindegrenin pomon kanssa puhelimitse yhteydessä. En vain kuvitellut, että tämä nainen on täällä jo tänä iltana. Oletko sinä Jaana sitä mieltä, että tämä töhertely liittyy siihen Sarkalan tapaukseen?

– En osaa sanoa, mutta kun Palo näytti tuota postia mitä seura oli saanut, niin en pidä sitä mahdottomanakaan.

– On saatana kyllä touhua, mutisi Nieminen. – Pitäisi kieltää koko saatanan SM-liiga, jos se aiheuttaa näin kovia reaktioita.

– Juuri tuossa herra Palon kanssa totesimme, että ei tämä ole reaktio näihin poikiin pelaajina, vaan Suomessa vähemmän suositun kansallisuuden edustajina.

– Niinhän se tietenkin on. Senpä johdosta me lähdemme tästä ja suljemme nämä venäläispelaajat, jotka onneksi ovat kaikki poikamiehiä ja asuvat yksin,

KRP:n käyttämään turvataloon, jonka tarkkaa osoitetta en tiedä edes minä itse. Kokoan heidät asemalle ja KRP hoitaa heidät eteenpäin. Onhan sinulla Jaana heidän puhelinnumeronsa?

– Kyllä vain. Ennen kuin luovut heistä, kysele vielä pojilta, että ovatko he joutuneet henkilökohtaisten rasististen ilmaisujen kohteeksi? Tai muuten kokeneet oman turvallisuutensa olevan vaarassa?

– Joo, jututan poikia hieman.

Palo onnistui jäämään pois Niemisen evakuointiseurueesta, kun hän sai mukaan lähtemään tulkin ja U20-joukkueen huoltajana toimivan Janne Yrjölän, joka oli ollut jonkinlainen isähahmo nuorille pelaajille. Niemisen poistuttua Jaana saattoi siis jatkaa Palon kanssa taustojen penkomista.

– Minkälainen se Sarkalan perhetilanne oli?

– Hänen vaimonsa Riitta on yksityisyrittäjä. Hänellä on valokuvausliike. Tuomaksen kertoman mukaan ei mikään kultakaivos, mutta kyllä rouva on sieltä kuulemma pystynyt joka kuukausi tilin nostamaan. Sitten heillä on 21-vuotias Outi-tytär, joka opiskelee paikallisessa yliopistossa sosiaalipolitiikkaa. Ei muita lapsia. Sarkalalla on kyllä jostakin nuoruudensuhteesta syntynyt toinenkin tytär, Jasmiina, joka ei ole kuin kaksi vuotta Outia vanhempi. Jasmiina on elänyt koko ikänsä äitinsä kanssa Jyväskylässä. En tiedä mikä on tilanne nyt.

Jaana kysyi edelleen: – Kuinka kauan Sarkala on toiminut Ilveksen leivissä?

– Tekisi mieli sanoa, että koko ikänsä, mutta siinä on ollut pieniä taukoja. Hän kävi Ruotsissa jo pelaaja-aikana ja siellä myös aloitti valmennustyöt paikallisessa U20-sarjassa. Sarkala itse asiassa voitti mestaruuden Växjön kanssa 4 vuotta sitten. Silloin saatiin hänet houkuteltua takaisin Tampereelle ja meidän U20-joukkueen peräsimeen, jossa hän oli kaksi vuotta. Varsinaista menestystä ei tullut. Nyt hän veti liigajoukkuetta toista vuotta. Viime kaudella oltiin runkosarjassa seitsemänsiä ja tipahdettiin ekalla playoff-kierroksella. Tämä kausi on mennyt samansuuntaisesti. Ollaan sarjassa kuudentena. Taloudellisesti on mennyt paremmin koska joukkueemme on halvempi kuin viime vuonna, eikä vähiten näiden venäläisten vuoksi, jotka pelaavat halvalla.

– Erikoista.

– Ei se ole erikoista, vaan normaalitilanne, jonka kanssa kaikki liigajoukkueet joutuvat painimaan. Pitäisi olla samanaikaisesti kannattavaa liiketoimintaa ja tapella urheilullisesta menestyksestä. Eli pärjätä mahdollisimman pienellä budjetilla.

– Yritän ymmärtää. Tärkein on nyt saatu kuitenkin tehtyä. Pojat ovat turvassa tällä haavaa. Minä lähden takaisin Hämeenlinnaan ja ryhdytään jahtaamaan sitä Sarkalan murhaajaa.

Jaana valmisti Paloa siihen, että he varmasti kutsuisivat häntä vielä virallisempaan keskusteluun Hämeenlinnan tulevaisuudessa. Palo ilmoitti tulevansa mielellään.

Jaana ajeli rauhallisempaa vauhtia takaisin kotiin. Matkalla hän soitti jälleen Maurille, kertoi tilanteen ja Mauri kehotti menemään häntä suoraan kotiin. Huomenna yhdeksältä palattaisiin duuniin.

Kun Jaana saapui kotiin, Jussi oli siellä jo kuumentanut glögiä. Halattuaan naistaan Jussi ojensi hänelle glögimukin ja saatteli hänet heidän viidennen kerroksen olohuoneeseensa. Jaana totesi, että ei auttaisi juopotella, kun oli hälytysaika. Jussi kertoi huomioineensa sen valmistaessaan juomaa.

– On niin mietoa, ettei voida puhua juopottelusta.

Jaana purkautui Jussille kysyen tämän käsitystä:

– Voiko olla mahdollista, että Suomessa on niin pimeää sakkia, että he jostakin rasistisesta syystä vihaavat SM-liigassa pelaavia nuoria venäläisjääkiekkoilijoita?

– Varmasti voi. Miten niin? Onko tähän ilmennyt jokin rasistinen motiivi?

– Ei välttämättä. Ei sillä tarvitse olla mitään tekemistä tämän murhan kanssa, mutta samaan aikaan Ilveksen toimistoa ja fanimyymälää on terrorisoitu selvässä ryssävihamielisyydessä. Ja Ilveksellä on neljä nuorta venäläistä pelaajaa palkkalistoillaan.

– Eihän sitä mielellään haluaisi uskoa, mutta kyllä nämä asenteet ovat suomalaisissa varsin syvällä. Ja muista, että jotkut jääkiekkofaneista eivät välttämättä ole maamme valistuneinta joukkoa.

– Eivät ole. Ja tiedän, etteivät ole poliisitkaan, mutta...kyllä ymmärrän, että täällä on ikäryhmiä, joille venäläiset ovat ryssiä ja edustavat jotakin pohjatonta pahaa. Tässä on kysymys kuitenkin parikymppisistä pojista, jotka ovat tulleet pelaamaan jääkiekkoa.

– Niinpä.

Kun Jussi haki heille lisää glögiä, jota hän oli pitänyt valmiina termoksessa, huomasi Jaana Jussin askelluksesta, ettei glögiannos ollut tälle ensimmäinen. Jussi myönsi, ettei ensimmäinen ollut, mutta kiisti olevansa humalassa.

– Sitä paitsi minä en ole hälytystyössä.

Jussi otti Jaanan kädestä tyhjentyneen mukin ja termoksen ja vei ne makuuhuoneeseen ja alkoi saatella myös naistaan sinne epämääräisillä tanssiaskelilla.

L U K U 4

Lisää jääkiekkoihmisiä

Aamulla yhdeksältä komisario Taposen ryhmä kokoontui täysimääräisenä ja lisäksi palaveriin ilmestyi ylikomisario Leveelahti. Paria minuuttia ennen yhdeksää neuvotteluhuoneen oveen koputti nuori nainen, joka kertoi olevansa ylikonstaapeli Sari Lassila. Hän kertoi, että KRP:stä tulisi paikalle myös Asko Kekkonen.

– Hänethän te hyvin tunnettekin. Mutta hän saapuu paikalle tänään myöhään tai viimeistään aikaisin huomenaamulla.

Mauri pyysi Lassilan sisään ja nuori nainen kiersi pöydän kätellen kaikki.

Kaikkien tuntema oikeuspatologi Sylvia Katajisto poikkesi myös palaveriin. Hän kertoi, ettei ollut vielä tehnyt ruumiinavausta, mutta ehtiessään tästä patologian laitokselle tekisi hän sen saman tien.

– Että jos joku haluaa tulla katsomaan, niin tervetuloa.

Jelena ilmoitti lähtevänsä mielellään avaukseen koska ei voinut osallistua kenttätyöhön.

Katajisto ihmetteli: – Miksi et voi osallistua? Tähän asti kaikki tuntemani rikospoliisit ovat lähteneet riemusta kiljuen kentälle välttääkseen ruumiinavauksen.

– Olen pieniin päin ja muistaakseni Sylvialla on mukavat, korkeat tuolit, josta seurata tapahtumia. Lähden mielelläni.

Mauri antoi ensimmäisen puheenvuoron Elias Saariolle, joka oli tehnyt Ville Kohokkaan kanssa suurtyön käydessään läpi koko aineiston, johon poliisi oli kerännyt hallissa paikalla olleiden nimet. Toki he olivat melko varmoja, että rikoksen tekijä oli poistunut hallista hätäuloskäynnin kautta, mutta jotain kautta hän oli tullut halliin ja jonkun vieressä istunut tai seissyt.

Elias totesi, että hänen listallaan oli yhdeksän nimeä, jotka olivat paikallisia hamppeja, joilla luultavasti puukko oli taskussa.

– Henkilökohtaisesti olen sitä mieltä, että nämä ovat niin heikkolahjaista sakkia, että ei näin raju teko heiltä onnistuisi vaikka sellaisesta haaveilisivatkin. Sitä paitsi mitä ihmeen motiivia meikäläisillä pikkurikollisilla olisi tappaa liigavalmentajaa? Tutkittiin Villen kanssa näitä ja ajateltiin ottaa näin aluksi kaksi jätkää haastateltavaksi. Nuutisen Hannu, varmaan kaikki tuntevat, paitsi tietenkin Sari. Ja Järvisen Jussi.

Simo ja Jaana nyökkäsivät tuntevansa miehet.

– Hyvä ajatus, myönsi Mauri. – Nuo kaksi ovat ainakin niin pehmeäpäisiä, että jos ovat olleet rikoksen hetkellä lähellä, on heitä syytä haastatella.

Jaana kertoi Tampereen reissustaan ja totesi myös:

– Nuoret venäläispelaajat, joita on Ilveksessä neljä kappaletta, on siirretty majoittumaan KRP:n turvataloon toistaiseksi. Ei ole tietoa onko verityön tekijällä yhteyksiä tähän muuhun sabotaasiin, mutta joku siellä jyrkästi vastustaa näiden venäläispoikien läsnäoloa.

Simo pyysi puheenvuoron ja totesi:

– On olemassa jokin syy miksi tämä tapahtui juuri Hämeenlinnan hallissa. Tutkin eilen hallien pohjapiirroksia eikä Hämeenlinnan halli ole sen turvallisempi tai turvattomampi kuin muukaan. Tulee siis väkisin mieleen, että surmatyön tekijä on täkäläinen. Meidän on ryhdyttävä kartoittamaan, oliko Sarkalalla mitään yhteyttä Hämeenlinnaan vai miksi tämä tapahtui juuri täällä ja juuri nyt.

Mauri pyysi Simoa käymään läpi paikalliset natsit ja mitä heistä tiedetään ja onko joku ollut tavallista aktiivisempi juuri nyt. Lisäksi Mauri painotti toista näkökulmaa:

– Varmasti jotain merkitystä on sillä, että tämä tapahtui juuri nyt. Kun ymmärrämme ajan ja paikan merkityksen, olemme jo pidemmällä.

Jaana muistutti Simoa:

– Muistatko kun käytiin sen Suomen Tuen toimistolla? Missä se yksi hullu kirjoitti jotain pamflettia? Se herätti huomiotakin, kun joku oli jakanut niitä koulussa ja opettajat olivat honanneet, että tässähän on kiihotusta kansanryhmää vastaan. Käytiin keräämässä ne pois ja puntaroitiin että kuka näitä hienoja tekstejä olisi voinut laatia. Yhtenä vaihtoehtona pidettiin tätä järjestöä, joka käyttää siis itsestään nimeä Suomen Tuki. He kannattavat kansallissosialistista oikeusvaltiota ja yksi rotu per yksi kansa -periaatetta. Voitaisiin lähteä käymään siellä uudestaan.

– Hyvä idea. Se äijä oli niin hullu, että siinä mielessä se olisi passeli ja kuvaan sopiva, mutta sen täytyy kyllä jo aika vanha.

– Kuuskymppinen, ehdotti Jaana.

– Sitä luokkaa. Mennäänkö heti aamupäivällä?

– Mennään vain.

Mauri kommentoi:

– Pyytäisin saada ottaa vähän kantaa siihen kuka tekee ja mitäkin. Aamupäivä sopii, mutta iltapäivällä olen sopinut sinulle Jaana tapaamisen klo 14.30, sillä tänne tulee SM-liigan pelaajayhdistyksen toiminnanjohtaja Jarmo Porkka. Porkka asuu Raumalla ja siksi ehtii tänne vasta iltapäiväksi.

Jaana jatkoi:

– Se on Turengissa, ainakin viimeksi oli, se Suomen Tuki, Rahkoilan kylässä vanhassa omakotitalossa. Talo oli kyllä niin huonokuntoinen jo silloin, että se on voitu purkaa, mutta käydään katsomassa.

Ylikonstaapeli Sari Lassila pyysi vielä puheenvuoroa ennen kuin väki hajaantui töihinsä.

– Haluaisin painottaa, että KRP on täällä avustamassa paikallista poliisia. Emme ole omimassa kenenkään töitä emmekä kiilaamassa kenenkään tontille. Toivon, että yhteistyömme on avointa ja samaan päämäärään tähtäävää.

Mauri kiitteli nuorta etsivää avoimuudesta ja totesi puolestaan: – Meillä ei ole kyllä koskaan ollut vaikeuksia KRP:n kanssa. Eikä meitä häiritse yhtään se, että jos sinä keksit kuka on verityön tekijä. Voit vaikka kysyä Kekkosen Askolta, yhteistyömme on aina sujunut hyvin.

– Niin Askokin sanoi eilen puhelimessa. Minulla oli vain niin masentava reissu tuonne Keski-Suomeen viime viikolla, jossa minun annettiin juuri ja juuri osallistua palaveriin, mutta jos erehdyin avaamaan suuni, se kyllä tukittiin tehokkaasti. Tuli tunne kuin minulla olisi jokin tauti. Asko kyllä sanoi, että nyt mennään sellaiseen ryhmään, joka ei ole niin

kateellinen ruumistaan, että sallivat muidenkin osal-
listua tutkimuksiin.

– Näin on, tervetuloa vaan, totesi Mauri.

Rahkoilassa

Jaana ja Simo lähtivät saman tien autoilemaan Turengin Rahkoilaan. Luonnollisesti Jaanan autolla. Kun he katselivat metsänreunassa kyyhöttävää punaista, vanhaa omakotitaloa, kysyi Jaana:

– Eikös se ole tuo?

– Sehän se on. Edelleen pystyssä näköjään. Sinne siis.

He ajoivat hiljaa peltotietä, jossa Jaanan Audi lanasi nurin puolimetristä, paikoitellen jopa metristä aluskasvillisuutta. Jaana käänsi auton valmiiksi nokka tielle päin. Se oli vanha poliisin tapa, jos tulisi äkkilähtö.

Minkäänlaista ovikelloa tai kolkutinta ei talossa ollut, mutta uloimmainen ovi ei myöskään ollut lukossa, joten poliisi asteli kuistille sen kummemmin huutelematta. Seuraavaa ovea he jo ryskyttivät nyrkillä, kunnes avasivat senkin itse ja ryhtyivät sitten eteisessä huutelemaan ja kyselemään oliko paikalla ketään.

Yläkerran portaista kuului miesääni: – Täällä ollaan. Mitäs poliisi haluaa?

Jaana ja Simo kiipesivät yläkertaan ja siellä istui heidän vanha tuttunsa Gunnar Mäntynen. Mies istui kirjoituspöytänsä takana ja näpytti vanhanaikaista ja suurikokoista sähkökirjoituskonetta, jonka tela palautuessaan täräytti koko pöytää. Jaana otti tuolin alleen ja istui miestä vastapäätä ja Simo teki samoin. Jaana tiedusteli isännältä:

– Onko siinä syntymässä pamflettia Suomen Tuelle?

Mies katsoi poliisikaksikkoa silmälasiensa yli ja myönsi näin olevan. Sitten hän otti piipun pöydältä ja ryhtyi lataamaan sitä.

– Miksi olette tulleet?

Simo avasi keskustelun kysymällä Mäntyseltä:

– Oletko nähnyt uutisen, että liigapeli keskeytyi lauantai-iltana dramaattisella tavalla Hämeenlinnassa?

Mäntynen katseli katonrajaa ja puhalteli savua.

– Olen nähnyt uutisen, että Ilveksen valmentaja tapettiin. Tulitteko ehdottamaan, että minä olisin tappaja?

– Emme, Simo rauhoitteli.

Mutta Jaana latasi kovempaa. – Olemme kyllä hyvin kiinnostuneita mitä meidän paikalliset natsit ovat siitä mieltä ja missä ovat olleet tapahtuma-aikana.

– No, ensinnäkään minä en ole natsi vaan isänmaallinen mies, joka vihaa kommunisteja ja muita hörhöjä.

Olen ollut jäähallissa viimeksi 1980-luvulla. Olin Turengin kylällä syömässä alkuillasta ja palasin sitten tänne.

– Yksinkö?

– Yksin olin syömässä ja yksin palasin, mutta tänne oli sinä aikana ilmestynyt veljeni.

Jaana kirjoitti jotakin ritsivihkoonsa ja sitten kysyi: – Tarkoitatko Ruben Mäntystä?

– Kyllä. Ei minulla muita veljiä ole.

– Näin meidän kesken on sanottava, että Ruben Mäntynen on suurin piirtein epäluotettavin alibi mitä tulee äkkiä mieleen.

Mäntynen totesi: – Tuon voisi ottaa kunnianloukkauksenakin. Mutta kun ei ole muita kuulijoita niin antaa olla. Ei Rubenista tee epäluotettavaa se, että hän on vuosikymmeniä sitten lusinut muutamia lyhyitä linnatuomioita.

– Ei se. Mutta kun kuuntelee Rubenia minuutin verran, niin se kyllä tekee. Ja eikä ne linnatuomiot luottamusta varsinaisesti kasvatakaan.

– Ei kinata siitä. Täällä istuin iltaa Rubenin kanssa puolille öin ja menimme kumpikin pehkuihin.

– Ja muita täällä ei ollut?

– Ei ollut muita.

– Sopiiko jos katselemme vähän ympärillemme?

– No sopii vähän, mutta en minä teille arkistojamme avaa.

Poliisit lähtivät kiertämään yläkerran aulaa ja avoimella ovella Jaana kysyi:

– Tämäkö on sinun huoneesi?

– Ei kun Rubenin. Minun on vastapäätä.

Poliisit kurkistelivat huoneisiin ja astuivat sisälle todeten veljesten maun olevan melko samankaltainen. Paitsi että toisella oli vain sinisiä tekstiilejä huoneessaan, kun toisella oli vain vihreitä. Yksivärisyys miellytti kumpaakin. Aulassa oli myös kolmas ovi, joka oli kiinni. Jaana kopautti sitä kengänkärjellään ja kysyi:

– Mikäs huone tämä on?

– Se on poikien huone.

– Minkä poikien? Onko teillä lapsia?

– Ei, kun meidän sisaremme kaksi poikaa tykkäävät olla täällä maalla ja olen antanut sisustaa itselleen yhden huoneen. Eivät ole nyt täällä.

– Tämä ovi on lukossa. Avaapas se.

– Onko teillä kotietsintälupa?

– Emme me mitään etsi, vilkaisemme vain.

– No ei teillä kotiinvilkaisulupaakaan ole.

– Voin minä potkaistakin tämän oven sisään.

– No, minä avaan sen.

Gunnar ravisteli taskustaan nipun avaimia, joista jotkut olivat toisen maailmansodan jälkeistä lukkoteollisuutta edustavia isoita avaimenlohdakkeita, joista yhdellä hän käänsi oven auki. Huone olikin muita isompi. Siellä oli kummallakin seinustalla yksi sänky, joten kaksi nuorta miestä mahtui hyvin siellä majailemaan. Sitten oli melko lailla vanhannäköinen pöytätietokone, mutta enemmän poliisia kiinnosti seinällä oleva rekvisiitta. Yhdessä julisteenkokoisessa kuvassa oli jääkiekkoilija.

Jaana kysyi Simolta: – Tiedätkö kuka tuo on?

– Tiedän. Se on Ville Sirén. Mutta ei ole Ilveksen vaan jonkun NHL-joukkueen paita päällä.

Sitten seinällä oli neliömetrin kokoinen, kaksinkertainen styroksilevy, johon oli nastoilla kiinnitetty erilaisia kuvia. Muun muassa venäläisiä jääkiekkoilijoita. Levyyn oli ammuskeltu ilmapistoolilla, joka näytti lojuvan lattialla. Lisäksi maalitauluina oli lukuisia suomalaisia vasemmistopoliitikkoja. Eniten Jaana järkyttyi kuitenkin löytäessään oman kuvansa. Se oli sanomalehdestä leikattu, viime vappuna otettu kuva. Kuvan alle oli kirjoitettu: punavihersuvakkikyttä.

Jaana totesi Simolle: – Minä taidan tietää nämä pojat. Olin viime vappuna töissä, kun järjestyspoliisi nappasi kuusi sellaista kollia kiinni. Pojat olivat sonnustautuneet sinimustiin asuihin ja varustautuneet kananmunilla ja spraymaalilla. Olivat aikeissa hyökätä vappumarssin sekaan. Mutta eivät ehtineet, kun jäppiset poimi ne kyytiin ja sitten ne roudattiin asemalle. Minä olin päivystävänä paikalla ja kävin todistamassa muutamia kuulusteluja. Pojilta otettiin maalit ja munat pois. Mutisivat kyllä, että ei niitä saanut ottaa. Pääsin tähän suosioon varmaankin siksi kun pohtivat siinä, että kirjoitetaanko pojille sakot. Ja minä ehdotin, että kirjoitetaan sakot, mutta pistetään pahnoille yöksi. Siitä alkoi aikamoinen mutina, mutta kun oli lupa pitää yön yli putkassa, niin pidettiin.

Jaana nappasi oman kuvansa styroksin päältä ja asteli ulos huoneesta. Hän napautti sen Gunnar Mäntysen eteen näppäimistölle ja sanoi:

– Onko mielestäsi asiallista, että teidän häirikkösukulaisenne ammuskelevat ilmapistoolilla poliisin kuvaa? Tai sen puoleen jääkiekkoilijoiden tai poliitikkojen kuvia?

– Joskus tässä maassa on jouduttu ammuskelemaan sitä sun tätä. En minä sitä valvo mitä he puuhaavat.

– Kysymyksessä ovat Jokisen veljekset, eikö vain?

– Kyllä.

– Sitä paitsi tässä on väärinkäsitys. Minä en ole puna-vihersuvakki. Suhtaudun esimerkiksi teidän kaltaistanne natsien toimintaan kaikkea muuta kuin suvaitsevaisesti.

– Pyydän, että et sano enää natsiksi tai hermostun.

Simo nojasi myös miehen kirjoituspöytään ja sanoi: – Ja mitäs sitten kun sinä hermostut?

– Yritän olla hermostumatta.

Jaana vaihtoi teemaa. – Mistä löydän Jokisen veljekset? Minulla on heille asiaa.

– Jos löydät, niin lähetä ne tänne. En minä tiedä missä ne kulkee.

– Asuvatko he täällä?

– Ei. Jossain muualla ovat kirjoilla, ovat vain välillä täällä. Kuten sanoin, viihtyvät maalla.

– Joopa joo.

Poliisit palasivat vielä poikien huoneeseen. He ihailivat myös toisella seinää olevaa julistetta, jossa oli kuvattuna ilves, haaskalla syömässä. Päälle oli kirjoitettu "Suomen Ilves". Jaana totesi:

– Onpa hieno kuva.

– Hieno on.

Simo tutki julistetta lähemmin ja alanurkasta löytyi pieni teksti, joka kertoi kuvan otetun Kuusamossa.

Jaana aukoi kirjoituspöydän laatikoita eikä löytänyt sieltä mitään merkittävää.

– Tiedätkö mikä tässä styroksiasetelmassa on erityisen häiritsevää sinun kuvasi lisäksi?

– En tiedä.

– Näistä neljästä jääkiekkoilijasta tunnen vain kaksi. Tuo yksi on Pavel Bure, ja sen alla Aleksander Mogilny, molemmat venäläisiä jääkiekkoilijoita.

– Se on kyllä epäilyttävää, myönsi Jaana. – Hyvä havainto, olisi jäänyt minulta tekemättä. Otapa mukaasi ne kaksi kuvaa, joita et tunnista. Näytetään sillä pelaajayhdistyksen kundille ne, jos se vaikka tunnistaisi ne. Lyödäänkö vaikka vetoa että venäläisiä nekin ovat.

Kun poliisit olivat lähdössä, tokaisi Jaana vielä Mäntyselle: – Jos niitä Jokisen vajakkeja näkyy, niin sano että ottavat heti minuun yhteyttä tai ovat vielä suuremmissa vaikeuksissa.

Mäntynen ei kommentoinut eikä poliisi hyvästellyt.

LUKU 6

Kekkosen paluu

Kun Jaana Lindegren ja Simo Savu saapuivat linnak-keelle, kohtasivat he ilokseen neuvotteluhuoneessa vanhan tuttunsa, tarkastaja Asko Kekkosen, joka oli istuutunut suojattinsa Sari Lassilan viereen ja asetta-nut oman koneensa tämän koneen viereen.

– Sopiiko Jaana, että jos minä ja Sari tulemme mukaan siihen pelaajayhdistyksen miehen puhutukseen?

– Sopii, mutta ei sitä miestä mistään epäillä.

– Tiedän. Haluaisin kuitenkin kuulla häneltä vähän laajemmin minkälaista vastaanottoa venäläiset pelaa-jat ovat muissa työpaikoissa ylipäätään kohdanneet. Toisena asiana pyydän, että lähdet minun kanssani katsomaan tapahtumapaikkaa.

– Kaikki käy, myönteli Jaana.

Mauri tokaisi tähän: - Muistan kun HPK:ssa pelasi Igor Kuznetsov. Hän oli koko yleisön lemmikki.

– Kyllä, kyllä, vastasi Asko. – Nyt on toiset ajat. Eikös se Igor ollut täällä Neuvostoliiton aikaan?

– Niin taisi olla, mietti Mauri. – Miltäs siellä Rahkoilan päämajassa näytti?

– Gunnar Mäntynen siellä väsäsi epistolaa kansalle. Olosuhteet näyttivät ankeilta. Purkuvalmis rötiskö metsän keskellä. Mutta kuitenkin olen sitä mieltä, että se paikka pitäisi tarkastaa kunnolla. Jos eivät löydä uutta päämajaa pian, jää meidän kotinatsimme pian sortuneen majan vangeiksi. Gunnar oli ennallaan. Rubenia emme onneksi tavanneet. Hänkin kuulemma on ennallaan. Mutta Jokisen huligaaniveljekset majailevat siellä. Ne ovat tälle Gunnarille sukua.

– Sisarenpoikia, keskeytti Simo.

– Niillä oli minun kuvani seinällä, johon ammuskelivat ilmapistoolilla.

– Älä helvetissä, älähti Mauri. – Onkohan se minkäänlainen rikos?

– On se, huomautti Asko Kekkonen. – Se on epäsuorasti henkilöön käyvä uhkaus tai loukkaus. Käräjäoikeus tuomitsee siitä sakkoja, kai siitä on annettu ehdollistakin.

– No, en aio lähteä siitä käräjöimään Jokisen älyrajoitteisia veljeksiä vastaan. Mutta pamputan kyllä kovempaa seuraavan kerran, kun saan tilaisuuden.

– Oletko pamputtanut heitä aikaisemminkin, kysyi Asko.

– En varsinaisesti, mutta viime vappuna ne otettiin kiinni. Olivat sonnustautuneet IKL:n väreihin ja valmistautuneet terrorisoimaan vappumarssia.

Järjestyspartio oli niin tarkkana, että eivät ehtineet heittää ensimmäistäkään kananmunaa, kun koko kuuden porukka oli maijan perässä ja tuotiin tänne kuulustelevaksi. Eihän siinä mitään kuulusteltavaa ollut. Kuusi parratonta typerystä, joilla ei tietenkään ollut aikomusta heittää munilla ketään. Muuten vain olivat odottaneet autokatoksessa porukalla perinteistä vappumarssia. Kirjoitettiin sakot, mutta minä vaadin, että ne pidettäisiin yön yli pahnoilla. Se oli ainoa sanktio mihin pystyttiin. Sakot ovat aivan varmasti maksamatta. Niillä on suvussa jostain syystä tällainen äärioikeistolainen hype päällä. Ja sille on tyypillistä se, että ovat ajastaan niin paljon jäljessä, että he pitävät varmaan venäläisiä kommareina. Siinä samalla ammuskeluseinällä oli pari venäläistä kiekkoilijaa, jotka Simo tunnisti.

– Joo. Kuuluisat puoluekaaderit Bure ja Mogilny. Sitten on taskussa vielä kaksi tunnistamatonta pelaajakuvaa samasta seinästä. Ajattelin kysyä siltä pelaajayhdistyksen kaverilta, keitä nämä ovat. Melko varmasti ovat nekin venäläisiä.

Samassa soikin Maurin puhelin. Alakerran päivystyksestä ilmoitettiin, että siellä oli mies salkku kädessään ja hän oli tulossa kutsutusti tapaamaan Sarkalan murhan tutkijoita.

– Minä käyn hakemassa, huikkasi Simo.

Simo tervehti miestä. Tämä esitteli itsensä Jarmo Por-
kaksi, pelaajayhdistyksen toiminnanjohtajaksi. Simo
kysyi uteliaisuuttaan:

– En nyt muista äkkiä missä joukkueessa pelasit Lii-
gaa.

– Pelasin Lukossa ja Ässissä.

Simo saatteli miehen neuvotteluhuoneeseen, josta
Mauri oli jo poistunut. Poliisiviranomaiset esittelivät
itsensä kädestä pitäen ja Jaana kertoi:

– Jos minä toimin puheenjohtajana. Kerron sinulle
mahdollisimman tarkasti mitä on tapahtunut ja mitä
olemme saaneet selville. Meidän on syytä olettaa, että
Ilveksen valmentaja Tuomas Sarkalan murha liittyy
ainakin epäsuorasti siihen, että hän on kuulemma
suosinut pelaajahankinnoissa venäläisiä pelaajia.

Jaana kertoi lauantai-illan tapahtumat, käyntinsä
Tampereella ja sen, että nyt he olivat edistäneet erityi-
sesti sitä tutkimuslinjaa, jossa rikoksen motiivina oli
ulkomaalaisvihamiclisyys.

– Vaikka onkin ehkä hieman erikoista, että uhriksi
kyllä valikoitui supisuomalainen valmentaja. Mutta
kuulin Tampereen reissulla, että Sarkalalla oli iso
rooli, kun näitä venäläispelaajia palkattiin Ilvekseen.
Sitten olemme tänään hieman pöyhineet paikallisia
rasisteja. Meillä on täällä yksi mielenkiintoinen ryh-
mittymä, Suomen Tuki, mutta he vaikuttavat varsin

onnettomilta enkä tiedä olisiko heillä eväitä rikokseen. Haluaisinkin että kertoisit, että onko venäläisvastaisuutta tai ylipäänsä ulkomaalaisiin kohdistuvaa vihaa ilmennyt muualla Suomessa?

Porkka kertoi olevansa aivan äimistynyt, mutta kertoi myös, että hänen tietoonsa oli tullut välikohtaus Oulussa, joka oli ollut lähinnä joukkueen sisäinen.

– Siinäkin häviäjiä olivat kaksi nuorta venäläispelaajaa. Pari kolme vuotta sitten Porissa yksi venäläinen ja yksi slovakialainen joutuivat jostain syystä kannattajien epäsuosioon. Silloinkin kysymys oli enemmänkin minusta vaatimattomista peliesityksistä, mutta ne sähköpostit, joita he saivat, niissä syytös oli vaihtunut väärärotuisuudeksi. Joitakin yksittäisiä kapakkatappeluja on tietenkin ympäri Suomea. Mielestäni kuitenkin olemme yllättävänkin hyvin säästyneet varsinaisilta rasistisilta hyökkäyksiltä. Kieltämättä tämä Ilveksen yhtälö, jossa on siis fanimyymälän vandalisointia, vihapostia ja murha, vaikuttaa minunkin mielestäni kaikessa rajuudessaan rasistiselta hyökkäykseltä. Varsinaisesti en kyllä osaa olla muuten teille avuksi.

Asko Kekkonen otti puheenvuoron. – Me pyydämme, että sinä viestittäisit tästä kaikille seuroille. Ehkä on työlästä jokaista pelaajaa erikseen pyydystää, mutta jos kaikille seuroille kertoisit, että tässä epäillään rasistista motiivia. Jotta osaavat olla varuillaan. Esimerkiksi lisäämällä hieman järjestysmiehiä.

– Se on jo tehty. Kaikkiin halleihin on lisätty 30 prosenttia lisää järjestysmiehiä, kunnes tekijä saadaan kiinni.

– Hyvä.

Simo otti taskustaan kaksi lehdestä leikattua pelaajakuvaa ja kysyi vieraalta, tunnistiko tämä tällaisia pelaajia.

– Tuo ylempi on Fedorov ja alempi on Ovetškin.

– Sehän tuli kuin apteekin hyllyltä, ihmetteli Jaana. – Kyllä minäkin jääkiekkoa seuraan, mutta en varmaan kadulla tunnistaisi kahtakymmentäkään ykköspelaajaa.

– En minäkään tunnistaisi kadulla edes kymmentä tämän hetken ykkösrosvoa.

– Kiitämme sinua. Tämä selventää sen, että jos meidän tämänhetkinen olettamamme on ollenkaan sinne päin, niin venäläisyys on tässä motiivina.

Simo saatteli Porkan takaisin aulaan ja tämä poistui ulko-ovesta. Porkka jatkoi matkaansa pääkaupunkiseudulle, ja kertoi olevansa matkalla puolustamaan pelaajaa, joka oli mielestään kärsinyt sopimusrikkomuksesta HIFK:n kanssa. Matkalla neukkariin Simo haki Maurin takaisin. Myös Ville ja Elias palasivat ja

Jelena pölähti ulkovaatteissaan ovesta. Hän jätti takkinsa tuolin selustalle ja sanoi tuovansa terveisiä patologian laitokselta.

– Ensinnäkin murha-aseessa täytyi olla vähintään 18 senttiä pitkä terä. Siis sangen kookas teräase. Sen sijaan terä itse on voinut olla hyvin kapeakärkinen. Ihosta se on mennyt läpi niin, että sen on täytynyt olla terävä, ehkä tikarimallinen. Periaatteessa kaikki lyönnit ovat saattaneet olla tappavia, mutta vasemman kylkikaaren alta suoraan ylös lyöty isku ainakin löysi maalinsa. Eli sydänpussin. Isku oli puhkaissut myös sydämen vasemman kammion. Pelkästään se olisi tehnyt Sarkalasta selvää parissa minuutissa. Sydänpussi täyttyi verestä ja esti sydämen jo muutoinkin vajavaisen pumppaamisen, joten hapensiirto loppui.

– Oliko Katajistolla luonnekuvaa tekijästä näiden perusteella?

– Hän sanoi, että kysykää siltä Tammen Jussilta. Hänen mielestään tässä ei ollut mitään erityistä. Jo lapsetkin tietävät, että sydän on vasemmalla puolella ja kylkiluiden muodostaman ontelon sisällä. Ei tässä oltu kuulemma mitään erityistaitoja tarvittu, kovaa luonnetta kyllä. Uhri on kuollut aivan käsiin. Muuten uhri oli täysin terve ja nuo neljä pistohaavaa olivat ainoat vauriot, jotka tekijä oli aiheuttanut. Lisäksi hänen suussaan oli ikään kuin trasselilanganpätkiä, mutta Katajisto luokitteli ne kangaskuiduiksi. Joka tapauksessa niissä on ollut jotakin tainnuttavaa tai muuta vastarintaa heikentävää ainetta, varmaan kloroformia. Eikö se siellä vähän haiskahtanut?

– Kyllä siellä kloroformi haisi, varmisti Mauri.

– Tekijä on siis houkutellut Sarkalan käytävään esiintymällä tuomarina. Sitten käytännössä tappanut hänet heti. Hän on siis joko kylmäverisen rohkea tai täysi peloton typerys. Jos olisi käynyt vähäänkään huono säkä, olisi hän jäänyt kiinni välittömästi. En kerta kaikkiaan käsitä tätä. Ymmärrämme teknisesti miten tämä on mennyt, mutta mikä on motiivi? Sarkala olisi sata kertaa ollut helpompi ampua kadulla kuin hiiviskellä tuomarinpaita päällä hallissa. No, ehkä se on hyvä, ettei ymmärrä kaikkea mielipuolien järjenkäytöstä. Mutta siitä olen Sylvian kanssa samaa mieltä, että sinä Jaana tuot huomenna Jussin mukanasi työmaalle.

– Voin tunnustaa, että olen jo vähän briiffanut Jussia. Kyllä vanha psykologi uhkuu taistelukuntoa.

– Hyvä. Päästetään irti, lupasi Mauri. – Mitä seuraavaksi tehdään? Onko rakentavia ehdotuksia?

Jaana sanoi: - Minulla on. Haluan ehdottomasti ne Jokisen kusipäät kiinni. Keksin jostakin rikoksen, jotta saan heidät lusimaan vähäksi aikaa, jos heistä ei murhamiehiä paljastu. He ovat kadonneet. Heillä on toki suurenmoista kaltaistaan kaveripiiriä muuallakin kuin Hämeenlinnassa.

Mauri totesi: – Tässä on kaikki edellytykset antaa Karhuryhmän tyhjentää se mörskä sieltä Rahkoilan perukoilta. Nehän voivat vahingossa polttaa sen jollakin sokaisuraketilla, niin päästään siitäkin paheen pesästä eroon. Täytyy vain ensin saada ne Mäntysen veljet ulos, jos ei Jokisen poikiin törmätä. Huomenna illan pimetessä, klo 21-22 välissä, jos karhulle sopii, isketään sinne. Päästäänhän vähän eteenpäin ja saadaan kunnolla tönäistyä sikäläistä maailmaa. Tämä on siis karhuryhmän operaatio.

– Joo, mutta kai heitä saa meikäläiset kuulustella?

– Toki.

Mauri sanoi: – Minäpä soitan Olavi Kopralle. Jos hän sattuu olemaan talossa, niin voimme heti vähän suunnitella.

Kopra oli paikallinen karhuryhmän komisario, joka saisi ottaa työn alle ryhmän kokoamisen.

Maurin puheluun vastattiin ja Kopra kertoi juuri riisuneensa työminänsä pukukaappiin ja vetäneensä siviilit päälle. Mauri pyysi häntä poikkeamaan ihan vain siviileissä heidän neukkariinsa. Hetken päästä oviaukon lähes kokonaan peittävä mies seisoi ovella. Hän katseli ympärilleen, morjensti kaikkia muita mutta kävi paiskaamassa Sari Lassilan kättä.

– Emme ole kai tavanneet.

– Emme. Olen Sari Lassila, KRP:stä.

– Minä puolestani olen järjestyspoliisiin komisario, joka on koulutettu myös karhuryhmän komennusten koordinoijaksi. Nimeltäni olen Olavi Kopra.

– Istu siihen, niin minä kerron mikä on kohde ja missä, kutsui Mauri miehen peremmälle.

Olavi Kopra lorautti itselleen kahvia pahvimukiin ja otti taskustaan vihon ja kynän. – Anna tulla.

– Tiedätkö missä on Turengin Rahkoila?

– Tiedän.

Jaana keskeytti. – Kohteena oleva talo näkyy siitä kantatieltä. Pystyn näyttämään tarkkaan kartalta. Vanha, punavärinen huonokuntoinen kaksikerroksinen talo.

– Paljonko on oletettu miesluku sisällä?

– Oletettu on yksi tai kaksi. Toivottava on neljä. Kaksi ukkoa siellä asuu, mutta kiinnostavampi kohde ovat siellä säännöllisesti majaa pitävät nuoret miehet.

Jaana puuttui taas keskusteluun. – Nämä nuorukaiset ovat Ilpo ja Ismo Jokinen. Kaksi syrjäytynyttä ja heikkolahjaista jätkää, jotka yrittävät nostaa itsetuntoaan vihaamalla ryssiä ja viljelemällä aivan älytöntä väkivaltaa.

Simo jatkoi: – Talon varsinaiset asukkaat ovat kaksi vähän yli 60-vuotiasta herraa, jotka toimivat tämän Suomen Tuki-nimisen yhdistyksen aivoina ja varmaankin ainoina jäseninä.

– Ei, Mauri keskeytti. – Kyllä sillä on tiedustelutietojen mukaan 50 jäsentä.

– Helvetti. Siellähän saattaa olla puolensataa natsia vastassa. Sehän vaikuttaa tietysti meidän ryhmämme kokoon ja asenteeseen.

– Teoriassa. Minä en siihen usko. Mutta varaudutaan sitten siihen, että siellä on 50 natsia vastassa.

– Koska pitäisi iskeä?

– Huomenna pimeän tullen. Ajattelin sen parhaaksi.

– Kyllä ilta-aika on varmaan paras. Soitan jätkät koolle ja käydään ajelemassa pari kertaa päiväsaikaan ohi, että nähdään mestat.

Jaana sanoi: – Mestoja ei paljoa näe ruohon takia, mutta tie on merkattu, kun ajoin sinne. Yksi piharakennus siellä on, näytti autiolta.

– Koska olette käyneet siellä?

– Tänään.

– Sittenhän te osaatte piirtää minulle aika tarkan pohjapiirroskuvan.

– Kyllä me jonkinlainen saadaan aikaan.

– Hyvä. Tulen huomenna tähän samaan paikkaan. Onko yhdeksältä hyvä?

Mauri nyökkäsi.

– Otan ryhmästä kolme ylikonstaapelia mukaan. Me ollaan kyllä niin isoja, että tämä huone tulee täyteen.

– Oletteko te kaikki noin isoja?

– Ei leveyssuunnassa mutta pituussuunnassa kyllä. No, yritetään mahtua.

Mauri sanoi lopuksi: - Huomenaamulla siis jatkuu vähän toiminnallisemmissa merkeissä.

Jaana kilautti kotiin saapuessaan jo eteisestä Jussille ilouutisen. – Mauri toivoo sinun osallistuvan huomenna aamulla palaveriin. Karhuryhmän korstotkin tulee ja on tarkoitus jyrätä maan tasalla Suomen Tuen päämaja Rahkoilassa.

Jussi ihmetteli: –- Kuka sellaiseenkin voi valtuudet antaa?

– Ei kukaan, mutta vahingossa se voi mennä huonoon kuntoon.

– No niin tietysti. Siinähän meillä ei ole mitään roolia.

– Sinulla ei, mutta aion mennä paikan päälle kurkistelemaan.

– Niinpä tietysti. En minä hetkeksikään kuvitellutkaan, että malttaisit olla poissa, kun kovat jätkät rytistelevät kerrankin näillä kulmilla.

LUKU 7

Haastatteluja hallista toiseen

Seuraavana aamuna yhdeksältä oli väkivaltarikosyksikön neuvotteluhuoneessa innokkaan tarkkaavainen ryhmä koolla. Maurin johtaman yksikön lisäksi paikalla olivat psykologi Jussi Tammi, KRP:n kaksikko Asko Kekkonen ja Sari Lassila ja järjestyspoliisista komisario Olavi Kopra ja kolme ylikonstaapelia, joita Kopra nimitti luutnanteiksi: Janne Yletyinen, Petteri Lind sekä Pasi Ruponen. Miehet olivat kaikki noin 30-vuotiaista, 190-senttisiä ja ennemmin hieman yli kuin ali satakiloisia.

Simo oli ottanut tehtäväkseen laatia millimetripaperille Rahkoilan kohdetalon pohjapiirroksen. Näki hyvin, että mies oli nuorena haaveillut opinnoista teknillisessä yliopistossa. Mutta kun ei ollut selviytynyt pääsykokeista, oli päätynyt poliisikouluun. Kopra kiitteli häntä erinomaisen tarkasta esityksestä. Jaana esitti kuvaan vain yhden muutoksen: hänen mielestään kantatieltä kohdetalon pihaan oli ennemmin 200 metriä kuin Simon kuvaan merkkaamat 120 metriä.

Ongelmia aiheutti hieman, että kukaan ei tiennyt talon kellarikerroksesta. Oli kuitenkin oletettavissa, että tuon ikäluokan talossa oli ainakin osittain avoin kellaritila. Olavi Kopra ryhtyi jakamaan töitä.

– Kun mennään sisään, ota sinä Pasi kahden vääpelin kanssa tarkistaaksesi kellarikerros. Me muut käydään ensin ensimmäinen kerros läpi, sitten siirrymme ylimpään kerrokseen, jossa on ennakoitavissa toiminnan pääpiste. Kerro vielä Jaana, miten kuvailisit näitä vanhoja herra Mäntysiä?

– Mäntyset ovat tavallisten vähän yli kuuskymppisten kuntoisia, eli huonokuntoisia. Eli heistä ei ole fyysistä vastusta. Varmasti ovat kuitenkin aseistautuneita, eivät raskaasti, mutta jonkinlaiset vanhat FM:t taskussa. Jos siellä on nuorempaa väkeä, heillä voi olla parempiakin pyssyjä. Veitset ovat kaikilla tietysti vyöllä. Mutta vielä näistä Mäntysistä sen verran, että niin uskomattomalta kuin se kuulostaakin, he ovat tämän ryhmän jonkinlainen terävä pää. Vaikka sen täytyy perustua enemmän siihen, että he eivät fyysisesti kykene muuhun kuin naputtamaan ohjelmajulistuksia. Eikä Ruben pysty edes siihen.

– Mikä tätä Rubenia vaivaa, Kopra kysyi.

– En tiedä millä diagnoosilla menee, mutta jollakin. Se on ihan sellainen pöhkö, mutta sellainen pöhkö, että kynnys painaa liipaisinta on hyvin matala. Näin pelkään. Mutta kuten todettua, hän ei siellä viimeksi ollut. Siellä se kuitenkin asuu. Ei se Turengin pubeja kauempana istu ja ajelee sitten puolueen Ladalla pesäpaikkaansa.

– Puolueen auto ei ole enää Lada. Rubenilla on nimissään Renault Clio.

– Katsos vaan. Puoluehan näyttää olevan nousussa.

Kopra jatkoi: – Tarvitsemme sinne lisäksi pari järjestyspartioita kyttäämään siihen kantatielle. Ja minä haluan myös kaksi ambulanssia. Ja te päivystätte täällä, ollen heti valmiina kuulusteluihin.

– Kyllä, Mauri lupasi.

Jaana kysyi Kopralta: – Minä haluaisin tulla paikan päälle näkemään sen pidätyksen.

– Minkä takia?

– Haluaisin vain.

– No, ei ne mitään yleisönäytöksiä ole, mutta en voi sinua kieltääkään. Onko kaikille nyt kaikki selvää?

Mauri kysyi: – Kuinka monta miestä tciltä tulee?

– Minä ja yhdeksän muuta. Miehet kulkevat kolmen yksiköissä, edellä kilpimies, sen takana MP-konepistoolimies ja hänen takanaan pumppuhaulikko. Meillä on kevlar-liivit ja kypärät. Tuollaisessa kohteessa menemme vaikka seinästä läpi, mutta yritämme nyt käyttää oviaukkoja. Luultavasti heittelemme muutamia valokranaatteja, vaikka nämä nuoremmat kaverit haluaisivat vähän mäiskiä, mutta minä en piru vie jaksa vaan haluan tainnuttaa sen porukan nopeasti.

– Kuinka kauan sen tainnutuskranaatin aiheuttama toimintakyvyttömyys kestää?

– Henkilö ei näe mitään kolmesta viiteen minuuttiin eikä kuule kymmeneen minuuttiin. Eli sen verran aikaa, että saadaan rautoihin ja sivummalle odottelemaan noutoa. Eli otamme paikalla olevat henkilöt kiinni kyselemättä kuka on kuka, teille jää sitten tekniselle ja rikostutkinnalle materiaali tutkittavaksi. Me emme sitä ryhdy penkomaan.

– Hyvä, kaikki lienee selvää, Mauri lopetteli.

Ennen kuin ryhmä hajaantui kukin tahoilleen, Jaana vinkkasi Kekkoselle: – Lähdetäänkö käymään jäähallissa?

– Joo, mennään.

Jussi Tammi ilmoitti tulevansa mukaan.

Jaana ajoi Audinsa hallin eteen varauloskäyntioven kohdalle. He olivat etukäteen ilmoittaneet halliyhtiön toimistoon, että joku tulisi avaamaan heille ovia. Pihalla seisoikin pikkutakkisillaan mies, joka esittäytyi halliyhtiön toimitusjohtajaksi. Hän avasi heille oven ja Jaana kertoi sisään mennessään:

– 99 % todennäköisyydellä murhamies pakeni tästä ovesta. Tämä on aina auki sisäpuolelta, eikö niin?

– Kyllä näin on, se on lakisääteisesti oltava aina sisältä avattavissa.

– Vereentynyt tuomarinpaita oli tuossa lattialla, oven vieressä.

He kävelivät lyhyen käytävän ja saapuivat t-risteykseen, joka ohjasi heidät hallin huoltokäytävälle, jossa pukuhuoneet sijaitsivat. He kävelivät hiljaa Jaanan samalla selostaessa:

– Tuossa on tuomarien pukuhuone. He olivat siis ainoat henkilöt, joiden piti olla tuomarin paita päällä. Heidät on kaikki toistaiseksi vapautettu epäilyistä. Murhamies ei ollut pitkä ja tuomarimiehet olivat kaikki yli 180-senttisiä, joten ainoa henkilö joka tekijän oli nähnyt, osoitti heti paikalla, että kaikki tuomarit olivat liian pitkiä ja lisäksi heillä oli alibi: he eivät poistuneet kopista mihinkään ennen kuin hässäkkä alkoi.

Asko kysyi: – Mihin johtavat nuo kierreportaat ylöspäin?

– Ne johtavat anniskelutiloihin, seuraavan kerroksen baarikäytävälle. Tämä on teoriassa valvottu reitti, jota ei pitäisi pystyä kulkemaan huomaamatta alas, mutta käytännössä kyllä siitä joku pääsisi. Tämä on varmentanut järjestysmiesten esimies.

Jaana sanoi: – Me emme tiedä murhamiehen reittiä, mutta tämä on yksi vaihtoehto. Tästä vaihtoaitioiden välistä on myös mahdollista pujahtaa, jos vain näyttää sellaiselta henkilöltä, jolla on lupa kulkea. Oli minulle yllätys, kun kuulin, että yhden joukkueen vaihtoaitioissa saattaa olla erän aikana pelaajien lisäksi jopa 10 eri henkilöä. Eli käytävässä on voinut olla joku, jota on kummassakin joukkueessa pidetty vain toisen joukkueen huoltotiimiin kuuluvana. Hän on joka tapauksessa tullut käytävään jompaakumpaa reittiä pitkin. Käytävän päissä olevilla ovilla olivat järjestysmiehet, jotka kertoivat pitäneensä tarkoin kaikki ulkopuolella. He antavat sataprosenttisen varmuuden siitä, että näistä käytävien päätyovista ei ole sisään tultu. Vaikuttivat asiallisilta miehiltä, ja vaikka en ihan sataan prosenttiin luotakaan, pidän arviota uskottavana. Mies on sitten siirtynyt melko vahvan olettaman mukaan välinevarastoon, josta hän ilmeisesti etukäteen tiennyt löytävänsä tuomarin paidan. Hän on ottanut paidan pinosta, alla hänellä on ollut ilmeisesti vaatetta, koska oli valinnut L-koon eikä mies ollut kookas. Sitten hän on odotellut joukkueiden tuloa pukukoppeihin ja että erätauko rauhoittuisi. Asteli sitten vierasjoukkueen kopin ovelle, koputti sitä ja sen avasi Ilveksen maalivahtivalmentaja Ari Mäyrä. Mies oli sanonut tälle haluavansa tavata Tuomas Sarkalan. Mäyrä lähti hakemaan tätä, ja Sarkala tuli ovelle ja näytti Mäyrän mukaan hölmistyneeltä siitä mitä asiaa tuomarilla saattaisi olla. Sarkala meni käytävälle ja veti oven takanaan kiinni. Sitten ilmeisen nopeaan tahtiin on mies ensin huumannut Sarkalan, luulen, että uhkaamalla pakottanut hengittämään kloroformia, ja puukotti miehen tähän. Vainaja löytyi tästä risteyskohdasta. Sitten murhaaja häipyi varauloskäyntiä pitkin pihalle.

Asko Kekkonen puntaroi asiaa mitaten askelilla etäisyyksiä ja Jussi ei malttanut olla kommentoimatta:

– Täytyy olla kyllä täysin peloton henkilö. Neljästä suunnasta voisi tulla joku, sellaista ei pysty tarkkailemaan kukaan.

Kekkonen sanoi: – Sellaista rohkeutta voi ammentaa vaikka lujasta vakaumuksesta. Tai sitten vain ihan typeryydestä.

Jaana jatkoi: – Sitten juttu eteni, kuten olet lukenut, nurinkurisessa järjestyksessä. Leveelahti oli täällä ensin, sitten Mauri, sitten järjestyksen melkein paikalla ollut partio, jätkät olivat katsoneet ensimmäisen erän melkein loppuun ja olivat vielä Poltinahontiellä hälytyksen tullessa. Mauri soitti minulle, minä eteenpäin ja sitten alkoivat tutkimukset ja nyt ollaan tässä.

Halliyhtiön mies kysyi: – Onko teillä jo epäiltyjä?

Kekkonen totesi lyhyesti: – Kyllä meillä on. Tiedotetaan aikanaan, kun paremmin selvitellään.

Jaana kysyi: – Saakohan täältä mistään kahvia näin arkisin?

Mies neuvoi heidät arkisin auki olevaan lounasravintolaan, mutta lähti sittenkin saattelemaan heitä, otti kahvin myös itselleen ja ilmoitti kassalle halliyhtiön tarjoavan nämä kahvit tutkijoille. Mies tuli heidän pöytäänsä ja kauhisteli millainen imagotappio tästä tulisi heille, HPK:lle ja koko Liigalle. Poliisit vakuuttelivat ymmärtävänsä tilanteen hankaluuden ja tekevänsä kaikkensa, jotta asialle saataisiin nopea ratkaisu.

Asko Kekkonen kysyi mieheltä: - Osaatko sinä kertoa tunnelmista HPK:n sisällä vai pitäisikö meidän kääntyä heidän toimitusjohtajansa puoleen?

– Mitä haluatte tietää?

– Sen, että onko ilmennyt mitään vihapuheen kaltaista uhkailua.

– Minun tietääkseni ei ole. Toisaalta joukkueen vahvistuksetkin ovat Länsi-Euroopasta tai rapakon takaa, kahta slovakkia lukuun ottamatta.

– Eli tästä voidaan päätellä, että pelaajat uskaltavat tulla edelleen SM-liigaan pelaamaan?

– Näin olen ymmärtänyt, että pelaajien kesken tämä ei ole sillä tavalla pelkoa aiheuttanut. En toki tiedä miten asia on Ilveksen leirissä.

– Kiitos teille, se onkin meidän seuraava kohteemme.

Kun poliisiyksikkö lähti hallilta, kävi Jaana tipauttamassa Jussin kotiovelle ja jatkoi sitten Kekkosen kanssa Tampereelle sopimaansa tapaamiseen joukkuejohtaja Reijo Palon kanssa. Kun he pysäköivät Ilveksen toimistoon eteen, totesi Asko:

– Sua ei kyllä ylinopeussakot pelota. Tultiin 39 minuuttia Hämeenlinnasta Tampereelle.

– Niin tultiin, myönnän. Olisin voinut saada täällä päässä sakon. Hämeenlinnan poliisit eivät minua sakota.

– Eivät tietysti.

Reijo Palo tuli heitä vastaan ulos ja sytytti pikkusikarin. Asko Kekkonen esitteli itsensä. Kekkonen kyseli mieheltä minkälaiset tunnelmat olivat joukkueen sisällä. Palo myönsi, että tällainen ei voinut olla vaikuttamatta.

– Seuraavassa pelissä joukkue aikoo käyttää erikseen tähän teetettyjä mustahihaisia surupaitoja, jotka huutokaupataan pelin jälkeen ja tuotto luovutetaan lyhentämättömänä Sarkalan perheenjäsenille.

Asko jatkoi: – Kuka vetää treenejä?

– Niin tosiaan, meillä on uusi valmentaja. Tai uusi ja uusi, tänä vuonna hän on valmentanut Ilveksen B-junioreja. Hänen nimensä on Jani Nuutti. Muu valmennusryhmä on luvannut jatkaa. Venäläispojista yksi purki sopimuksensa ja lähti kotimaahansa. Kolme on täällä yhä, asuvat turvatalossa, ymmärtävät järjestelyn mutta tietysti haluaisivat omiin kämppiinsä.

He menivät sisälle ja Palo kaatoi heille kyselemättä kahvia, otti tietokoneensa pöydälle, avasi sen ja näytti tuoreimmat viestit. Vihaviestejä oli kaksi. Toisessa uhkailtiin, että jos uusi valmentaja ei ollut rehellinen ja oikeanlainen isänmaan mies, se tultaisiin kostamaan. Toinen viesti oli kaikessa karmeudessaan hieman lohdullisempi: "Nuutti kelpaa meille toistaiseksi. Tarkkailemme tilannetta. Ryssät helvettiin."

Palo tiedusteli Kekkoselta: – Onko KRP:llä sellaista tietokonetaituria, joka pystyisi selvittämään kuka näitä viestejä lähettää?

– On se periaatteessa mahdollista. Se on kuulemma hemmetinmoinen urakka ja usein johtaa johonkin yleisessä käytössä olevaan koneeseen. Joten se on reittinä vähän toivoton.

Jaana sanoi: – Tällä hetkellä epäilyksenalaiset henkilöt ovat sen verran yksinkertaisia, että he voisivat luulla pelkästään nimen jättämisen pois tekstistä takaavan heidän anonymiteettinsä.

Kekkonen pyysi Paloa lähettämään viestit hänelle. – Tutkitaan jos asialle voitaisiin jotakin tehdä.

Kekkonen kertoi Palolle asian, jonka oli kertonut matkalla autossa Jaanalle: – Joensuun Jokipojat ja Lappeenrannan SaiPa olivat saaneet sähköpostiviestejä, joissa kehotettiin varautumaan kostotoimenpiteisiin mikäli "ryssien hyysääminen" ei loppuisi. Näihin oli edellisellä viikolla molempiin palkattu venäläisiä, Joensuuhun kaksi ja Lappeenrantaan yksi.

Asko kertoi myös olleensa yhteydessä paikalliseen poliisiin molemmissa kaupungeissa ja kehottaneensa heitä nostamaan turvallisuustasoa, lisäämään poliiseja jäähalleille ja ylipäätään kaupunkeihin niissä rajoissa kuin oli mahdollista. Askolla oli vankka vakaumus, että viharikoksiin oli reagoitava mieluummin liian aikaisin kuin liian myöhään.

Haastateltuaan vielä Paloa ilman tutkimuksen kannalta merkittävää uutta, he jatkoivat kierrostaan paikallisen poliisin rikoskomisario Kari Niemisen puheille. Nieminen kertoi, että poliisi oli lisännyt näkyvyyttään hallilla ja sen ympäristössä.

– Pari töhertelijää järjestyspoliisi on napannut kiinni vielä valuvien hakaristien vierestä. Tuotiin yksi kaveri piirille ja totta puhuen lyötiin turpaan. Sen jälkeen se allekirjoitti kuulustelulausunnon, jossa myönsi töherrelleensä junavaunuja asemalla. Toinen kundi saatiin kiinni aivan samasta paikasta toisena iltana. Sitä ei tarvinnut kuin kerran läppäistä, niin tunnusti kaiken. Tämä on ihan toivotonta. Ne spraymaalit pitäisi saada myyntikieltoon muille kuin ammatinharjoittajille. Järjestyspoliisilla olisi muutakin tehtävää kuin ravistella pojankloppeja.

– Jospa tämä jossain vaiheessa rauhoittuisi, lohdutti Kekkonen. – Kyllähän sinä Kari tiedät, että joskus tulee muotiin paikkojen sotkeminen, sitten pahimmat koohot kasvavat siitä yli ja saattaa mennä useampi vuosi ennen uuden polven taiteilijoita.

– Siinä toivossa täytyy elää. Mutta se on huolestuttavaa, että teokset ovat nykyään hakaristejä. Onko jostain yhteiskunnan sokaistumisesta kyse sen suhteen mitä rasismi ja fasismi ovat?

Kekkonen nyökkäsi: – Luulen, että juuri siitä. Mutta me jatketaan tästä. Ollaan yhteyksissä.

Jaana ja Asko lähtivät ajelemaan Hämeenlinnaa kohti hiukan hillitympää vauhtia. Jaana jätti Askon linnakkeelle, missä tämän auto oli pysäköitynä ja päätti itsekin käydä vielä osastolla katsomassa, oliko jotakin uutta illan suhteen tiedossa. Tyhjiltä käytäviltä ei löytynyt tutkintasihteeri Eeva Tolosen lisäksi kuin Mauri Taponen. Jaanan kummastellessa asiaa Mauri kertoi:

– Lähetin työajan nimissä kaikki kotiin, jos illalla tulee vielä kuulustelupainetta.

– Selvä. Minäkin käyn sitten kääntymässä kotona ennen iltaa.

LUKU 8

Operaatio Rahkoila

Mauri ei viitsinyt toppuutella etsivänsä innokkuutta osallistua illan operaatioon. Jaana olikin sopinut kollegansa Ville Kohokkaan kanssa, että ottaa tämän kyytiin ja he menisivät paikalle jo seitsemäksi. Jaana oli valistunut kollegaansa pukeutumaan lämpimästi ja sateenpitävästi. Itse hän kiskoi päälleen maastokuvioisen ulkoilupuvun ja normaalit maiharinsa. Päähän lämmin Fredriksonin lippalakki korvaläpillä ja hanskat käteen. Ja kaikkein alimmaiseksi hän veti teknisen alusasun.

Jaana jätti auton noin puolen kilometrin päähän kohdetalosta ja he siirtyivät näköetäisyydelle metsän kautta kulkien. He sijoittautuivat näkymättömiin kuusikkoon ja alkoivat kiikaroida kohdetta. Jaana ilahdutti se, että monessa huoneessa ainakin paloivat valot. Ilma kävi viileäksi. Jaana ojensi kollegalleen Mars-patukan ja kuori sellaisen myös itselleen. Hän sanoi:

– Jos täällä täytyy vaikka vielä kolme tuntia päivystää, on tämä aika tylsää. Mutta jos oltaisiin tultu samoissa ovissa karhuryhmän kanssa, niin oltaisiin armotta jouduttu takariviin.

– Niin kai, mutta en tiedä olisiko se niin paha.

– Kyllä se on paha. Täytyy olla utelias ja paikalla kun tapahtuu. Minulla on vankka usko, että tämä on tutkimuksen kannalta merkittävä operaatio.

Ville otti kainalokotelostaan virka-aseensa ja irrotti siitä lippaan, totesi sen täydeksi ja painoi sen paikoilleen. Jaanakin oli jo tarkastanut oman aseensa kolmesti. He juttelivat kaikenlaista, tulevaisuuden haaveista ja muista yleisistä asioista. Kun Jaana viimeisen kerran tarkasti kelloaan, hän totesi heidän olleen kohta kolme tuntia väijyssä eikä mitään ollut tapahtunut.

Samassa he näkivät auton valot. Pian auto sammutti valot ja liukui kiinteistön pihaan. Siinä tuli Karhu. Heillä oli kaksi isoa maastoautoa mukanaan, joista etummaisessa näytti olevan viisi miestä ja takimmaisessa neljä. Miehet ryhmittäytyivät komentoympyrään ja Kopra luennoi heille:

– Koska kerroksista ei ole takauloskäyntiä, menemme pääovesta. Ryhmät ovat jaettu ykköseksi, kakkoseksi ja kolmoseksi. Pasin ryhmä menee ensin kellarin oveksi oletetusta ovesta. Voi olla, että siellä on pieni perunakuoppa, mutta menette ja tutkitte sen. Samalla toiset levittäytyvät niin, että olemme kerroksissa samaan aikaan. Mistä löytyy ihmisiä, sinne kokoonnumme.

Jaana otti puhelimen käteensä ja soitti siihen tallenta-maansa Olavi Kopran operaatiopuhelimeen. Tämä älähti:

– Kopra.

Jaana esitteli itsensä ja kertoi sijaintinsa. – Olen ollut kollegani konstaapeli Ville Kohokkaan kanssa täällä jo kolme tuntia. Pyydänkin lupaa siirtyä lähemmäs ta-loa, sen takakulmalle. Emme tule seisomaan minkään ikkunan eteen.

Kopra hymähti: – Kyllä minä sinut tunnen. Sinä aiot tulla toiminnan ytimeen. Mutta okei. Te voitte tulla ta-lon kulmalle, mutta talon sisälle et tule ennen kuin kuulet minun ääneni karjaisevan talon olevan selvä.

– En änkeydy sisään, tulemme vain pois täältä sa-teesta ja metsästä.

Kopra naureskeli miehille: – Siinä on todellista polii-siluonnetta. Se ei pysy edes köytettynä pois, jos on mahdollista päästä paikalle.

Jaana ja Ville nojasivat talon seinään sen takapuolella. Hän tiesi karhuryhmällä olevan tarkka aika, jona he menisivät sisään. Koska hänen kellonsa oli nyt 21.33, hän arveli, että seuraava säntillinen aika olisi kahta-kymmentä vaille kymmenen. Ja silloin operaatio al-koikin.

Karhuryhmä meni ryminällä sisään. He eivät koputel-leet, vaan menivät karjuen:

– Poliisi täällä! Kaikki maahan.

Sisältä kuului huuto. Ykköskerroksessa oli ihmisiä. Jaanan mielestä se oli naisen ääni, mutta ilmeisesti tämä hiljeni, kun oli raudat lyöty ranteisiin. Jaana ja Ville katselivat takaseinustan ainoata yksityiskohtaa, joka oli pieni syvänne, josta aukeni kolme porrasta. Jaana tiesi siellä olevan öljypolttimen, joka ei ollut yhteydessä muuhun sisätilaan. Heidän yllätyksekseen sieltä astui ulos mies.

– Jumalauta, se on toinen Mäntynen.

Hän veti Glockinsa esiin ja huusi:

– Mäntynen maahan, tässä poliisi!

Mäntysellä oli oluttölkki kädessään ja hän katsoi hämmästyneenä poliiseja. Jaana lähti lähestymään ja Mäntynen laski tölkkinsä. Jaana jatkoi käskyttämistään:

– Maahan! Heti! Kädet pään päälle!

Mäntynen laskeutuikin maahan makuulleen. Jaana käänsi katseensa tuulessa heiluvaan pannuhuoneen oveen ja kysyi:

 – Onko pannuhuoneessa muita?

Mäntynen ei vastannut, vaan työnsi kätensä takkinsa sisälle. Jaana ei voinut olla tuijottamatta viisitoista senttiä avoinna olevaa ovea, joka heilahteli hiljaa ja niin Ruben Mäntynen sai pistoolinsa esille. Silloin pamahti. Se ei ollut Ruben Mäntynen eikä Jaana, vaan

Ville Kohokas, joka oli oikeaoppisessa polviasennossa Jaanan takana ja ampui nyt yhden laukauksen tarkasti Mäntysen oikeaan olkapäähän.

– Kiitos Ville!

Jaana potkaisi Mäntysen pistoolin kauemmas tämän kädestä. Mies uikutti.

– Onko muita aseita, Jaana tivasi.

– No ei ole.

Jaana tunnusteli miehen päällisin puolin, mutta sitten hän ei voinut enää vastustaa kiusausta, vaan marssi portaat ja tempaisi pannuhuoneen oven auki. Siellä ei ollut ketään. Hän löi oven kiinni ja juoksi kollegansa luo. Ville istui maassa huonovointisen näköisenä. Jaana tarttui miestä hartioista ja kysyi:

– Mikä on, onko sattunut johonkin?

Aluksi Ville ei saanut mitään sanotuksi, mutta sitten mutisi:

– Minä ammuin ihmisen.

– Ensinnäkään et ampunut kuoliaaksi, vaan siinä se elää ja kohta voi hyvin. Toiseksi pelastit minun henkeni.

– Mutta minä ammuin elävää ihmistä kohti.

– Joskus näissä hommissa käy niin, ja jouduit ampumaan, kun minä möhlin lähestymisen.

Pihalle asteli yksi karhun miehistä, näki talon nurkalla kyykkivän kaksikon ja kysyi:

– Ammuttiinko täällä?

– Kyllä. Ruben Mäntynen sai olkapäähänsä pienen osuman. Ase on tuossa viitisen metriä takana. Ei täällä ole enää mitään hätää. Piti tarkistaa tuo pannuhuone ja sieltä juoksi Mäntynen ulos oluen ja pistoolin kanssa. Mutta tämä Ville Kohokas esti ansiokkaasti mitään pahempaa tapahtumasta.

– Selvä, myönteli karhun vääpeli ja kävi kalauttamassa Ruben Mäntysen kädet selän taakse.

Poliisi totesi:

– Älä raaku siinä, kohta tulee hoitohenkilökuntaa, raaku niille. Sinä et tuollaiseen kuole, ole hiljaa siinä.

Kopran ääni kuului sisältä: – Kellari selvä, ykköskerros selvä!

Jaana tulkitsi sen luvaksi mennä sisään. Hän käveli ensimmäiseen kerrokseen, jossa oli jonkinlainen olohuone, jonka takassa oli tuli ja huoneen lattialla istui kaksi naista, jotka olivat käsistään raudoitetut. Mutta toinen naisista oli siitä huolimatta kontannut takan viereen, ottanut laatikosta arkistokansion, jonka oli avannut ja repi siitä hampaillaan sivuja, jotka ryttäsi käsissään ja onnistui pyöräyttelemään niitä takkatuleen, kun Jaana tuli paikalle.

– Täällähän yksi saatana tuhoaa arkistoja.

Hän otti karhuryhmän vaahtosammuttimen. Säiliö oli iso. Ensimmäiseksi hän mojautti sillä lihavaa naista otsaan ja tämä päästi pahan älähdyksen. Sitten hän suhahdutti takan sammuksiin sammutusvaahdolla. Jaana laski sammuttimen ja kiskoi käsivarresta isokokoisen naisen sohvan luo niin, että sai tämän käsien ja selän väliin nostettua sohvanjalan. Sitten Jaana katsoi parhaaksi poistua näyttämöltä ennen Kopran tuloa, mutta tämä olikin juuri tulossa portaita.

– Lindegren! Olenko huutanut talon olevan selvä?

– Et, mutta huusit ensimmäisen kerroksen olevan.

– Aivan niin.

Jaana juoksi takaisin Villen luo, joka vaikutti olevan aivan poissa tolaltaan.

Ensimmäinen ambulanssi saapui paikalle, ja sillä oli tieto, että talon takana oli ammuttu ihminen. Jaana pysäytti heidät ja näytti Villeä:

– Tässä on ykkönen.

– Mutta eikö tuo toinen vuoda verta?

Jaana otti Ville Kohokkaan virka-aseen tämän kädestä ja työnsi sen omaan taskuunsa ja totesi:

– Shokkiin mennyt poliisimies menee minun arvojärjestyksessäni selkeästi ohi tämän Mäntysen, joka minusta voisi mennä ensimmäisenä arkipäivänä terveyskeskukseen.

– Okei okei, sanoi mies ja otti Villen kyytiin.

Seuraavan ambulanssin väen Jaana opasti Mäntysen luo.

– Luodinhaava olkapäässä. Rautoja ette avaa, ennen kuin poliisi on paikalla.

– Mutta jos menee leikattavaksi…

– Menee mihin vaan, mutta rautoja ei avata!

Ruben Mäntynen vietiin ja Jaana palasi takaisin taloon ja sanoi Kopralle:

– Tuo nainen mätti jotain papereita takkaan. Sen takia sillä on kuhmu otsassa.

– Näyttää olevan.

Gunnar Mäntystä tuotiin myös käsiraudoissa portaita alas. Mäntynen ei näyttänyt lannistetulta vaan totesi:

– Vielä tulee se aika, että oikeamielisyys nousee ja surkea poliisitoimi lakkautetaan.

Mäntynen vietiin kuljetusmaijaan ja Jaana ihmetteli ääneen: – Eikö siellä ylhäällä muita ollut?

–Talossa ei ole enää ketään, Kopra totesi. – Sinä ja kaverisi kuulemma poimitte takapihalla yhden. Noista naisista en tiedä ketä ne ovat, mutta lähtevät sinne teidän kuulusteluihin.

– Ei Jokisen poikia. Voi helvetti, kirosi Jaana. – Kiitän teitä. Oli hienoa seurata teidän toimintaanne. Ei siinä pahiksille jäänyt mitään saumaa. Ihmettelen sitä, että pannuhuoneesta ei ole läpikäyntiä taloon ja oltiin tuossa varmaan viisitoista minuuttia. Sitä ennen Rubenin on täytynyt mennä sinne ja mitä hän on siellä kupannut niin kauan. Sieltä hän tuli, yritti osoitella poliisia aseella ja poliisi pysäytti hänet yhdellä laukauksella vaarantamatta elintoimintoja.

– Ei sinun tarvitse minulle luennoida, hyvin toimittu. Me ryhdytään purkamaan operaatiota. Soita kun tulee taas tarvetta, Kopra paiskasi kättä Jaanan kanssa ja lähti kantamaan varustusta takaisin autoihin.

Jaana pummasi heiltä vielä kyydin, kun häntä ei huvittanut enää kävellä omalle autolleen. Hän ajoi suoraan linnakkeelle ja oli siellä hiukan myöhemmin kuin järjestyspoliisin kuljettamat kolme kiinniotettua. Mauri oli jo pyytänyt yhden partion järjestyspoliisista vartioimaan Ruben Mäntystä. He olivat kyllä kyselleet, että olisiko sen hörhön voinut vain laittaa sänkyyn kiinni, ettei tarvitsisi kuunnella sen höpötyksiä.

Jaana marssi neuvotteluhuoneeseen ja otti ruskean metsästyslippiksen päästään. Mauri ihasteli hänen asuaan: – Olet ollut sissitoiminnassa vai mistä moinen?

– No helvetti tiirattiin ensin kolme tuntia taloa ennen kuin päästiin edes pihalle. Sitten möhlin sen Mäntysen kanssa niin että se sai maastakin pistoolin esiin, kun piti keskittyä vieressä olevaan pannuhuoneen oveen. Ville pudotti täsmällisellä osumalla Mäntysen pistoolin ja sitten se tilanne rauhoittui. Paitsi Villen osalta.

– Sattuiko Villeä, Mauri hätäili.

– Sattui henkisesti. Ville meni ihan shokkiin, kun ymmärsi ampuneensa ihmistä. Yritin parhaani mukaan painottaa, että nippanappa ihmistä ja sekin poliisitoverin hengen turvaamiseksi. Kyllähän Ville sen ymmärtää, mutta tunne näytti vievän häntä siinä.

– Niin, ei kaikki ole tuollaisia kovanaamoja.

– En minä ole mikään kovanaama. Se on vain realiteetti, että joskus joutuu painamaan liipaisinta.

LUKU 9

Kuulustelut käyntiin

Jaana ja Simo varasivat itselleen vanhan tuttunsa, Gunnar Mäntysen. Hän oli heidän listallaan ensimmäisenä nyt kun pettymys Jokisen poikien katoamisesta oli nyt työnnetty taka-alalle. Jaana kertoi Mäntyselle heidän kuulustelunsa tavoitteen.

– No niin, nyt ollaan sitten tässä pisteessä. Meillä on tässä pari tavoitetta, joihin ei lukeudu se, että siirtyisimme kinaamaan sinun mielipuolisista poliittisista teeseistäsi. Ensinnäkin sinut on pidätetty ja tullaan vangitsemaan kolmen päivän päästä vangitsemisoikeudenkäynnissä, joten sinä et lähde tästä hetkeen.

Simo puhui seuraavaksi ja tähdensi Mäntyselle: – Tilanne on nyt se, että meidän on löydettävä Jokisen pojat. Ja me tulemme heidät löytämään. Jos siinä vaiheessa ilmenee, että sinä olet tiennyt heidän olinpaikastaan, tipahtelee siitä lisävuosia sinun tuomioosi.

– Mistä te poliisinreppanat kuvittelette, että minut tuomitaan?

– Niitä syytteitä tulee olemaan monta, vakuutti Jaana, mutta eiköhän päällimmäisenä liene kiihotus kansanryhmää vastaan. En ole lukenut sinun kirjoituksiasi enkä aio lukeakaan, mutta tiedän, että niistä löytyy sitä samaa natsipaskaa kuin ennenkin.

– Tarvitsen ilmeisesti asianajajan?

– Niin ilmeisesti. Sitä ennen kysyn yhden kerran suoraan: mistä kannattaisi lähteä etsimään Ismo ja Ilpo Jokista?

– Sanon kuten ennenkin: en tiedä. He eivät edelleenkään asu luonani. Ainoastaan viettävät aikaansa silloin tällöin.

– Sitten kysyn vielä toisen kysymyksen. Teillähän on vielä yksi veli.

– Kyllä, Gunnar myönsi. – Rubenia kolme vuotta nuorempi Iivar Mäntynen.

– Ja mistäs hänet löytää?

– Iivar ei ole Suomessa ollut ainakaan 10 vuoteen, ehkei 15 vuoteen. Ei ole aavistustakaan. Luulisin, että hän jossain Etelä-Euroopassa.

– Vai niin.

Simo palasi vielä päivän tapahtumiin.

– Miksi veljesi istui siellä pannuhuoneessa?

– Se on Rubenin tapaista. Se on talon lämpimin paikka. Näppäilee siellä kitaraa ja hörppii olutta.

– Jaaha. Kahden päivän kuluttua pidetään siis vangit-semisoikeudenkäynti. Saat mennä takaisin koppiisi. En osaa sanoa tapaammeko vielä ennen oikeuden-käyntiä, Simo sanoi ja painoi vartijan kutsunappia.

Nuori vartija haalareissaan tuli ja vei Gunnarin men-nessään. Jaana ja Simo siirtyivät takaisin neuvottelu-huoneeseen odottamaan muita.

Elias Saario saapui sinne ensimmäisenä. Hän oli kuu-lustellut pidätetyistä naisista sitä, jolla oli kuhmu ot-sassa. Elias kertoi ylikonstaapeleille, että lihava nai-nen oli nimeltään Marjatta Kurikka.

– On muuten Jyrän sisko. Onneksi olkoon Jaana, olet siis tyrmännyt molemmat sisarukset.

– Jippii. Miten ei kuitenkaan tunnu rodeovoitolta.

– Nainen on tyhmä kuin saavi, Elias sanoi. – Hädin tuskin lukutaitoinen, mutta oli saanut tehtäväkseen hävittää sen laatikollisen vanhoja arkistopapereita, joissa oli muun muassa Suomen Tuen jäsenluetteloja vuosien varrelta. Periaatteen naisena hän jatkoi saa-maansa tehtävää, vaikka oli raudoissa, kunnes sinä kajautit häntä otsalohkoon vaahtosammuttimella. Muijalla on pää kipeä, mutta ei taida itse muistaa mistä kuhmu oli peräisin niin en häntä valistanut. Saattaa olla Jaana, että tällä kertaa säästyt sisäiseltä tutkinnalta.

– Juuri tällä kertaa siihen olisi syytä, sillä minun epäröintini siellä takapihalla aiheutti sen, että Ville on nyt sairaalassa. Jos olisin itse ampunut Ruben Mäntystä, olen melkoisen varma, etten olisi mennyt shokkiin. No, Gunnarista ei ole mitään uutta sanottavaa. Hän on omasta mielestään poliittinen filosofi, joka ei osallistu minkäänlaiseen rikolliseen toimintaan. Ja mikä tärkeintä, hän ei taida ihan oikeastikaan tietää missä ne kaksi pikkuapinaa kulkevat. Ja se niiden kolmas veli Iivar on jossain maailmalla.

Mauri Taponen, joka oli ollut KRP:n kaksikon kanssa sairaalassa kuulustelemassa Ruben Mäntystä, saapui seuraavana sisään. Etsivä Sari Lassila purki heidän tuloksensa muille.

– Tämä Ruben Mäntynen vaikuttaa kaikessa sairasmielisyydessään melko harmittomalta. Hän olisi halunnut laulaa minulle, kun kysyin miksi hän istui pannuhuoneessa. Hän kertoi istuvansa siellä säveltämässä balladeja. Kielsin häntä laulamasta viralliseen kuulusteluun vedoten.

– Se oli viisaasti tehty, totesi Jaana. – Olen kuullut hänen laulavan ja valitettavasti häneltä ei suju edes se. Kauheaa kuunneltavaa.

Lassila palasi vielä aiheeseen: – On selvää, että Ruben Mäntynen ei ole suunnittelut minkäänlaista rikosta. Ei varsinkaan aikataulultaan hemmetin tarkkaa ja monimutkaista puukotusta julkisissa tiloissa. Ei ole hänen käsialaansa tämä Sarkalan murha.

– Ei missään tapauksessa, myönsi Mauri. – Aikovat leikata hänen olkapäänsä tänä iltana, joten joudumme olemaan kuutisen viikkoa ilman hänen trubaduurin kykyjään, kun käsi pannaan pakettiin. Mutta tulee kuulemma ihan hyvä plektrakäsi.

Sen jälkeen poliisien katseet kääntyivät Jelenaan, joka oli kuulustellut toista pidätetyistä naisista.

– Naisen nimi on Laila Pystynen. Hän on ammatiltaan lähihoitaja, työskentelee Janakkalan terveyskeskuksessa. Hän vaikuttaa tässä seurassa suorastaan kynttilältä. Ihmettelen mitä tällainen tavallisen tuntuinen ihminen näkee tässä seurassa. Mutta uskokaa tai älkää, hän on Ruben Mäntysen morsian. Kymmenkunta vuotta tätä nuorempi ja vakuutteli, että Ruben on herkkä taiteilijasielu, joka on väkivaltaisen ja kovan veljensä tyrannian alla. Hän on käynyt talossa seuraamassa, että veljet jotenkin pärjäisivät. Mitään näiden herrojen poliittisesta tai rikollisesta toiminnasta hän ei kertomansa mukaan tiennyt ja olen taipuvainen uskomaan häntä. Hän on lähinnä huoltojoukkoa, joka tällaisessa tapauksessa lienee varsin tärkeä, mutta äänivaltaa hänellä ei liene. Nuorempaa väkeä ei ole nähnyt kertomansa mukaan ainakaan viikkoon.

Jussi Tammi, joka oli istunut koko ajan neuvottelu-huoneen nurkassa, kysyi nyt: – Saisinko puheenvuoron?

– Ole hyvä, Mauri nyökkäsi.

– Kun olen kuunnellut teitä kaikkien näiden kuulustelujen jälkeen ja kun ynnään siihen sen mitä olen Jaanalta lähi-iltoina kuullut, en voi välttyä päätelmältä, että tästä kuvasta vielä puuttuu joku henkilö. Eivät nämä teot sinänsä minkään rikollisen neron aivoja vaadi, ei toki, mutta jonkun käytännöllisen, riittävästi käytännölliset aivot omaavan tämä vaatii. Sellaista tässä ei ole. On olemassa joku, vielä näkymätön henkilö, joka sitoo tämän kuvan yhdeksi. Ilmeisesti hän on jonkun fasistisen ryhmittymän innokas kannattaja. Huomatkaa, että hänen ei tarvitse olla suomalainen. Tällaisia muutaman henkilön muodostamia klikkejä on ainakin Euroopassa jotakuinkin kaikissa maissa. Hän saattaa olla henkilö, jolla on käskyvaltaa useisiin tällaisiin ryhmiin. Tulette ennen pitkää löytämään ihmisen, jonka käskyjä tämä Rahkoilan porukka noudattaa kyseenalaistamatta. Hän on jossakin määrin karismaattinen, keski-ikäinen mieshenkilö. Ei hän välttämättä ole käskemään tottunut, ei siis pakosti upseeri tai vastaava, vaan muualta oppinsa saanut. Mutta luulen, että hänellä on karismansa lisäksi myös taloudellista valtaa muuhun poppooseen. Tässä tapauksessa se ei liene kovin paljoa, sillä nämä tyypit näyttävät operoivan nälkärajalla. Ei minulla muuta.

– Kiitos Jussi profiloinnista, Mauri sanoi.

– Jaaha, Jaana huokasi. – Mihinkäs seuraavaksi lähdetään?

– Tältä illalta lähdetään nukkumaan, mutta jos esitit kysymyksen koko tutkimuksen kannalta, on se hyvä kysymys. Onhan tämä varsin noloa, että ensinnäkin ne Jokiset eivät tule meidän haaviimme mistään ja että joku taustapiru tässä nykii piilossa lankoja, vaikka miten höykytetään. Menen huomenna aamupäivällä Villeä tapaamaan sairaalaan. Tule sinä Jaana mukaan. Ehdotan, että nähdään siellä kymmeneltä. Eivät he siihen aikaan osastolla haluaisi vieraita, mutta mennään silti.

– Mennään vain. Mutta eikö tulla sitä ennen yhdeksältä tänne?

– Arvelin että ei, on jo puoliyö. Kokoonnutaan täällä vasta yhdeltätoista. Koskee kaikkia paikallaolijoita ja lisäksi olen informoinut asiasta myös Rahkoilaa tonkivaa teknistä tutkintaa. Joka alustavasti ei kuulemma ole löytänyt mitään. Mutta ei vaivuta synkkyyteen.

Jaana päätti vielä ottaa esiin yhden mieltään vaivaavan kysymyksen: – Kyllä yhteiskunnassa on jotain vialla, jos poliisihenkilö kollegansa pelastaessaan ja vähän jotain pahista raapaistessaan, kokee olevansa vähintään epäilyttävä henkilö, jonka työtä pitäisi tutkia.

– Olen täysin samaa mieltä, totesi Mauri. – Mutta ymmärrän kyllä Villen huolen. Hän tulee nyt saamaan papereihinsa merkinnän, että hän on kiinniottotilanteessa ampunut kohti.

Tähän synkkään teemaan päättyi heidän palaverinsa ja poliisit lähtivät kukin yöpaikkaansa.

LUKU 10

Villen päätös ja uutisia Amerikasta

Jaanan ajaessa sairaalan pihaan näki hän Maurin nousevan omasta autostaan ja pysäköi tämän viereen. Mauri pahoitteli:

– Minähän en ymmärtänyt tuoda mitään, mutta sinähän ostit kukkia.

– Minä ostin.

– Ne olkoot meidän yhteiset sitten.

He löysivät Villen psykiatriselta vastaanotto-osastolta, jossa tämä makaili talon pyjamassa. Tervehtiminen oli sydämellistä molemmin puolin. Ville kiitti kukista ja kertoi aikovansa lähteä ylihuomenna kotiin. Huomenna hän tapaisi ylilääkärin ja aikoi ilmoittaa, että hoito täällä saisi päättyä.

– Saan jonkin mittaisen sairasloman, en tiedä kuinka paljon, mutta voin teille nyt kertoa mitä olen päättänyt.

Mauri ja Jaana odottivat jännittyneinä.

– Minä en palaa enää väkivaltarikosyksikköön.

Mauri yritti toppuutella alaistaan.

– Älä nyt Ville tee mitään hätäisiä ratkaisuja. Nämä ovat kaikille kurjia tapauksia, mutta sinä selviät siitä kyllä. Ja muista, että pelastit Jaanan. Ampumistasi ei tulla tutkimaan millään tavalla. Olen teroittanut asiaa jo sisäiselle tutkinnalle, että eivät tule sinua häiritsemään. He sanoivat, että eivät aiokaan mitään tehdä, kysymyksessä oli aseistettu rikollinen henkilö, joka loukkaantui vain lievästi.

Ville keskeytti esimiehensä: – Tiedän kaiken tämän. Ja vaikka tiedän myös, että vastaavassa tilanteessa nyt toimisin aivan samalla tavalla. Minä en vain pysty tähän. Olen ollut yhteydessä jo petosryhmän komisario Jaatiseen. Hän lupasi ottaa minut, sielläkin on monta vakanssia avoinna. Siirryn sairasloman jälkeen petostutkijaksi.

Jaana niiskaisi nenäänsä ja totesi: – Tämä on kaikki minun syytäni. Jos minä olisin ampunut sen saakelin Mäntysen, vaikka tuonilmaisiin asti, niin sinä et siinä makaisi nyt. Olen tosi pahoillani.

– Älä ole, Jaana, totesi Ville. – Sinä menit etummaisena ja minä varmistin takana. Sinulla oli kaksi vaihtoehtoa, johon keskittyä: joko maassa makaava ja käskytystä totellut Mäntynen tai avoimena heilunut pannuhuoneen ovi. Emmehän me kumpikaan voineet kuvitella, että Mäntynen olisi ollut niin nokkela, että hämäsi antautumisellaan. Tämä on minun henkilökohtainen ratkaisuni. Vaikka olen aina tykännyt työstäni, olen myös tiedostanut, että minusta ei tule ikinä sinun tasoistasi tutkijaa. Ja nyt minulle selvisi, etten pysty edes Simon tapaan täydentämään teidän tutkijaparianne. Sitä paitsi talousrikostutkimus on ihan kunniallista poliisityötä.

Hetkeen kukaan ei sanonut mitään. Mauri kysyi sitten: – Pystytkö nukkumaan?

– Lääkkeiden avulla kyllä.

– Olen pahoillani minäkin. Olisin halunnut pitää sinut ryhmässä. Sinä olet koko porukasta paras digiosaaja. Onneksi saamme pian Tiinan joukkoomme. Mutta aion kyllä tapella kynsin ja hampain, että saan myös sinun vakanssillesi heti jonkun.

Muuta he eivät osanneet enää sanoa. Jaana vielä halasi Villeä pitkään ja hartaasti. Ville tokaisi vielä ennen heidän poistumistaan: – Usko nyt, tämä ei ole mitenkään sinun syytäsi. Minä vain olin väärä mies siinä kohdassa. Ja kun valitettavasti tiedän, että olen yhtä väärä seuraavassakin kohdassa, on tehtävä joitakin ennakoivia eleitä.

– Niin, Jaana katsoi Villeä. – Kyllähän ihmiset vaihtavat työpaikkoja, kun kokevat jonkun muun paremmaksi. Eikä siinä mitään. Mutta oletko nyt harkinnut tämän asian perusteellisesti? Päätös syntyi kuitenkin shokkitilassa ja heti sen jälkeen.

– Olen harkinnut ja tajunnut, että vaarannan myös työturvallisuuden vastaavassa seuraavassa tilanteessa. Siinä täytyy olla mies tai nainen, joka pystyy toimimaan. Tämä päätös syntyi viime yönä. En minä enää ole shokissa. Olen pallotellut vaihtoehtoja. Yksi tietenkin oli, että olisin voinut kehittyä varteenotettavaksi väkivaltarikostutkijaksi. Mutta päädyin siihen, että haluan jotain muuta.

Vieraat kättelivät vielä potilaan ja poistuivat. Jaana kysyi sairaalan aulassa Maurilta: – Onko sinulla tupakkaa?

– Ei ole.

– Ostetaan tuosta kanttiinista.

He menivät jonottamaan kahvion jonoon. Kassalla heille paljastui, että sairaalassa ei myyty tupakkaa.

– No niinpä tietysti.

He marssivat autoihinsa ja lähtivät ajamaan linnaketta kohti. Jaana huikkasi ennen lähtöä käyvänsä pikaisesti ensin kotona. Jaana astui sisään kolmanteen kerrokseen eikä löytänyt Jussia, joten hän jatkoi viidenteen kerrokseen. Siellä Jussi istui Helsingin Sanomat edessään ja kuppi kahvia kädessään. Jaana istui keittiön pöydän ääreen.

Hän kertoi avomiehelleen, että Ville ottaisi lopputilin.

Jussi katsoi naista pitkään ja totesi: – Toivottavasti tarkoitit siirtoa johonkin toiseen yksikköön.

– Sitä juuri.

– No, jos hän kokee itse sen parhaaksi ratkaisuksi, hänellä on siihen tietysti täysi oikeus. Ja kyllähän Ville on teistä kaikista eniten nörtti. Ja vähiten tappelija.

– Tiedän tuon kaiken, mutta juuri siksi hänellä on ollut tärkeä tasapainottava rooli ryhmässämme.

– Niin varmasti on. Mutta jos ajatellaan asiaa raa'an realistisesti, niin pahasti pelästynyt poliisi on kiinniottotilanteissa riskitekijä.

– Onhan se niinkin, Jaana myönsi.

Jaana kaivoi keittiön kaapista mukaansa askin Marlboroa ja sanoi: – Minun täytyy jatkaa töihin.

Kevyiden suukkojen jälkeen Jaana oli taas matkalla. Hän pysäköi linnakkeen maanalaiseen autohalliin ja astui läheiselle tupakkapaikalle. Siellä hän sai tupakoida omassa rauhassaan. Sen jälkeen hän päätti ryhdistäytyä ja asteli suoraan osastolle takki päällä ja meni istumaan neuvotteluhuoneeseen. Kello oli viisitoista vaille 11. Elias ja Jelena olivat jo paikalla, ja samoin sihteeri Tolonen. Mauri, Simo ja KRP:n kaksikko vielä puuttuivat.

Ensimmäisinä saapuivat Asko ja Sari. Muutaman sekunnin ajan Jaanan mielessä kävi, että olivatkohan nuo pari. Mutta hän tiesi ajatuksen typeräksi. Samoin hänestä oli ajateltu kymmeniä kertoja, kun hän oli astunut johonkin miespuolisen kollegansa kanssa. Myös Simo saapui ennen yhtätoista ja meni ensimmäisenä keittonurkkaukseen, toi siellä tarjottimellisen kahvikuppeja ja pannullisen tullessaan. Sitten hän paljasti kainalossaan olleen leipomon pussin ja leväytti sen sisällön pöydälle. Kymmenen yli yksitoista Mauri viimein saapui.

Simo kuittasi heti: – On sovittu, että yritetään pitää palaveriajoista kiinni.

Mauri ei vastannut heti mitään. Hetken mietittyään hän tokaisi: – Minä olen ollut töissä tänään yhdeksästä lähtien. Kävin Jaanan kanssa sairaalassa kollegaamme tapaamassa ja juutuin äsken sähköpostiini. Siellä oli minusta käsittämätön viesti, joka on myös kuulemma Askolla ja Sarilla. He ehkä osaavat paremmin selittää mistä on kysymys. Mutta sitä ennen haluan kertoa kaikille, että Ville ei enää palaa tähän työryhmään.

Kaikki olivat Jaanaa lukuun ottamatta aivan äimistyneitä. Elias kysyi: – Onko se poikaparka niin sekaisin päästään?

– Ei lainkaan. Hän on päättänyt siirtyä talousrikoksiin. Hänelle on luvattu sieltä paikka. Hänen oma näkemyksensä on se, että hän ei sovi lainkaan pyssyhommiin. Aikaisemmin hän on kai kuvitellut sopivansa. Nyt se on paljastunut karusti ja nyt hän on vakaasti harkiten tehnyt päätöksensä. Joten ei siinä mitään. Ryhmän dynamiikka tulee hieman kärsimään, kun ensi maanantaina tulee Tiina ja pyrin paikkaamaan Villen toimen mahdollisimman nopeasti. Olin Leveelahteen yhteydessä ja sain lupauksen, että saamme rekrytoida siihen jonkun. Jos on hyviä ehdotuksia, ne otetaan vastaan. Mutta sitten päivän asioihin.

Mauri osoitti kynällä Askoa. – Kerrotko sinä Asko mistä tai kenestä on kysymys?

– Joo. Tänä aamuna KRP sai tiedon FBI:lta, että eräs heidän seurannassaan oleva paikallinen natsi, White Power-miehiä, nimeltään Irwin Shilton, on matkustanut Helsinkiin. Mielenkiintoista tästä tekee se, että Shilton on muutettuaan Yhdysvaltoihin vaihtanut nimeä. Sitä ennen hän oli Iivar Mäntynen.

Hetkeen kukaan ei osannut sanoa mitään. Sari jatkoi:
– Shilton on siis ollut heillä seurannassa, mutta mitään laillista estettä hänen matkalleen ei ollut. Jostain syystä he eivät ryhtyneet laittomiin keinoihin. Päättivät kuitenkin informoida meitä, koska kyseinen henkilö on äärioikeistolainen, potentiaalinen terroristi. Hänellä on melko puhtaat paperit, mutta yksi tapaus on sattunut noin kuusi vuotta sitten: kuolemantuottamus ja törkeä varomattomuus liikenteessä. Shilton sai ehdollisen kahden vuoden tuomion. Hän on asunut useissa eri pikkukaupungeissa itärannikolla, lähinnä

New Yorkin lähistöllä, ei kuitenkaan itse Isossa Omenassa. Ammatiltaan autokauppias. Ei edes keskivarakas, mutta toimeentuleva. Hänellä on vaimo, syntyamerikkalainen, ei lapsia. Heillä on sellainen tapa, että näistä tyypeistä heidän listallaan, joita on useampi tuhat, he ilmoittavat aina kohdemaahan matkustamisen yhteydessä. Shilton laskeutuu tänään Helsinki-Vantaalle kello 20.30.

– Kiitos tiedosta, Jaana totesi. – Jos kaikki menee hyvin, tässä on nyt se puuttuva lenkki. Amerikkalainen toimeentuleva henkilö voi hyvin elättää näitä emämaahan jääneitä sankareita. Eikä sen tarvitse olla suurikaan taloudellinen uhraus, kun tiedämme missä olosuhteissa hänen veljensä asuvat. Mutta mikä tämän irvinin nyt ajaa Suomeen, Jaana ihmetteli.

Sari sanoi: – En tiedä pelleilitkö, mutta se äännetään ”öörvin”.

– Kyllä minä ymmärsin. Oli vain mukava kutsua häntä Irviniksi.

Simo kysyi: – Onko meillä edellytyksiä tai syytä pistää mies seurantaan heti kun hän saapuu maahan?

– Syytä ehkä olisi, mutta edellytysten kanssa voi olla niin ja näin.

Asko Kekkonen ehdotti: – Minä voin pyytää KRP:n katsomaan miehen maahantulon ja sen mihin hän siitä suuntaa. Ja onko hänellä joku vastassa vai miten lienee tulo.

– Tehdään näin, Mauri totesi. – Meillähän ei ole mitään syytä ottaa edes häntä kuultavaksi, jos mies on vain vanhoja muistelemassa. Vaikka eihän sattumaan kukaan usko. Kyllähän sen täytyy liittyä viime aikojen liikehdintään. Hän on varmasti täällä vahvistamassa uskoa paikalliseen kumoustoimintaan.

Simo huokaili: – On tämä yhtä pirua, kun nytkin tiedetään täysin varmasti, että täysi rikollinen on tulossa vahvistamaan paikallisia rosvoja. Voitaisiin ottaa äijä koppiin pariksi viikoksi tai kärrätä saman tien takaisin koneeseen Jenkkeihin. Mutta ei voida. Täytyy katsella vierestä, kun Shilton jakaa täällä oppejaan. Siihen asti, kunnes tapahtuu ensimmäinen laittomuus.

– Näin se on, sanoi Mauri.

Maurin työryhmä poti hieman heille epätyypillistä vaikeutta sen suhteen mihin seuraavaksi ryhdyttäisiin. He tekivät kukin omiaan paperitöitään. Jaana tutki raporttia, jonka tekninen tutkinta oli laatinut Rahkoilan talosta. He saivat sieltä 13 eri sormenjäljet, joista poikkeuksellisesti kaikki löytyivät poliisin tietokannasta. Neljän paikalla olleen henkilön lisäksi löytyi vielä kaksi naista: Laila Pystysen pikkusisko Irmeli Pystynen ja Rita Haveri. Jälkimmäinen oli ollut syytettynä lievistä huumausainerikoksista neljä kertaa ja kerran saanut ehdollisen tuomion, muuten mennyt sakoilla. Sitten paikalta löytyi neljä Janakkalan pikku-rikollista, jotka olivat joskus todistettavasti talossa vierailleet. Jäljistä yhdet olivat niin hauraat, että tekninen tutkinta arvioi niiden jättämisestä olevan useampia vuosia. Sitten jäljet kertoivat myös Ismo ja Ilpo Jokisesta. Mielenkiintoisinta oli kenties se, että Iivar Mäntynen ei ollut ainakaan paljain käsin vieraillut talossa.

Kolmen aikaan iltapäivällä Asko Kekkonen pyysi huomiota hetkeksi. Kaikki tulivat kurkistamaan mitä asiaa miehellä oli, kun hän hihkui rikospoliisin käytä-vällä.

– Selvittelin, että Irwin Shiltonin nimellä oli varattu Jeep Cherokee vuokra-auto. Väri on kuulemma beige. Hotellivarausta en ole hänen nimellään Helsingin seudulta löytänyt. Joten odotellaan mihin hän menee.

Muita edistysaskeleita Tuomas Sarkalan murhatutkimuksessa ei sille päivälle enää saatu.

LUKU 11

Voimattomuuden tunne

Seuraavien kolmen päivän aikana poliisi haastatteli niin valtavan määrän ihmisiä, että perjantai-iltapäivänä Mauri päätti viheltää pelin poikki ja kutsui joukkonsa koolle.

Hän tiedusteli ryhmältään: – Saa sanoa, jos on eri mieltä, mutta minusta olemme käyneet läpi jo laajasti ensinnäkin sen väen, joka jäähallissa oli tapahtuma-aikaan ja toiseksi Jaana on vissiin haastatellut Sarkalan sukulaiset melkein pikkuserkkuun asti.

– Ei melkein, vaan tapasinkin yhden pikkuserkun.

– No niin. Ja mitä on jäänyt käteen? Ei mitään. Pidämme nyt vapaan viikonlopun ihan normaalisti. Naapurijaos päivystää, joten meille tuskin tulee kutsua töihin. Ja vaikka kehotankin teitä rentoutumaan ja lepäämään kaikilla haluamillanne tavoilla, antakaa kuitenkin alitajuntanne hautoa sitä, miten tästä lähdetään etenemään. Kohta on mennyt viikko Sarkalan murhasta, kuten kaikki hyvin tietävät. Eli ensi hetken mahdollisuudet on jo menetetty. Vielä viikon saamme tutkia tätä työryhmänä ja KRP:n avustuksella. Jos mitään ei tapahdu, joudumme jakaantumaan. Mäntyset ovat tutkintavankeudessa. Shilton asuu Hyvinkäällä hotellissa eikä ole tietojemme mukaan käynytkään

115

Hämeenlinnassa. Joten minua rupeaa henkilökohtaisesti epäilyttämään, että eikö tämä äärioikeistotutkintalinja ole sittenkään oikea.

Jaana kommentoi: – No ei se voi mikään ohikulkupuukkotappo ollut. Siinä on suunniteltu ja nimeltä mainiten haluttu oikea uhri.

– Se on totta. Lisäksi haluan muistuttaa, että Ilveksen ulkomaalaispelaajat muuttavat takaisin omiin asuntoihinsa. Ja vartiointitaso laskee niin, että poliisi ajaa kerran tunnissa ohitse. En tiedä ovatko sopineet jonkin puhelinkontrollin lisäksi. Turvajärjestely on siis melko lailla purettu. Jäähallissa on vielä tänä iltana kaksinkertainen määrä järjestysmiehiä. Kuten myös kuulemani mukaan huomenna Lahdessa. En vain mitenkään usko, että tässä on varsinaisesti kohteena jääkiekkoväki.

– En minäkään, Simo sanoi. – Eihän jääkiekkoväkeä ole missään muualla tämän jälkeen vainottu eikä kukaan koko maassa tunnusta minkäänlaisen uhan olemassaoloa. Ehkä tässä on tarkoituksena se terroristinen peruselementti eli pelon levittäminen. Ja siinähän tekijät onnistuivat kieltämättä hyvin.

– En tiedä, Jaana kommentoi. – Jäähallissa on ihan yhtä paljon ihmisiä kuin ennen tätä pelotteluakin. Voi olla jopa enemmän, kun sinne hankkiutuu se epätoivoinen sakki, joka odottaa jotain lisää tapahtuvaksi. Kuka tässä sitten pelkää?

– En ymmärrä, Mauri totesi. – Jos pelkoa haluaisi levittää, olisi iskun kohteena oltava joku paljon julkisempi elin. En tarkoita, etteivätkö kiekkoilijat olisi julkkiksia, mutta lopulta he ovat yksityishenkilöitä. Pitäisi iskeä puolustusvoimiin, poliisin tai edes sairaalaan. Mutta on tämä terrorina aika minimalistista puuhaa.

– Niin on, myönsi Simo. – Näkyvin vaikutus taitaa olla, että kaikki joukkueet pelaavat edelleen tänään ja huomenna surunauhat vasemmassa hihassa.

Jaana kysyi: – Onko meillä tietoa oliko Sarkalalla henkivakuutusta?

– Oli, sanoi Mauri. – Mutta mikään jättiläisvakuutus se ei ollut. Helpottaa vain rouva Riitta Sarkalan mahdollisuutta järjestää uutta elämäänsä alkuun, mutta ei sitä luokkaa, että sen varassa voisi jättäytyä elämään. No, kello tulee neljä, ryhdytään lähtemään kotiin.

Jaana sanoi vielä jäävänsä hetkeksi. – Minulla on tekeillä koneella graafinen esitys näistä sukulaisten ja ystävien vastauksista ja alibeista. Teen sitä lähinnä itselleni harjoituksena. Saatte maanantaina arvioida saako siitä mitään selvää.

– Okei. Kaksi tuntia saat tehdä ylitöitä. Sitten on häivyttävä.

Puoli seitsemältä, kun Jaana saapui kotiin mukanaan kaksi pizzaa, meni hän kolmannen kerroksen asuntoon ja oli ilahtunut kun Jussi oli siellä työn touhussa. Heillä oli aikeinaan tyhjentää makuuhuone, jonka Jaanan poika Joel oli luvannut tulla tapetoimaan sovittuna päivänä heidän saatua kamat pois tieltä. Huoneessa oli yksi niin painava umpipuinen irrallinen vaatekaappi, että Jussi totesi:

– Sitä ei siirretä sen kauemmaksi kuin vähän pois tieltä, kun tapetoidaan. Mutta sinun lienee syytä tyhjentää sieltä vaatteet, kun Joel aikoo myös maalata ikkunanpielet, ettei tartu maalinhaju vaatteisiin.

Jaana otti seinältä myös ikonin, jonka hän laski maalaustelineeseen, kun ei muuta paikka sille keksinyt. Jussi kertoi, että hän oli kokeillut, että sänkyä ei tarvinnut purkaa vaan se oli kahteen pekkaan nostettavissa sen verran seinästä, että tapettimies mahtuisi väliin.

– Erinomaista. Mutta nyt syödään pizzaa.

Jussi korkkasi heille punaviinipullon, kaatoi laseihin ja he ryhtyivät nuuskimaan pizzoja. Näin viikonloppu alkoi. Jaana hymähti miehelleen:

– On tämä erikoista, kun vaatteetkin on kahdessa eri asunnossa.

– Niinpä. Mutta kun tuo neljäs kerros on tuossa välissä, niin ei voida tehdä lattiaan reikää kierreportaita varten.

– Vai oletko kysynyt tuolta neljännen kerroksen ukolta, että paljonko velottaisi, jos portaat juoksivat hänen olohuoneensa läpi?

– En ole kysynyt. Ystävällinen kaveri, mutta ehkä ei onnistuisi.

Jaana keräsi syliinsä vaatteet, joita arveli tarvitsevansa tänä iltana ja huomenna. Jussi pakkasi keittiöstä mukaansa loput pizzat ja vajaan viinipullon. He siirtyivät viidenteen kerrokseen.

LUKU 12

Räjähdys

Yöllä Jaana huomasi, että jotain oli sittenkin jäänyt alakertaan: meikkilaukku. Hän lähti noutamaan sitä. Hänellä oli päällään vain ohut satiininen yöpaita ja villatakki ja jalassaan Aino-tohvelit. Hän löysi meikkilaukkunsa makuuhuoneen peilipöydältä. Hän vetäisi verhon kiinni ja sammutti makuuhuoneen kattovalon.

Samaan aikaan talon pihalla nuori mies katseli tähtäinlaitteen läpi kolmannen kerroksen ikkunoita. Hän tarkisti kellosta, että se oli puoli kaksitoista. Poliisi sammutti makuuhuoneestaan valot. Aikoi kai ruveta nukkumaan. Mies oli ennakkoon tehnyt suunnitelman, että hän odottaisi tunnin. Hän halusi olla varma, että asunnossa olisi hiljaisuus.

Jaana ei kuitenkaan käynyt nukkumaan, vaan oli jo viidennessä kerroksessa ja he olivat elokuvan päätteeksi kömpineet makuuhuoneeseen, jossa ei ollut tarkoituskaan nukkua heti. Ulkona oleva mies ei kiinnittänyt tähän mitään huomiota, sillä hän tiesi naiskytän asunnon olevan kolmannessa kerroksessa. Kun 55 minuuttia oli kulunut, nosti hän singon olalleen ja tarkensi tähtäimestä sen ikkunan alareunaan. Singossa oli sirpalekranaatti, joka ei räjähtäisi ikkunan antamasta vastuksesta, vaan läpäisisi sen ja löytäisi vasta riittävän niin vahvan seinän, että se laukaisisi räjähteen. Näin hänelle oli markkinoitu aseen ominaisuudet. Ammuksessa oli 600 metallinkappaletta sisällä, jotka leviäisivät joka puolelle. Ampujan vastuulle jäisi vain osua ikkunalasiin eikä karmeihin. Siitä nartusta ei jäisi mitään jäljelle.

Vielä minuutin mies odotti. Kello oli 00.32 kun hän laukaisi singon ammuksen liikkeelle. Tähtäys oli täydellinen. Ammus läpäisi kaksinkertaisen ikkunalasin, törmäsi ikkunanvastaiseen seinään tyhjään vaatekaappiin, jonka ovi oli jäänyt auki ja räjähti siellä saaden koko talon tärähtämään. Mies oli jo lähtenyt saman tien juoksemaan Sibeliuksenkadun suuntaisesti pihamaalla pohjoista kohti. Hän hihkui mielessään:

–Täydellinen osuma! Eiköhän nyt rupea tässä kaupungissa vapisemaan. Uusi aika on koittanut.

Jussi havahtui unesta taloa tärisyttävään räjähdykseen.

– Mikä helvetti se voi olla? Ei kai täällä maakaan järise?

Hän pomppasi pystyyn ja kurkisti makuuhuoneen ikkunasta pihalle. Kun hän näki, että kolmannen kerroksen ikkunasta löivät liekit ulos, hän huusi:

– Voi saatana! Jaana herää!

Hän tarrasi naisensa olkapäähän kiskoen samalla farkkuja jalkaansa lenkkitossujen seuraksi. Hän vetäisi myös t-paidan ja nahkatakin ylleen. Jaana nousi istumaan pöllähtäneenä:

– Mihin sinä nyt?

– Tule mukaan. Kolmannessa kerroksessa räjähti joku pommi!

– Meidän kämpässä?

– Siellä tietysti.

Jussi otti eteisestä jauhesammuttimen mukaansa. Jaanakin oli jo täysin hereillä ja veti vaatteita ylleen. Hän kurkisti myös ikkunasta.

– Ei helvetti, se on makuuhuone, josta lyö liekit. Ei siellä pitänyt olla mitään palavaa.

Jussi oli jo selvittänyt tiensä asuntoon ja törmäsi käytävässä naapureihin ja sai tiedusteluihinsa palokunnasta myöntävän vastauksen. Hän hyökkäsi sisään ja totesi palon olevan varsin paikallinen, vaikka savua oli kaikkialla. Makuuhuoneen ovelta hän tyhjensi sammuttimen vaatekaappiin ja sen takana olevaan seinään. Jaana loikki hänen perässään ja tempaisi tullessaan kolmannen kerroksen sammuttimen mukaansa. Kun hän oli tyhjentänyt sen kokonaan sänkyyn ja muihin huonekaluihin, juoksi asuntoon ensimmäinen palomies.

– Oletteko te asukkaat?

– Kyllä.

– Onko täällä uhreja?

– Ei ole, Jussi toppaili miestä.

– Mitä tapahtui?

– En tiedä mitä tapahtui. Heräsimme tuolla ylhäällä, meillä on sielläkin asunto, kamalaan räjähdykseen jostakin. Kun kurkistelin ulos, niin näin että täällä palaa.

– Olette ansiokkaasti saaneet sammutuksen alkuun. Me viimeistelemme sen. Tuuletus onkin täällä jo kunnossa, kun ikkuna on palasina.

– Voi helvetti, Jaana kirosi hämmentyneenä. Hän ihmetteli, miten hän saattoi olla tällainen puhumaton urvelo, jonka asioita mies joutui selvittämään. Hän vaatikin palomiehen huomioon itseensä ja paiskoi kättä:

– Terve terve, Jaana Lindegren rikospoliisista.

– No niinpä onkin. Kyllähän minä sinut tunnen. Tämä on sinun kämppäsi?

– On.

– Oliko huoneessa jotain nestekaasua tai vastaavaa?

– Ei mitään.

Järjestyspoliisin mies kurkisti ovelta ja kysyi palomieheltä:

– Täytyykö talo tyhjentää?

– Sanoisin että ei, mutta pysykää toistaiseksi paikalla.

– Totta kai.

Poliisi laski makuuhuoneeseen vielä omasta jauhesammuttimestaan niin paksun kerroksen, että minkäänlaista kytyä ei voinut jäädä. Seuraavaksi palomies pyysi Jaanaa ja Jussia menemään takaisin viidenteen kerrokseen. He tekivät näin.

He istuivat sohvalle. Jussi oli korkannut konjakkipullon ja kaatanut siitä heille molemmille tuhdin siivun. Jaana totesi:

– Joudun varmaan töihin, mutta siitä huolimatta on otettava neuvoa-antavat. Ymmärrätkö mitä tapahtui?

– Ymmärrän. Sinut yritettiin murhata.

– Niin.

– Sinne on ammuttu jotain palavaa ikkunan läpi. Pommi on räjähtänyt sisällä.

– Jos tämä on jatkumoa sille jääkiekkoterrorille, niin nyt täytyy sanoa, että panoksia on nyt nostettu reippaasti. Yritetään räjäyttää rikosta tutkiva poliisi sänkyynsä. Sinä olit minua ennen hereillä. Mitä kuulit?

– Minäkin nukuin. Heräsin kun koko talo tärähti. Ei siis ollut mikään fosforikranaatti, vaan isommasta paukusta oli kysymys. Ja se oli tullut ikkunasta läpi ja räjähtänyt vasta sisällä.

– Sen verran minäkin ymmärrän. Kuulitko sinä kovan äänen?

– Kuulin. Hyppäsin pystyyn ja kurkistelin ikkunasta ja sain heti selvyyden, että se on meidän kämppä, joka palaa. Herätin sinut ja ryntäsin sinne. Palokunta tuli aika nopeasti, vaikka kyllähän me jo ehdittiin se sammuttaa ennen.

Jussi kaatoi toiset konjakit ja laittoi pullon sivupöydälle. Ovikello soi.

– Rikosylikonstaapeli Tiura, iltaa. Oletteko te kolmannen kerroksen räjähtäneen asunnon haltija?

– Jos ei ihan tarkkoja olla, niin olen. Mutta tulkaa sisälle.

– Nyt en aivan ymmärtänyt.

Jaana morjensti ylikonstaapelia. – Terve.

Tiura huokaili: – Muistelinkin että sinä asut täällä. Oliko sinun kämppäsi vai miehen?

– Minun nimeni on osakekirjassa, mutta yhdessä asutaan molempia. Tämä on siis kaksoismurhan yritys, oltaisiin molemmat voitu olla siellä.

He kertoivat tapahtumien kulun taas.

Tiura teki muistiinpanoja ja kyseli: – Onko teillä käsi-tystä kuka tässä voi olla takana?

– Ei meillä mitään todistettavaa ole. Meillä on tutkin-nan alla jäykkä juttu, se jääkiekkovalmentaja Sarkalan murha.

Ovikello soi taas ja Mauri Taponen saapui. Hän halasi Jaanaa ja paukutti Jussia olalle.

– Oletteko kunnossa?

– Fyysisesti ei ole mitään vikaa. Olimme täällä, kun posahti.

– Nukutteko te aina täällä?

– Ei. Yhtä hyvin oltaisiin voitu olla alhaalla.

– Asko on muuten tuolla pihalla. Hän hälytti jonkun KRP:n ballistiikkatutkijan tulemaan tänne hetimiten. Hän tietää niistä asioista itsekin ja mittaili pihalta mie-lestään melko varman paikan, missä ampuja oli seis-syt, kun hän jonkinlaisen räjähtävän ammuksen lau-kaisi.

Palokunta sai työnsä tehtyä. Heillä oli oma erityinen laitteensa, joka imi asunnosta suurimman osan sinne suihkutetusta sammutusaineesta. Sitä toki jäi siivotta-vaksi, mutta aivan nilkkoja myöden siinä ei tarvinnut kahlata. Asko saapui asuntoon, jonka olohuoneessa

Jussi, Jaana sekä poliisit Tiura ja Taponen istuivat ja keskustelivat.

Asko tervehti lämpimästi molempia teon kohteita ja totesi lähes samoin sanoin:

– Jumalauta rupesi panokset kovenemaan. En ole varsinainen asiantuntija, sellainen tulee kohta, mutta olen melko varma, että tuolta sisäpihalta, luultavasti maan tasolta, koska mitään korokkeeksi käypää ei näytä olevan, on ammuttu jotain räjähtävää. Olen nähnyt aiemmin paikan, johon on ammuttu singolla ja näyttää samanlaiselta. Siellä on satamäärin pieni metallinsiruja. Sellainen ammus sisältää metallihelyä valtavan määrän, joka lilluu herkästi syttyvässä massassa. Näin saadaan sekä tuli- että sirpalevaikutus. Ainoa riski on, että jos on tarpeeksi tukevat ikkunat, ne saattavat estää panoksen sisäänmenon. Mutta tässä tapauksessa ei. Ammus on räjähtänyt seinään osuessaan. Murhayritys.

– Sitä se on, totesi Mauri.

Mauri lohdutteli Jaanaa myös sillä tiedolla, että poliisilaitoksella oli kattava vakuutus tällaisten tapausten varalta, että poliisihenkilö joutui hyökkäyksen kohteeksi vapaallakin ollessaan ja kokee merkittävää taloudellista vahinkoa. Vahingot korvattaisiin täysimääräisinä.

Jussi hymähti: – Eikös se minun hybridipyöräni ja uusi perämoottorini ollutkin siellä sängyn alla.

Mauri sanoi: – Kaikkea sinne voi lykätä, mutta perämoottori sängyn alla ei taida mennä läpi.

– No ei minulla sellaista kyllä olekaan.

– Teidän toisesta asunnostanne tulee nyt rikospaikka. Saatte kohta hakea sieltä tavarat mitä tarvitsette. Sitten suljetaan se ja tutkitaan se suurennuslasin kanssa, vaikka uskonkin Askoa, että räjähde on ammuttu ulkoapäin. Eikö näin Asko ole? Mutta emme voi olla varmoja, että onko joku murtautunut asuntoon ja käynyt asentamassa sinne pommin, joka on sitten rikkonut ikkunan. Kuulostaa teoreettiselta, mutta tutkittava sekin on.

Jaana naurahti: – Onneksi siellä oli alkamassa remontti. Olin juuri tyhjentänyt kaapista vaatteeni ja pelastanut ikonin seinältä.

– Onni onnettomuudessa, totesi Mauri.

Jaana mietti ääneen:

– Tämä on törkein loukkaus mitä minuun on henkilökohtaisesti koskaan suuntautunut. En ole anteeksiantavaa sorttia. Kun saan tekijän näppeihini, niin kostan tämän.

Jussi halasi naistaan ja rauhoitteli. – Kyllä kaikki menee aivan oikean proseduurin mukaan ennen pitkää. Tässä lienee turha yrittää nukkua enää. Ehkä keitämme kahvit.

Ajatus sai kannatusta. Tänä aikana heidän seuraansa oli myös liittynyt Simo Savu sekä ensihoitoyksikkö, joka oli käynyt tutkimassa Jaanaa ja Jussia ja todennut heidät vahingoittumattomiksi.

Paikalle saapui myös ylikonstaapeli Tiura, joka oli käynyt tiedottamassa talon asukkaita, että he voisivat palata asuntoihinsa ja jatkaa elämäänsä. Poliisi arvioi, ettei heihin kohdistu mitään uhkaa.

LUKU 13

Kollegoiden tukea

Komisario Mauri Taposen tutkintaryhmä kokoontui neuvotteluhuoneeseen lauantaiaamuna kello yhdeksän. Jaana oli istunut huoneessa jo lähes tunnin ja kuittaillut saaduiksi tuenosoitukset, joita hänen puhelimeensa napsahteli säännöllisin väliajoin ympäri Suomen poliisivoimia. Kaikki olivat täynnä taisteluhtoa ja kautta poliisikunnan oli vakaa usko, että tämä vakava hyökkäys yhtä heidän omaansa kohtaan ei jäisi selvittämättä.

Kun ryhmä oli koossa ja kahvit kupeissa, antoi Jaana itselleen luvan pieneen itkeskelyynkin siinä halausten lomassa. Jussi oli hienotunteisesti jättänyt palaverin väliin koska ymmärsi, että se oli työryhmälle tärkeä yhteinen kokemus. Hän oli toki kertonut Jaanalle tulevansa paikalle noin kymmeneltä.

Mauri päätti aloittaa palaverin.

– Järjestyksen komisario Ketola raportoi minulle hetki sitten etsintäoperaatiosta, joka heillä oli ollut koko aamuyön käynnissä. Kaikki vapaavuorolaiset ovat ilmoittautuneet vapaaehtoisesti töihin. He ovat penkoneet kaupunkia ristiin rastiin ja käyneet kaikki omat kontaktinsa läpi, mutta ketään ei ole otettu kiinni.

Jaana pyysi puheenvuoron ja kertoi olevansa täysin samaa mieltä Jussin kanssa siitä, että Jokiset eivät olleet tämän kokoisen operaation aivot.

– Heitä käskyttää joku. Mutta en käsitä kuka, kun Gunnar ja Ruben ovat kopissa. Mutta kyllä se selviää, kun saadaan ne Jokisen juuttaat kiinni.

Mauri halusi käsitellä yhden kiusallisen aiheen ennen tutkimusten lisäsuunnitelmia.

– Sinähän Jaana tiedät, että me voimme ottaa sinut irti tutkimuksesta ja piilottaa turvataloon. Se on juridisesti mahdollisesti, mutta käytännössä tietysti helvetin vaikeaa, että tutkiva poliisi on turvatalossa piilossa.

– Voit unohtaa saman tien. Minä en mene mihinkään piiloihin.

– Arvasin sen, mutta kentälle töihin et lähde ennen kuin olet tavannut työterveyspsykologi Vuorelan. Soitin hänelle kotiin. Hän tulee tänne tapaamaan sinua kohta.

Jaana hyväksyi suunnitelman ja jatkoi:

– Täytyy muistaa, että vaikka tässä yritettiin murhata minut, siis kyseessä oli vakava hyökkäys poliisitointa vastaan, oli yhtä suuressa vaarassa myös Jussi, joka on täysin siviilihenkilö. Jos olisin ollut siellä makuuhuoneessa, olisi Jussikin ollut siellä. Kaksinkertainen murhayritys siis.

– Kyllä. Mutta kuten yöllä selvisi, jos joku on tutkinut talonkirjan otetta, niin saa sieltä käsityksen, että sinä asut kolmannessa kerroksessa ja Jussi viidennessä.

– Se on totta, myönsi Jaana. – Ja jos joku on tutkinut meitä henkilöinä, tietää hän, että olemme hurskaita kirkossakävijöitä ja päätellä tästä, että vietämme yömme yksin.

Asko Kekkonen halusi puhua seuraavana.

– Tässä asiassa on vielä sellainen poliisihallinnollinen nyanssi, että koska hyökkäyksen kohteena oli Hämeenlinnan rikospoliisin väkivaltarikosyksikkö, pitää tutkinnanjohtajan tulla jostakin muualta. Mutta puhuimme siitä jo aamuyöstä Maurin kanssa, että juonimme minut tutkinnanjohtajaksi, mutta käytännössä tutkimuksen johtajana toimii Mauri aivan niin kuin ennenkin. Sellainen muutos meidän on tehtävä, että kenttäjohtovastuu lankeaa nyt Simolle. Mehän olemme toki olleet aina näissä johtosuhteissa sangen demokraattisia.

Mauri helpotti ryhmäänsä toteamalla:

– Olen ollut tänään yhteydessä myös ylikomisario Leveelahteen. Vaikka näyttäisi siltä, että Tiuran yksikkö tutkii tätä tapausta, suoritamme käytännön tutkimuksen kuitenkin itse. Me saamme olla muuten rauhassa päivittäisrikostutkinnalta, mutta Sarkalan murha pysyy meillä. Ja jottei syyttäjäkään olisi nukkunut aamuyöstä onnensa ohitse, herätin myös hänet pohtimaan tämän Rahkoilan nelikon saamaa lupaa odottaa vapaalla kutsua oikeudenkäyntiin. Ja koska olimme pitäneet kiinni viimeisestäkin minuutista pitää heitä lukkojen takana, olin luvannut päästää heidät lähtemään nyt lauantaiaamuna. Laki sallii pyöristämisen seuraavaan aamuun, jos määräaika menee umpeen yöllä. He ovat siis vieläkin täällä, sillä syyttäjä otti vastuulleen, että käräjäoikeus muuttaa päätöstään ja julistaa heidät vangituiksi. En tiedä onko siitä mitään iloa, mutta jos tässä joku muu heiluu taustalla, niin meidän täytyy käyttää kaikki keinot yrityksessä savustaa tämä taustapiru esiin. En usko, että hän tulee tänne tapaamaan Mäntysiä, mutta meidän on seurattava miten he yrittävät olla yhteyksissä ulkomaailmaan.

Jaana tiedusteli vielä:

– Onko okei, että tilasin jo jonkun ryhmän sellaisesta teollisuussiivoustoimistosta? Sain tekniikalta luvan, että heillä ei ole mitään sitä vastaan.

– Se on ihan okei.

– Kun se on siivottu, saamme hankittua uudet ikkunat. Sitten poikani alkaa tehdä siellä pintaremonttia.

Elias ihmetteli: – Onko poikasi jo remonttimiehen iässä?

– On. Joel täyttää 18 ensi kesänä.

LUKU 14

Epäonnistumisen tunnustaminen ja uusia suunnitelmia

Samaisena lauantaiaamuna istui Riihimäen rautatieaseman ravintolassa kaksi nuorta miestä. Kummallakin oli edessään iso kuppi kahvia ja rinkilän mallinen berliininmunkki. Miehillä oli päällään mustat pikkutakit, kauluspaidat ilman solmiota, toisen housut olivat suorat ja toisella taas samettihousut sekä buutsit. Heidän luokseen käveli selvästi vanhempi mies. Tämä jäi seisomaan pöydän viereen, katseli nuorukaisia ja sitten sanoi:

– Kuinka saatanan tyhmä voi olla? Kysyn toisella tapaa: miten helppo pitää olla tehtävän, että se onnistuu teiltäkin?

Nuorukaisista vanhempi katseli kummastuneena vanhempaa miestä ja totesi:

– Siinä ei voinut mennä mitään väärin. Näin itse, että se huone räjähti tuleen.

Vanhempi mies tuijotti takaisin. – Sitä huonettako vastaan oli tarkoitus hyökätä?

Hän heitti heidän eteensä molemmat iltapäivälehdet, otti alleen tuolin ja jatkoi:

– Sinä räjäytit saatanan typerys tyhjän makuuhuoneen. Ei kuolonuhreja, ei minkäänlaisia henkilövahinkoja.

Äsken puhunut nuorukainen selasi Iltalehdestä räjähdyksestä kertovan artikkelin esiin. Toiselle miehistä jäi toinen lehti.

– En ymmärrä miten se on mahdollista. Näin ikkunasta miten se kyttä oli yöhepeneissä huoneessa, sammutti valot. Sitten odotin tunnin ja ammuin täydellisen laukauksen. En kai voinut tajuta, että se on pimeässä hiiviskellyt pois sieltä. Minua ei kukaan nähnyt missään tapauksessa.

Vanhempi mies ei ryhtynyt väittelemään, vaan sanoi:

– Käskin teitä poistamaan se naispoliisi vahvuudesta. Hankin teille kertalaukaussingon. Olen vuokrannut teille auton, jolla liikkua. Lisäksi olette saaneet käyttörahaa, kun lymyätte siellä leirintäalueella. Ja sinä Ismo saatana, sinä ammut sen 2800 euron arvoisen laukauksen tyhjään huoneeseen.

Ismoksi kutsuttu nuorukainen ei sanonut enää mitään.

– Minä en aio hankkia teille uutta sinkoa. Johan ne pitäisi minua siellä Ruotsissa aivan idioottina, jos kuulevat, että niillä ammutaan päin seiniä. Joten te painutte takaisin leirintäalueelle odottamaan ohjeitani ja varaudutte siihen, että seuraavaan keikkaan saatte yhden kuluneen ysimillisen pistoolin varusteeksi. Onpa halvempaa hukattavaa, jos onnistutte senkin tyrimään. Painotan vielä: ette tee mitään, ette siis yhtään mitään ennen kuin saatte minulta lisäohjeita.

Vanhempi mies nousi ja poistui ravintolasta. Nuorempi kahdesta miehestä raapi päätään ja kysyi:

– Sanos nyt mulle Ismo, että näitkö oikeasti sen poliisin siinä ikkunassa?

– No aivan saatanan varmasti näin. Se on käynyt sammuttamassa valot ja häipynyt johonkin. Varmaankin sohvalle.

Ismo katsoi veljeään silmiin ja sanoi: – Seuraavan kerran kun mä saan sen muijan tähtäimeen, niin pidän sitä samalla kädestä kiinni, kun painan liipaisinta. Ettei pääse häipymään viime hetkellä luodin tieltä.

Jussi ja Jaana seisoivat tärvellyssä huoneessaan seuranaan vakuutusyhtiön rakennusmestari.

– Suosittelisin teille sellaista ratkaisua, että laitetaan tähän luodinkestävät lasit. Se on sellaista kevytpanssaria. Kyllähän siitä sinko läpi tulee periaatteessa, mutta on todennäköistä, että suurin voima jää ulkopuolelle. Ja kun laitetaan uudet ikkunat ja pokat, ei sen kustannukset ole niin paljoa korkeampia, etteikö vakuutusyhtiö maksaisi nikottelematta.

– Sellaiset sitten laitetaan, Jussi nyökkäsi.

Remonttiryhmän edustaja sanoi vielä: – Saadaan viikonlopun aikana täällä tasoitustyöt tehtyä ja sanoisin, että maanantaina lyödään parketti lattiaan. Teillä oli sitten joku oma maali- ja tapettimies, joka saa tulla meidän puolestamme tiistaiaamusta.

– Kuulostaa hyvältä, Jaana kiitteli. – Kai te vaihdatte tuon lämpöpatterin, vaikka se kai vielä lämpeneekin, mutta sen saumat ovat täräyksessä varmaankin venyneet, että saadaan seuraavaksi vesivahinko.

– Vaihdetaan. Kaikki näkyvillä olevat putket vaihtuvat myös.

– Okei. Teillä on meidän puhelinnumerot, Jaana varmisti. – Soitelkaa jos tulee kysyttävää. Eikö tämä ole periaatteessa aika simppeli juttu?

– On kyllä.

Samassa Jaanan puhelin pirahti. Jaana nyökkäsi Jussille ja sanoi: – Siellä on Kekkonen.

Kekkonen hihkui puhelimeen: – Missä olet?

– Kotona.

– Tule pihalle. Olen täällä tämän KRP:n ballistiikkakaverin, Niilo Saastamoisen kanssa.

Jaana lupasi tulla ja he molemmat lähtivät takapihalle, jossa yksi KRP:n teknisistä tutkimusautoista oli pysäköitynä. Saastamoinen näytti laserosoittimella.

– Kuten näette, ampujan on ollut pakko seistä jotakuinkin näillä jalansijoilla, jotta laukaus olisi osunut siinä kulmassa ikkunan alareunaan. Onneksi ikkunanvastainen seinä on ollut kantava, tiilistä muurattu ja jykevä. Se on ottanut räjähdyksen vastaan. Aika paljonhan sotkua säästi myös se, että se sattui menemään tammisen vaatekaapin sisään.

– Ei nyt tunnu ihan siltä, että oltaisiin onnen kultalapsia, Jaana purnasi. – Kuinka pitkä putki sellaisessa aseessa on?

– Sanoisin, että melko varmasti sellainen 85-senttinen. Jos se on joku muu kuin kaikkein yleisin Suomessa käytetty sinko, niin voi olla metrinenkin piippu, mutta ei pidempi.

– Ja olaltako sellainen laukaistaan?

– Olalta. Se lyö lähtöhetkellä puolitoistametriset lieskat taakse. Turväli ampujan takana on siis kolme metriä ja tässä nähdään, että vielä tuolla neljä metriä ampujan takana olleessa aidasta on nähtävissä palojälkiä. Ei se syttynyt ole, mutta jotain palavaa se on saanut siipeensä. Järeä pyssy se on ja pitää kauhean pamauksen. Tietysti tällaisella sisäpihalla itse räjähdyksen ääni jää varsin pienelle alueelle.

– Kiitos tiedoista, Jaana ja Jussi sanoivat ja pyysivät sitten Askon kahville, sillä Saastamoinen kertoi jatkavansa saman tien matkaa.

He ajelivat hissillä viidenteen kerrokseen ja Jussi keitti kahvit ja kattoi pöydälle lihamunapasteijoita, joita joku Jaanan ystävällinen työkaveri oli heille ojentanut pussillisen.

– Poliisilla näyttää yhä olevan hieno vanha tapa käytössä, että surutaloon täytyy tuoda jotain syötävää. Järkyttynyt ihminen tykkää syödä mussuttaa.

Asko valotti Jaanaa ja Jussia päivän tutkimuksista:

– Ovelta ovelle kiertäminen on tuottanut kaksi näköhavaintoa heti räjähdyksen jälkeen. Tuosta talon pohjoisen puoleisesta portista meni ulos keskimittainen tai lyhyehkö mies, joka kantoi mukanaan kassia. Hän astui paikalle pysähtyneeseen katumaasturityyppiseen autoon, jota ajoi joku muu. Tästä tapahtumasta on kahden, toisistaan riippumattoman silminnäkijän havainto. Tämä ei sinänsä vielä paljoa meitä ohjaa. Auto lähti Kaurialan suuntaan eikä siellä puolella ole yhteenkään valvontakameraan tallentunut. Auto voi olla väriltään esimerkiksi punainen, mutta myös ruskea tai violetti. Tai jotain muuta.

– Niinhän se aina, Jaana pohti. – Mutta kyllä sekin löytyy.

– Voit myös uskoa, että tekijäkin löytyy, Asko lupasi.

– Minkälainen on vointi?

– Ei siinä ole mitään vikaa. Kun en ajattele asiaa, ei edes kädet vapise. Kun ajattelen, miten lähellä ihan fyysisesti makasimme, kun joku ampui meitä singolla, niin vähän puistattaa. Mutta olen ihan työkykyinen ja näin lupasi työpsykologikin. Saan jatkaa töitäni ilman sairasloman pitoa.

Jussi totesi: – Minun työkykyäni ei ole kukaan tutkinut, mutta arvioin itse olevani aivan samanlaisessa iskussa kuin ennenkin. Nyt kävi näin ja tästä mennään eteenpäin. Tässä ei auta jäädä tuleen makaamaan. Kerrankin kulunut sanonta osuu täsmälleen kohdilleen.

– Oletteko miettineet, tai tietysti olette, että mikä tässä on ollut ideana? Kyllähän poliisi saa joka päivä vihamiehiä, mutta aika harvoin ne kärjistyvät murhayritystasolle.

– Näin se on. En usko, että varsinaisesti on kyse vihamiehistä. Kyllähän minun naamani vituttaa kymmeniä, jollei satoja pahiksia tällä alueella. Kyllä tässä on kyse enemmänkin kostosta tai jonkin asian todistamisesta. Olen yhä sitä mieltä, että Sarkalan murhan takana ovat toteutusasteella Jokisen pojat, mutta heidän takanaan häärii joku, jolla on voima puristaa muuten heikkolahjaista porukkaa, jota tämän jutun tiimoilla on nyt nähty. Enkä muistaakseni ole ollut Jokisten kanssa tekemisissä muuten kuin viime vappuna, kun en päästänyt niitä enää kaupungille sinä päivänä. Se tietysti varmaan vitutti, mutta kyllä vitutuksen maksiimi on nyt täyttynyt liian helposti. Olen kai joskus niihin aikaisemminkin törmännyt tuollaisessa järjestyksenpitotehtävässä, mutta ei tämä minulle nyt aivan aukea. Ja kun kuvani oli siellä heidän huoneensa seinällä ilmapistoolin maalitauluna, oli siihen kirjoitettu punavihersuvakkinaiskyttä. Naiskyttä olen toki, mutta punavihersuvakki en mielestäni ole. Ja sen tulevat huomaamaan kyllä nämä Jokisetkin, kun saan heidät käsien ulottuville.

Kekkonen vastasi:– Kai se viime vappu on sitten ollut lähtöpiste, mutta todellakin tuntuu hieman ylimitoitetulta reaktiolta. Mutta eihän näitä jätkiä millään normaalimittareilla mittaillakaan.

– Lähdettekö mukaan, Jaana kysyi molemmilta herroilta. – Olen aikeissa palaveerata vielä tänään Simon kanssa. Lähden kohta linnakkeelle. Jos kyyti kelpaa, niin tässä pääsisi.

– Minä taidan lähteä, Jussi totesi.

Sen sijaan Asko valitteli, että hänellä oli KRP:n Peugeot kadunvarressa. – Mutta tulen kyllä sillä mukaan kokoukseen.

– Selvä. Jatketaan siellä. Nyt täytyy mennä maalaamaan sotamaalaus, Jaana totesi ja siirtyi kylpyhuoneeseen peilin eteen.

LUKU 15

Johtovastuukysymyksiä

Rikosylikonstaapeli Jaana Lindegren ja vastaavalla virkanimikkeellä työskentelevä Simo Savu olivat läheisiä kollegoita ja mitä parhaita ystäviä. Heidän kesken onnistui siis sujuvissa merkeissä kesken olevan tutkimuksen johtovastuun siirtäminen. He sopivat, että Jaana jatkaisi Sarkalan murhatutkimuksen kenttäjohtajana, mutta Sibeliuksenkadun sinkohyökkäyksen johto oli Simon. Ja varsinainen tutkinnanjohtaja oli KRP:n tutkija Asko Kekkonen, ja hänen alaisuudessaan Hämeenlinnan rikospoliisissa komisario Tiuran yksikkö. Todellisuudessa tutkimuksen johto säilyi kuitenkin komisario Mauri Taposen näpeissä. He ymmärsivät toki itsekin, että johtokaavio näytti niin monimutkaiselta, että oli oltava tarkkana missä sitä esittelisi.

Simo sanoi, että koska hänellä ei ollut yhtään vihjettä siitä mihin räjäyttäjä pakeni sen jälkeen kun tämä oli astunut tapahtumapaikalta kadulle, hän oli päättänyt koota kaikki kynnelle kykenevät ja he lähtisivät siitä pisteestä kuin suunnistajat ikään, jokainen hieman eri suuntaan, sillä mielellä, että joku osuisi väkisin sinkomiehen käyttämälle pakoreitille.

– Kuulostaa minun itsenikin mielestä tehottomalta hakuammunalta, mutta jotakin on tehtävä kun ei ole kunnollisia johtolankoja. En ymmärrä miten on mahdollista, että ne jätkät eivät asu yhdessäkään hotellissa tässä 100 kilometrin säteellä eikä kukaan heidän kavereistaan ole heitä nähnyt pitkään aikaan. Nyt on käyty kovistelemassa jo ne majoitusta tarjoavat hotellit ja motellit, jotka suhtautuvat perinteisesti ynseästi poliisin kyselyihin. Eikä mitään löydy. Kai on ruvettava seuraavaksi haravoimaan vuokramökkiä.

Jaana esitti epäilyksensä.

– Minun muistamani Jokisen veljekset eivät ole mökkeilijätyyppejä. Mutta eihän sitä koskaan tiedä.

Simo jatkoi:

– Luotan siihen, että kun tarpeeksi tiheällä kammalla tarpeeksi laajasti haravoidaan, niin ennen pitkää he osuvat kohdalle. Sitä paitsi hehän ovat täysin mihinkään työhön kykenemättömiä henkilöitä, ja heidän on pakko harrastaa jotakin rikollista toimintaa elääkseen.

Jaana oli samaa mieltä, mutta painotti: – Sen vuoksi onkin ilmeistä, että joku ulkopuolinen rahoittaa heitä ja sen myötä käyttää myös käskyvaltaa.

Simo oli suunnitellut toiminnan siten, että varsinainen tehoetsintä aloitettaisiin maanantaiaamuna. Joten huomenna oli kaikilla vapaapäivä, tosin ylityölupa oli, mikäli joku haluaisi omatoimiseen haravointiin tarttua.

– Kuten minä esimerkiksi. Jos muodostatte etsintäyksiköitä, toivon, että työskentelette pareina, ei yksin. Itse olen sopinut tapaavani huomenaamulla yhdeksältä laitoksella konstaapeli Vilskan ja lähdemme hänen autollaan kiertelemään Kaurialaa. Mutta viralliset suunnitelmat tehdään siis maanantaiaamuna tässä paikassa, selvitti Simo.

Palaverin jälkeen Jaana oli vielä puhelinyhteydessä Ilveksen Reijo Paloon. Hän kertoi tälle yksityiskohtiin menemättä, että valtakunnallisen uutiskynnyksen ylittänyt singolla ampuminen on liitetty mitä todennäköisempänä tutkintalinjana yhteen Tuomas Sarkalan murhan kanssa. Koska heillä ei ollut tutkittavana mitään muita kovia tunteita herättäneitä tapahtumia, kyseli hän, kuinka venäläispojat olivat selvinneet.

Palo kertoi, että kolme yhä heidän palkkalistoillaan olevaa venäläispelaajaa ovat tänään muuttaneet omiin asuntoihinsa takaisin ja poliisi ajoi heidän kotiensa ohitse hieman tavallista useammin.

– Muuten yritetään paluuta normaaliin, koska emmehän voi olla varmoja, että tämä varsinainen vihamielisyys edes kohdistuisi heihin.

Jaana totesi kuitenkin: – Kyllä se nettivihakirjoittelu kohdistuu juuri heihin. Mutta se, että onko Sarkalan murhan suunnitellut taho niiden tekstien takana, on tietysti vielä epäselvää. No, kyllä tämä johonkin johtaa, kun me kuitenkin lyömme tutkimuksiin lisää painetta niin paljon kuin värkeissä on varaa.

Puhelun jälkeen Jaana ajeli Jussin kanssa pitserian kautta kotiin ja Jaana valitteli kokevansa olonsa merkillisen voimattomaksi.

– Kun ei löydä kerta kaikkiaan suuntaa mihin tästä pitäisi seuraavaksi suunnistaa. Ymmärrän kyllä perustelut Simon haravointioperaatioon, mutta en usko sen johtavan mihinkään. Hyvä kuitenkin, että aloittavat vasta maanantaina. Niin ei talon johto tule heti silmille siitä, että on tehty pyhänä ylitöitä valtavalla porukalla ilman tulosta.

Jussi ymmärsi poliisitalon johdon vaativan tuloksia rahaa kuluttamatta, kuten johto kaikkialla. Mutta hänen mielestään poliisin kassa oli loputon.

– Ei sitä ole mahdollista ylitöillä kuluttaa mihinkään kriisirajalle. Täytyykö meidän järjestää väijyvuorot ikkunaan vai uskalletaanko mennä nukkumaan?

– Kyllä varmasti mennään, minä en aio ainakaan valvoa tyhjää pihaa kyttäämässä.

LUKU 16

Valoa tunnelin päässä

Maanantaina aamupäivästä Jaana kävi poikansa Joelin kanssa hankkimassa tapetit ja maalit. Jussi ei halunnut lähteä mukaan, vaan hän sanoi, ettei hänellä ollut mielipidettä asiasta. Jaana kyllä protestoi sitä, että asiaan saattoi suhtautua kahdella tavalla. Joko imarreltuna siitä, että mies luotti hänen makuunsa, tai närkästyneenä siitä, ettei mies ollut lainkaan kiinnostunut tapeteista. Jussi kehotti valitsemaan positiivisemman vaihtoehdon.

He löysivät kaiken tarvitsemansa yhdellä pysähdyksellä ja Jaana pisti ostokuitit tarkasti talteen. Joelille hän lupasi maksaa 50 euroa tunnilta, mistä poika jyrkästi kieltäytyi.

– Ainahan mä olen sulta kerjäämässä rahaa, et sä näistä mitään maksa.

Jaana rauhoitteli: – En maksakaan, mutta vakuutusyhtiö maksaa, joten meinaan rokottaa joka välissä, kun on mahdollista. Eli saat nyt ihan kunnon palkan.

– No siinä tapauksessa sitten, ymmärretään.

Huoneen yleissävy tulisi olemaan kellertävä. Lisäksi Jaana tilasi pilalle menneen vaatekaapin tilalle täsmälleen samanlaisen. He veivät remonttitarpeet perille asti ja katselivat kuinka parkettiasentaja oli huoneessa päässyt lähelle puoltaväliä. Parketin sävy oli aavistuksen vaaleampaa kuin muualla asunnossa. Jaana ja Jussi hyväksyivät tämän koska tätä sävyä liikkeessä oli ollut saatavilla hyllytavarana.

Maanantaina iltapäivällä, kun Jaana istui työpöytänsä äärellä, sai hän Simolta varovaisen innostuneen puhelun.

– Pysy paikoillasi, minä tulen sinne, Simo ilmoitti.

Pian hän porhalsikin sisään asianmukaisessa ulkoiluasussa. Jaana tiedusteli tältä:

– Näytät olleen peitetehtävissä. Onko havaintoja?

Simo ilmoitti tyytyväisenä, että oli.

– Ei tosin meidän haravoinnistamme. Mutta sain puhelimeeni viestin, joka tuli monen mutkan takaa. Asian ydin on kuitenkin se, että Riihimäellä olevalla leirintäalueella yhdessä vuokramökissä on asunut jo yli kaksi viikkoa kaksi nuorta miestä, joilla on punainen Suzuki-katumaasturi. Ajattelin lähteä itse katsomaan sen. Tuletko mukaan?

– Joudan hyvin, ei tässä muutakaan ole. Mennään minun autollani.

– Totta kai mennään. Vaikka olisin halunnut olla näkemässä sen kun me olisimme valmistuneet parikymmentä vuotta aikaisemmin ja sinutkin olisi pakotettu käyttämään poliisin virka-Ladaa.

Jaana myönsi, että jos Ladat olisivat olleet vielä käytössä, kun hän valmistui, ei hän olisi hakenut poliisin paikkaa.

– En tarkoita, että auton pitäisi olla hieno ja kallis, mutta joku raja pitää sentään olla.

– Nyt sinä ylenkatsot autoja, jotka tulevat samasta kulttuurista kuin ne jääkiekkoilijat, joita nyt suojellaan.

– Niin mutta sieltä on aina tullut parempia kiekkoilijoita kuin autoja.

– Se on kyllä totta. Sitä paitsi pelti- ja muovilaatikkoa voi sorsia, mutta ihmistä ei.

He selviytyivät 25 minuutissa moottoritiellä Riihimäen pohjoiseen liittymään. Muutaman risteyksen läpi pujoteltuaan he joutuivat tulemaan vanhaa kolmostietä hieman takaisinpäin, kunnes päätyivät leirintäalueen portille. Siellä paikallinen järjestyspoliisin partio oli heitä jo vastassa. Heidän kasvonilmeistään oli jo nähtävissä mitä oli tapahtunut. Simo kuitenkin yritti pitää vielä toivoa yllä.

– Joko mennään?

Raija Laakso-niminen järjestyspoliisin vanhempi konstaapeli ilmoitti: – Ei mennä. Kettu on karannut pesästä.

– Miten se on mahdollista, Simo kysyi ja katsoi ihmetellen leirintäalueen valvoja -rintamerkillä varustettua nuorta miestä.

– Kun olin soittanut poliisille, he lähtivät noin kymmenen minuuttia sen jälkeen, jättivät avaimen, olivat pakanneet kaikki tavaransa ja pyysivät lähettämään laskun tähän osoitteeseen.

Jaana vilkaisi miehen ojentamaa muistilehtiön sivua: Rahkoila, Janakkala.

– Ovat vaihtaneet paikkaa. Nyt tiedämme varmasti, että he tietävät meidän jahtaavan heitä, eli ajo on päällä.

Simo tenttasi vielä alueen valvojaa. – Eikö ole mitään käsitystä siitä mihin suuntaan he lähtivät?

– Ei ole. He lähtivät vuorokautta aikaisemmin kuin olisi luullut. Varaus oli heillä huomisiltaan saakka. Jostain syystä he kiirehtivät lähtöä yhdellä päivällä.

Jaana hymyili ja selosti kollegoilleen. – Se on vanhaa sodankäyntitaktiikkaa. Jos teillä on suunnitelma hyökätä kolmelta, muuttakaa viime hetkellä hyökkäys alkamaan kello 14. Silloin organisaatio on valmis ja saatte yllätysedun.

Simo pyöritteli päätään. – Ovatko Jokiset jotain ihmeen strategeja?

– Eivät tosiaankaan ole. He ovat saaneet käskyn joltakin niin tähän kuin kaikkiin muihin liikkeisiinsä. Nyt olemme askelta lähempänä. Tiedämme missä he ainakin ovat olleet tapahtumaketjun ajan.

Riihimäen poliisikaksikko kysyi tarvittiinko heitä vielä. Simo antoi heille luvan lähteä töihinsä. Jaana ja Simo päättivät kuitenkin käydä vielä katsomassa miesten käyttämää mökkiä. Miehet eivät tietenkään olleet siivonneet jälkiään, joten roskista pystyi päättelemään hieman heidän ajanvietostaan. Pizzalaatikoita oli korkea torni, mutta kun Jaana tutki jätesäkkiä, jossa oli tyhjiä pulloja ja tölkkejä, hän kommentoi Simolle kummastellen:

– Mitä tämä sinusta tarkoittaa, että täällä ei ole juotu yhtään kaljaa, lonkeroa tai siideriä? Pelkkiä kivennäisvesiä ja virvoitusjuomia.

Simo sanoi sen tarkoittavan ilmeisesti sitä, että joku oli pitänyt heitä lähtövalmiudessa kaiken aikaa ja he olivat niin epäsopuisia, että eivät voineet ottaa vuoroilloin kaljaa vaan molempien oli oltava koko ajan ajokunnossa.

– Olet varmaan oikeassa. Emme me mitään täältä kostu. Mennään tutkimaan kartalta lähimmät leirintäalueet. Heille on kuitenkin ollut tarjolla sangen laadukas asumismuoto. Eivät ole joutuneet esimerkiksi telttailemaan.

Simo myönsi. – Epäilen, että he eivät ole oikein sissiainesta. Vaativat lämpimät majoitustilat ja patjat allensa.

Kun he istuivat autossa ja selasivat Simon läppäriltä mahdollisia edullisia majoitusvaihtoehtoja sadan kilometrin säteellä, oli selvää, että niitä oli kymmeniä. Simo soitti muutamaan lomamökkejä välittävään keskukseen. Missään ei oltu tänään tavattu kahta miestä ja Suzuki-katumaasturia.

Riihimäellä miehet olivat käyttäneet nimiä Lampinen ja Kytö.

– Mitä luulet, Simo kysyi, kumpi oli kumpi?

– Se vanhempi ja toimeliaampi, se Ismo, oli varmaan tuo Kytö.

– Niin voi olla. Ehkä he vaihtelevat viikonloppuisin nimiä. Tällä tavalla tämä ei etene. Mennään istumaan palaveriin. Ei tässä muukaan auta.

Kun poliisit kokoontuivat taas neuvotteluhuoneeseen kahvikuppeineen, oli heillä tällä kertaa edessään KRP:n tarjoamat muffinssit. Sari Lassila kyllä ilmoitti, että muffinssit eivät olleet KRP:n, vaan henkilökohtaisesti hänen tuomiaan.

Jaana kysyi: – Oletko leiponut nämä omilla pikku kätösillä?

Lassila naurahti. – Miksen olisi? Minä leivon usein.

– Erinomaista. Minäkin leivon joskus. Mutta kesken tutkimuksen en kyllä pysty ryhtymään muffinssien tekoon.

– Se on kai minulle jonkinlainen tapa pitää vähän taukoa. Joko käsityöt tai leipominen.

Jaanalle tuli heti mieleen jotakin hävytöntä, mutta hän jätti sen kertomatta ja totesi:

– Se on tärkeää, että jokaisella on jokin väylä, jolla saa ajatukset hetkeksi irti. Levänneillä aivoilla saa usein toisenlaisen näkökulman tapahtumiin. Me kaahailimme tuon Simon kanssa Riihimäellä ja olimme puoli tuntia myöhässä. Jokinen&Jokinen, alias Lampinen&Kytö, olivat häipyneet sieltä juuri ennen meidän tuloamme. Siellä he olivat majoittuneena koko sotkun ajan.

Mauri tuumi ääneen. – Eikö nyt voida kartan ääressä pähkäillä mihin he ovat menneet?

– Tutkimme jo Simon ja kartan kanssa samantyyppisiä majoitusratkaisuja. Heillä oli sellainen yksinkertainen mutta siisti vuokramökki. Jos he tyytyvät vastaavaan, niin ne ovat halpoja ja luulen, että heidän maksumiehensä ei päästä heitä mihinkään Hiltoniin. Mutta kuten Simon kanssa katsoimme, on niitä paikkoja kymmeniä ja kymmeniä. Ja sitten on vielä tutut ja tutuntutut. Sillä tavoin emme pääse jäljille.

– Kuka siitä Riihimäen vihjeestä teille ilmoitti?

– Sieltä leirintäalueelta valvoja oli katsonut jostakin somen kätköistä, että haemme tällaista parivaljakkoa, joka liikkuu ehkä punaisella katumaasturilla. Ja majailee hyvin syrjäänvetäytyvästi eikä pidä meteliä olostaan. Valvoja oli hoksannut, että heillä oli juuri tähän sopiva pari siellä. Oli soittanut paikalliselle poliisille ja koska miesten mökkivaraus olisi ollut vielä yhden päivän voimassa, niin poliisi ei sinne mennyt pillit vinkuen vaikkakin ripeästi. Mutta olivat siis ehtineet lähteä. Laskutusosoitteeksi jättivät sen Rahkoilan Mäntysten talon.

– Voi jumaliste, Mauri kirosi. – No, joka tapauksessa verkko kiristyy. Kyllä me heihin ennen pitkää törmäämme.

– Niinpä kai, Jaana jatkoi, mutta on tässä sellainenkin mahdollisuus, että tämä Jokisten amok-juoksu ei ole vielä valmis.

– Se on ihan totta. He ovat potentiaalisesti hyvin vaarallisia henkilöitä juuri nyt. Suomen kymmenen vaarallisimman henkilön joukossa. Tämän vuoksi meillä on, kuten tiedätte, lupa pyytää mitä tahansa saatavissa olevaa apua. Mutta en suoraan sanottuna käsitä minkälaista apua voisimme pyytää. Olemme jo julkaisseet heidän valokuvansa mediassa, kaikki tiedot, nyt meillä on auto ja merkki tiedossa. Toki he voivat sen vaihtaa.

Jaana sanoi: – En usko, että vaihtavat. Heillä lienee aika tiukka säädelty budjetti. Vaikka mökki oli aika siisti asumismuoto, niin nyt on talvi eivätkä Jokisen pojat hiihdä. Joten heidät on lähinnä sinne suljettu. He eivät siis saa varata huoneita mistään Rantasipistä ja lähettää hyväntekijälleen laskuja. He joutuvat yöpymään muutaman kympin asumuksissa. Minä, joka olen käyttänyt useita vuokra-autoja, tiedän, että mitä pidemmäksi vuokrasopimus on, sitä halvempi on vuorokausihinta. Joten on syytä olettaa, että sama auto pysyy käytössä.

Mauri tiedusteli: – Onko vihjepuhelimeen tullut mitään merkittävää?

Jelena oli tehnyt siitä koosteen. – Ei. Riihimäellä oli joku, ilmeisesti kavereiden mökkinaapuri, kiinnittänyt huomiota siihen, että vieressä naapurivaljakko meni yöpuulle aina kymmeneltä illalla ja seitsemältä aamulla nousivat. Tämä oli hänen mielestään omituista lomanviettoa.

Jaana sanoi: – Ei se muutenkaan ole kovin hohdokasta mennä tönöttämään lautamökkiin Riihimäen leirintäalueelle. Vaan kaipa sellaisillekin mökeille jotain käyttöä on myös talvisaikaan.

Jussi totesi: – Minä tiedän ketkä niitä käyttävät. Niitä käyttävät matkailijat, jotka tulevat laskettelemaan Turengin Kalpalinnaan, ja laskevat pitkää päivää ja yöpyvät edullisesti. Ja mökkejähän on rinteessä vain kahdeksan, joten kyllä ne varmasti aika hyvin saadaan vuokrattuna Kalpalinnan aukioloaikaan.

Jaana mulkaisi miestään: – Älä vain sano, että sinä myös harrastat laskettelua.

– Sanon, että en ole laskatellut 20 vuoteen enkä aio seuraavankaan 20 vuoteen. Joten älä huoli, et joudu rinteeseen.

Elias Saario koputteli sormenpäillään pöytää ja totesi: – Eikö tämä ole mennyt omituiseksi tämä poliisityö? Tiedämme ketä etsiä, suurin piirtein tiedämme mistä maantieteellisesti etsiä, tiedämme auton, mutta miehiä emme löydä. Onkohan meissä jokin vika?

Jaana kiisti: – En myönnä vikaa. Aivan tyypilliset olosuhteet kun mennään maalle. Kaupungissa olemme tottuneet, että ihmiset löytyy. Maalla on eri juttu. Maalla kuulee, että joku tietää saaren tarkkuudella missä joku lymyää, mutta vaikeaa on kaivaa esille.

– Kai se on niinkin, Mauri mietti. – Kuinkas remontti on lähtenyt sujumaan?

– Hyvinhän se. Tehokas ryhmä oli, joka löi parkettia. Panssarilasit oli jo asennettu.

– Niin kuulin noista laseista. Se vakuutusvirkailija soitti vielä minulle ja kysyi oliko se minusta perusteltua. Sanoin, että mitä itse ajattelisit, jos makuuhuoneesi olisi räjäytetty, kun olit pois paikalta. Ei tämä vastustellut, mutta jäin miettimään, että eikö ole vähän hassua, että viidennessä kerroksessa ei tällaisia panssarilaseja ole ja kuitenkin yövytte siellä yhtä usein?

– Eihän siinä logiikkaa ole. Mutta on ne sen verran arvokkaat, että emme itse viitsi niitä ryhtyä kustantamaan ja taloyhtiö on tuskin innokas vaihtamaan koko yhtiöön panssareita. Jolle rupeaa vetämään siellä huomenna pintoja uudestaan niin loppuviikosta se on ihan asuttava ja makea kämppä.

– Hyvä sitten. Kuulin myös, että olit käynyt psykologin luona debriefing-käynnillä vain kerran.

Jaana myönsi. – Kyllä. Haluan korostaa, että minulla on henkilökohtainen psykologini aina käytössä ja olen purkanut tätä asiaa mielestäni perusteellisesti enkä aio ryhtyä katselemaan painajaisia. Tässähän ei ole mitään mystistä tai sinänsä pelottavaa. Tehdään vain reippaasti poliisityötä niin pahikset saadaan kiinni ja saamme taas olla rauhassa.

– Näin kai sitten on. Mielestäni tämä oli hiukan valoa tunnelin päässä, että pojat on nähty Riihimäellä ja olemme heidät sieltä hätistäneet liikkeelle.

Simo totesi: – Niin, mutta kai heidät hätisti se lankoja vetelevä taho. Jos olisi käynyt hiemankin parempi onni, niin olisimme saaneet heidät.

LUKU 17

Laaja konklaavi

Komisario Mauri Taponen julisti palaverin tältä erää
päättyneeksi. Hän kehotti kaikkia lähtemään illaksi
kotiin. Huomisaamuna pidettäisiin perusteellinen yh-
teenveto, johon kaikki mukanaolijat olivat sekä terve-
tulleita että velvoitettuja osallistumaan.

– Onhan tähän hommaan nyt saatava vauhtia.

Jaanalla ja Jussilla oli illaksi varattuna pieni asennus-
tehtävä heidän viidennen kerroksen asunnossaan.
Jaana oli tiedustellut lukioaikaiselta luokkakaveril-
taan, yliluutnantti Koskiselta mikä olisi pätevä tapa
varmistaa ilman panssarilaseja heidän toisen asun-
tonsa makuuhuoneen turvallisuus. Koskinen, joka oli
erikoistunut nimenomaan tällaisiin turvaratkaisuihin,
välitti heille armeijan varikolta teräksisen suojaver-
kon, joka rullautui pystytolpan sisälle päivän ajaksi ja
oli siitä vedettävissä yöksi ikkunan yli ja kiinnitettä-
vissä toiseen tolppaan ikkunan toisella reunalla. Tol-
passa oli hammastus ja siihen kierrettiin verkko
kiinni. Sen oli tarkoitus estää singon aiheuttaman
uhka 90-prosenttisesti.

He ruuvasivat pystytolpat ikkunankarmien kohdalle ja olivat tyytyväisiä siihen, että verkko torjuisi valtaosan sirpaleammuksen sirpaleista. Vaikka yksittäinen metallikappale läpäisisikin esteen ja pääsisi huoneeseen, pitäisi olla älyttömän huono säkä, jos se vahingoittaisi henkilöitä vakavasti. Heille oli tärkeää myös se, että verkon sai rullattua pois, koska he eivät halunneet asua pommisuojassa. Tätä verkkoa he eivät kehdanneet yrittää laskuttaa vakuutusyhtiöltä, vaan ottivat sen omaan piikkiinsä. Käytännössä Parolan panssariprikaati sen kuitenkin heille lahjoitti. Vain asennus jäi omalle vastuulle.

Jaana koputteli kynnellään verkkoa ja totesi: - Eiköhän tässä nyt olla tarpeeksi turvassa. Varsinkin kun minun on kuitenkin oltava myös näytillä, että saamme houkuteltua tämän takana olevan tahon esille. Eikä se taida onnistua muutoin kuin niin, että he yrittävät kimppuuni uudestaan ja silloin minun pitää olla valmiina.

Jussi puisteli päätään: – Ei kuulosta hyvältä suunnitelmalta, mutta eipä meillä taida olla valinnanvaraa. Toinen vaihtoehto on sinun piilottamisesi ja siihen et suostu. Kyllä minä senkin ymmärrän, että poliisi ei voi ryhtyä piileskelemään rikollisilta.

– Ei voi, ei. Minä aion lopettaa pelkäämisen kokonaan ja uskon tämän ratkeavan niin, että teen vain normaalisti töitä ja he eivät malta pitää näppejään irti. Silloin poliisi saa mahdollisuuden.

Seuraavana aamuna olikin rikospoliisin neuvotteluhuoneessa koolla varsin arvovaltainen ja laaja konklaavi. Ylikomisario Leveelahti oli tullut paikalle. Hämeenlinnan omien tutkijoiden ja KRP:n kaksikon lisäksi järjestyspoliisin komisario Ketola oli myös kuulemassa, miten asiassa edettäisiin. Leveelahti pyysi ensimmäisen puheenvuoron:

– Komisario Mauri Taponen vetää palaveria, mutta haluan aluksi lausua muutaman sanan. On kerta kaikkiaan sietämätön tilanne. Että yhtä meidän rikostutkijaamme uhataan näin silmittömällä tavalla ja samalla poliisin arvovaltaa ja sen myötä koko laillista yhteiskuntajärjestystä. Harkitsin sellaistakin vaihtoehtoa, että olisimme siirtäneet tutkintavastuun kokonaan KRP:lle, mutta keskusteltuani asiasta eilen illalla Mauri Taposen kanssa hän halusi ehdottomasti, että tutkinnanjohto pysyisi niin sanotusti omissa käsissä. Meidän puoleltammehan tutkinnanjohtajana on komisario Tiura, mutta Mauri haluaa varmasti käytännössä osallistua tutkinnanjohtoon erityisen aktiivisesti, koska juuri hänen ryhmänsähän on hyökkäyksen kohteeksi joutunut. Sen lisäksi meidän tulee muistaa, että tämä tutkintakokonaisuus alkoi jääkiekkovalmentaja Tuomas Sarkalan murhasta, joten sen selvittäminen lienee koko tämän vyyhdin purkautumisen kannalta ensisijaisen tärkeää. Minulla ei ole muuta. Luovutan puheenvuoron tutkinnanjohtajalle.

Mauri pyysi seuraavaksi ääneen kollegansa Akseli Tiuran. Tämä kertoi, että rikospaikalta ei saatu juuri mitään. – Sellainen sirpalekranaatti on juuri sirpale-ominaisuutensa vuoksi sellainen, että siitä jää hyvin pieniä irrallisia kappaleita. Eikä niistä kuulalaake-reista ja naulanpätkistä ole kovin helposti todennetta-vissa mistä ne ovat peräisin. KRP:n labran tekemän ar-vion mukaan tähän asti Suomesta löydetyt kertakäyt-tösingon sirpale/paloammukset ovat olleet ruotsa-laista alkuperää. Ja ei ole mitään syytä epäillä, etteikö tämäkin olisi. Valitettavasti se ei johda meitä juuri mi-hinkään, sillä näitä on jo vuosia ollut liivijengiläisillä hallussa niin monilukuisesti, että on suorastaan ih-meellistä, ettei niitä ole käytetty enempää. Haluan kuitenkin tässä yhteydessä mainita, että yksi laukaus on noin 3000 euron arvoinen läjähdys. Joka vuosi näitä saadaan myös takavarikoitua. On vaikeaa arvi-oida niiden kokonaismäärää, mutta niitä on varmasti Suomessa kymmeniä. Emme siis päässeet juuri mihin-kään rikospaikkalöydösten kanssa, mutta koska olemme hätyytelleet paikallista äärioikeistoklikkiä niin reippaasti, on käytännössä selvää, että siltä ta-holta tämä reaktio on tullut. En jaksa uskoa, että hyök-käys Jaanan ja Jussin kotiin olisi jokin irrallinen teko, joka ei kuuluisi tähän rikossarjaan. Joten sillä suun-nalla meidän on vain painettava eteenpäin.

Seuraavaksi puheenvuoron pyysi rikostutkija Asko Kekkonen.

– On selvää, että keskusrikospoliisi on kaiken aikaa varpaillaan ja valmiina hyvinkin laajamittaisiin operaatioihin, kun vain löydämme kohteen. Sinänsä en usko, että tässä vaiheessa tutkijoiden määrän lisääminen antaisi kummoistakaan etua. Mutta kaiken aikaa meidän on muistettava se, että samaa tahtia, kun paine täällä kasvaa, kasvaa se muuallakin. Jos emme pysty pysäyttämään tätä torpedokaksikkoa, iskevät he jossakin ja tulee lisää uhreja. Toivonkin, että kaikki miettivät tahoillaan mitkä olisivat näiden kaltaisten rikollisten todennäköisimpiä kohteita. Meidän täytyy pitää matalalla tasolla erilaista henkilöturvaustoimintaa yllä nyt jo varsin monella taholla. Joten miehiä ei riitä oville seisoskelemaan kovin summittaisesti. Minulla on sellainen tunne, että seuraavan iskun kohde ei välttämättä ole poliisi vaan joku ns. pehmeämpi kohde. Voin olla väärässä. Venäjän suurlähetystöstä on viimeksi eilen tiedusteltu asiaa Suomen sisäministeriöstä. He eivät epäile omaa kykyään turvata henkilöstönsä, mutta ihan perustellusti pitävät sitä vääränä, että joutuvat elämään pelossa tai korkeamman valmiustilan kanssa. Pitäisi pystyä näkemään tässä jokin etenemisketju. Jos ensimmäinen hyökkäyksen kohde oli venäläisiä jääkiekkoilijoita suosinut liigajoukkue ja seuraavaksi hämeenlinnalainen rikospoliisi, jonka pahimpana vääränä tekona pidetään pikkunatsien putkaan hätyyttelyä, niin ainakaan minä en osaa nähdä mihin tämä loogisesti tästä johtaa.

Jaana pyysi puheenvuoron ja aloitti: – Olen täysin samaa mieltä Askon kanssa. Meidän täytyy pystyä vaikuttamaan heidän logiikkaansa. Meidän täytyy saada houkuteltua heidät iskemään sinne missä voimme heidät torjua. Eikä vain torjua, vaan ottaa kiinni.

Seuraavaksi ääneen pääsi Jussi Tammi. – Meidän on muistettava, että heidän ensimmäinen iskunsa onnistui. Toinen epäonnistui. Eli heidän laskentakaavansa mukaan operaation kakkosvaihe on vielä kesken. Olen sitä mieltä, että jos pitäisi veikata heidän seuraavaa yksittäistä kohdettaan, olisi täysin loogista, että he iskisivät Jaanaan uudestaan, kun ensimmäinen yritys meni nololla tavalla pieleen. Ei heidän tarkoituksensa ollut yhden kerrostalohuoneen tärveleminen tai edes meidän pelotteleminen. Kaikki lienevät yhtä mieltä siitä, että kyseessä oli murhayritys.

Mauri myönteli. – Olen aivan samaa mieltä. Ja heidän kannaltaan nolo004inta tietysti on se, että Jaana ei pelkää heitä vähääkään vaan jatkaa työskentelyään puolijulkisessa rikostutkijan toimessaan. Jos Jaana olisi piiloutunut johonkin bunkkeriin, olisivat he voineet pitää sitä edes hitusen onnistuneena operaationa. Mutta nyt he epäonnistuivat täysin ja tietävät, että takaa-ajo on kaiken aikaa käynnissä ja loputtomiin he eivät piileskelemään onnistu.

Komisario Jussi Ketola kertoi, että järjestyspoliisi tarkasti kaiken aikaa, sen minkä muilta töiltään ehti, erilaisia lomavuokrakiinteistöjä. – Tiedusteluja käydään siinä määrin äänekkäästi ja julkisesti, että sen täytyy tulla ennen pitkää tämän koplan tietoon. Sen pitää tuntua siltä, että olemme aivan heidän kantapäillään.

Simo koputteli kynänsä kärjellä muistiinpanolehtiötään ja totesi: - Meillä on nyt niin massiivinen jahti käynnissä, että tuloksia on odotettavissa lähipäivinä. Minä kyllä haluaisin pitää Jaanan sisätiloissa niin kauan kun tilanne nytkähtää jotenkin liikkeelle. Tiedän tietysti, että hän ei sisätiloissa pysy. Eikä käytä vapaalla ollessaan edes kevlar-liiviä.

– En käytäkään, myönsi Jaana. – Työtehtävissä kyllä, mutta nämä hetket, jotka saa vapaalla olla, niin en suostu sitä käyttämään. Vaikka en piileskelekään sisätiloissa, on tämä elämääni haitannut niin, että tällä hetkellä en halua esimerkiksi lenkkeillä. En minä niin intohimoinen kuntoilija ole, että se nyt sinänsä liian suurta ahdistusta aiheuttaa, jos olen viikon tai kaksi ilman lenkkiä. Mutta se ahdistaa, että näin täytyy olla rikollisen painostuksen vuoksi eikä omasta tahdostani. Eniten pelkään sitä, että tämä heidän väkivaltainen aktivoitumisensa johtaa siihen, että he häipyvät maasta. Vaikka erilaisia luovutussopimuksia on kaikkien maiden kanssa, tietävät kaikki, että jos he pääsevät livahtamaan vaikkapa USA:han tai Kaukoitään, ei heitä sieltä ikinä saada heitä leivättömän pöydän ääreen. Toivon siis, että heidän rahoittajansa ja käskyttäjänsä ei kerta kaikkiaan hyväksy heidän epäonnistumistaan, vaan vaatii heitä korjaamaan töppäyksensä. Olen henkisesti aivan valmiina seuraavaan erään.

Kun palaverin jälkeen Mauri Taposen ryhmä valui hiljakseen kahvihuoneeseen, odotti heitä siellä iloinen yllätys. Tiina Raikas istui siellä kahvikuppi kädessä ja pöydällä oli vadelmakakku. Kun he olivat vaihtaneet halaustervehdykset, kysyi Jaana uudelta kollegaltaan:

– Tekee mieli kysyä missä sinä olet lymyillyt nämä kaksi viikkoa?

Tiina avasi farkkujensa napin ja veti housujaan sen verran alaspäin, että pystyi näyttämään tuoreet rusketusraidat. Jaana hihkaisi: – Jumalauta, nainen on maannut palmujen alla, kun muut huhkii murhamiesten perässä!

– Se on totta. Olin 12 päivän matkalla Dominikaanisessa tasavallassa. Varasin matkan ja maksoin sen jo vuosi sitten. En siis peruuttanut vaan käytin sitä nyt siirtymäriittinä tänne väkivallan maailmaan. Olen nyt valmis painamaan pitkää päivää ja etsimään takaisin intohimoni poliisin työhön. Se nimittäin hieman kärsi talousrikospuolella. Kyllähän silläkin oikeita rikollisia jahdataan ja tehdään oikeaa poliisityötä, mutta ei se kuitenkaan ollut ihan minun juttuni.

Mauri totesi: – Me täällä toimimme ehkä perinteisemmän rikollisuuden kanssa ihan samoilla menetelmillä kuin silloin kun olit meillä harjoittelujaksolla. Joten tervetuloa vaan. Odotin sinua jo eilen iltapäivällä itse asiassa.

– Tulinkin silloin, mutta jouduin käymään terveystarkastuksessa ja ammuntakokeessa. Läpäisin molemmat, joten kuittaan mielelläni virka-aseen. Kuulin, että Ville vaihtoi päittäin minun kanssani hommia. Ei kylläkään mennyt minun paikalleni.

Mauri kommentoi: – Joo, etkä sinäkään varsinaisesti tullut Villen paikalle. Meillähän on ollut yhden konstaapelin vakanssi auki koko ajan. Emme ole vain saaneet lupaa sen täyttämiseen. Nyt saimme ja sinä tulit. Aion kyllä tapella vielä Villen tilalle toisen henkilön.

– Kuulin.

– Niin, aion käyttää tästä tilanteesta koituneen edun, jotta saamme tämän ryhmän vihdoin täysilukuiseksi.

LUKU 18

Jaanan ja Tiinan partio

Ylikonstaapeli Jaana Lindegren pyysi pomoltaan luvan seuraavalle päivälle itselleen ja uudelle kollegalleen konstaapeli Raikkaalle, että he saisivat partioida kadulla yhden päivän. Siinä samassa Jaana voisi perehdyttää Tiinan tällä hetkellä päällä olevaan tilanteeseen. Joten naiset sonnustautuivat virkapukuihin koppalakkia myöten ja kuittasivat partioauton. Naiset nousivat Volkswagen Transporteriin, tarkistivat että etupenkin alla oli kaksi haulikkoa telineissään ja muutenkin kaikkea mahdollista toimintasälää niin paljon kuin vyölle ja autoon sovinnolla mahtui.

Tiina hymähti: – Se on hyvä katukuvassa noiden joskus nähdä, että laitoksen kovat kimmat ovat liikkeellä.

– Niin on. Oletko muuten koskaan ampunut tuolla haulikolla?

Tiina kertoi harjoittelujaksollaan ampuneensa sillä kaksi laukausta. Hän muisti, että takapotku oli sitä luokkaa, että solisluun sai helposti poikki, jos ei osannut pitää vastaan.

Jaana puntaroi ja kertoi, että todellisuudessa hauli-kolla ammuttiin niin vähän, että ei koko talossa ollut kovin montaa henkilöä, jotka luontevasti osaisivat sitä oikein hyvin käyttää.

– Harjun Jaska osaa ampua haulikolla. Voi olla muita-kin, mutta hänet minä tiedän. En minäkään ole enää ampunut sillä moneen vuoteen. Meinaan tämänkin vuoron selvitä ihan perus-Glockilla. Oletko muuten kuullut uudesta ideasta, jonka avulla on tarkoitus ryhtyä valvomaan poliisin aseenkäyttöä tarkemmin? Ovat kehittäneet jonkin magneettisysteemin, että aina kun virka-aseen ottaa pois kainalokotelosta, jää johon-kin laskuriin merkintä, että ase on vedetty esiin. Eli ainakin minun tapauksessani aina kun käyn pissalla. Olen nimittäin pudottanut kerran pistoolini vessan lattialle. Silloin se oli tosin vyöllä, mutta sittemmin olen aina riisunut sen pöytälaatikkoon siksi aikaa, kun käyn vessassa. No, ehkä sen magneetin saa siitä joku näppärä asemestari ruuvattua irti. Voidaan taas otella talon johdon kanssa, että suostutaanko käyttä-mään mokomia pissareissulaskureita.

Tiina myönteli. – Suuntaus on se, että on aina hirmu vaarallista ja paha juttu kun poliisi tarttuu aseeseen. Vaikkakaan en edes muista koska viimeksi Suomessa olisi poliisi tuomittu rikoksesta, jossa hän olisi käyttä-nyt virka-asettaan.

– Minä muistan, Jaana ilmoitti. – Vuonna 1927. Sen jälkeen ei kukaan ole ainakaan jäänyt kiinni. Tietysti olemme epäilyttäviä henkilöitä jo siksi, että kannamme asetta mukanamme. Jonkun mielestä sitä pitää valvoa, sillä omaa järkeähän meillä ei tietenkään ole.

Samanlaisen kevyen jutustelun sävyttämänä he saivat ensimmäiseen kahvitaukoon asti ajella pitkin poikin ympäri kaupunkia. Tunnollisina poliiseina he menivät kahvillekin ravintola Jukolan Jussiin, jossa omistaja toivoi heidän muutoinkin kerran päivässä näyttäytyvän. Talo tarjosi heille kahvit ja dominokeksejä.

He olivat juuri saaneet kahvinsa juotua ja nostettua kuppinsa tiskille, kun radio kutsui. Naiset harppoivat autoon ja saivat kuulla, että Loimalahdentiellä heittelehti epäilyttävästi valkoinen Ford Scorpio. Jaana kuittasi heidän olevan jo matkalla ja arvioitu saapumisaika olisi kolmen minuutin päästä.

Kun he saapuivat paikalle, oli auto jo syystä tai toisesta ajautunut tietä reunustavalle nurmikaistaleelle. Ratista löytyi Jaanan vanha tuttu, Haapojan Lilli. Tyttö puhalsi 0,9 promillea. Kun Tiina tenttasi häneltä mitä muuta hän oli tänään vetänyt, vannotti nuori nainen, ettei mitään laitonta, ainoastaan lääkärin määräämiä ahdistuslääkkeitä. He koppasivat nuoren naisen kyytiin ja ajelivat sairaalanmäelle, josta Tiina oli etukäteen tilannut huumeseulan välittömästi, kun he pääsisivät paikalle. Nainen pääsi verikokeisiin ja sen jälkeen koko kolmikko jatkoi matkaa poliisilaitoksen yöpymispalveluihin.

Jaana halusi ottaa naisen saman tien kuultavaksi. Hänellä oli oikeastaan vain yksi kysymys esitettävänään. – Muistanko oikein, että sinä tunnet Jokisen Ilpon ja Ismon?

Nainen kertoi tuntevansa. Haapojalla oli sellainen kokemus viimeisen puolen vuoden ajalta, että Jokisen pojista oli tullut rahamiehiä, ainakin siinä määrin että pystyivät baarissa juomaan kaljaa eivätkä olleet enää kiinnostuneita tällaisten persaukisten seurasta.

Jaana kertoi ihmettelevänsä sitä, sillä neiti Haapojahan oli varsin näyttävä nainen. Jaana oli taipuvainen uskomaan Lilliä, kun tämä vakuutteli, ettei ollut nähnyt kyseisiä veljeksiä ainakaan kuukauteen.

– Ei muuta kuin pahnoille nukkumaan päätä selväksi.

Jaana ja Tiina astelivat rikospoliisin kerrokseen ja kopautettuaan Mauri Taposen ovenkarmia, he astuivat sisään. Jaana ajatteli ääneen, että kadulla kulki tietoa Jokisen poikien rahoista.

– Mitään tulojahan heillä ei ole eivätkä ole tähän asti pystyneet rikoksillakaan käytännössä mitään ansaitsemaan. Kuka helvetti näitä puupäitä rahoittaa?

Jaana kysyi vielä esimieheltään: – Mitä me tiedetään siitä Shiltonista, siitä Irwinistä?

– Jonkunlainen liikemies. Ei silläkään pitäisi erityisiä omaisuuksia olla, mutta tietysti jos on USA:ssa edes jollakin tasolla menestynyt yrittäjä, niin on se näissä kuvioissa jo jonkinlainen rahamies.

Tiina sanoi: – Tuntuu kuitenkin omituiselta, että tämä suomalaisamerikkalainen natsi suostuisi ihan vastikkeetta rahoittamaan heikkolahjaisten sukulaispoikiensa touhuja. Voiko olla, että se Sarkalan murha ei olekaan heidän ensimmäinen tähän sarjaan kuuluva rikoksensa?

Jaana jatkoi ihmettelyä mokoman motiivin suhteen. – Uskon kuitenkin, että tietäisimme jos näillä miehillä olisi joku muukin viritys missä rahaa on liikuteltu. En tiedä. Jatketaan partiointia.

Mauri pysäytti heidät vielä.

– Oletteko suorittaneet nyt siellä rikosten ennaltaehkäisyä vai mitä te teette?

– Ei paljon mitään, Jaana myönsi. – Noudettiin äsken neiti Haapoja pahnoille. Tönttyröi pilleri- ja viinapäissään jonkun autolla Nummella. Käytiin korjaamassa pois. Aika vähiin on tämä jäänyt.

Mauri piristi naisia toteamalla: – Ainakin parannatte poliisin julkisuuskuvaa. Olette helkkarin hyvännäköisiä noissa virkakuteissa.

Naiset eivät kommentoineet vaan morjenstivat mennessään.

He jatkoivat kierrostaan, tällä kertaa toisella puolen kaupunkia. Seuraava radiokutsu hälytti heidät kuitenkin vain puolen kilometrin päähän ensimmäisestä työtehtävästä vuoron aikana. Kotihälytys, Haratie 1 A 10.

Tiina sanoi: – Asunnossa on kirjoilla tällainen Kervisen Maija. Tunnetko?

– En tunne.

– Naapuri on hälyttänyt apua, kun asunnossa pidetään silmitöntä meteliä ja kuulemma nainen huutaa apua.

– En tiedä mikä siinä taloyhtiössä on nykyään tilanne, siis onko ulko-ovi auki näin alkuillasta, mutta meillä on kyllä sen alueen yleisavain tuossa isossa nipussa. Etsi siitä valmiiksi.

Poliisilla oli leveä metallipyörylä, jossa roikkui kymmeniä abloy-avaimia, joilla päästiin sulavasti niihin porraskäytäviin, joihin useimmiten kutsuttiin. Asuntojen sisään niillä ei päässyt, joten Tiina soitti heidän matkalla ollessaan huoltomiehelle, joka sanoi ehtivänsä paikalle puolessa tunnissa.

Siihen Tiina älähti: – Jos et ole siellä 15 minuutissa, niin tästä menee raporttia esimiehelle, että vastustelet poliisia virkatehtävissä.

Nuori mies saapuikin huoltoyhtiön Toyotalla suurin piirtein samaan aikaan poliisikaksikon kanssa. He juoksivat asunnon ovelle ja avasivat huoltomiehen avaimella lukon valmiiksi ennen kuin soittivat ovikelloa. Jaanaa hieman jännitti ja niin jännitti varmasti Tiinaakin. He eivät olleet koskaan tunkeutuneet kenenkään asuntoon. He sopivat, että Tiina alkaisi tarkastamaan ovia oikealta puolelta ja Jaana vasemmalta, ja näin he etenisivät peremmälle. Virka-aseet olivat valmiina kahden käden otteessa.

Kun he tempaisivat oven auki, huusivat he, että poliisi oli paikalla ja käskyttivät välittömästi kaikki lattialle makaamaan.

– Jos joku tavoittelee jotakin aseeksi kelpaavaa, ammumme heti kohti.

Olohuoneesta löytyikin kaksi henkilöä. Voimakkaasti päihtynyt nainen, joka myönsi olevansa asunnon haltija Maija Kervinen ja ilman paitaa pullisteleva, jälleen Jaanan vanha tuttu, Pasi Ruponen. Poliisit kiersivät Ruposen niin, että Tiina meni hänen taakseen. He käskyttivät miehen lattialle maate, johon tämä suostui. Tiina kilautti käsiraudat tämän ranteisiin selän taakse. Jaana tarkisti Maija Kervisen, ettei tällä ollut mitään kättä pidempää.

Kervinen kertoi, että Ruponen oli uhkaillut häntä vaatimalla milloin mitäkin: viinaa, nappeja, rahaa ja pillua. Jaana kysyi Ruposelta:

– Pitääkö paikkansa?

Mies älähti lattialta: – Paskapuhetta kaikki tyynni. Satkua pyysin lainaksi.

Tiina puuttui puheeseen. – Joka tapauksessa lainaneuvottelut ovat kaikuneet pitkin taloa ja täältä on kuulunut myös avunhuutoja.

Maija Kervinen sanoi: – Minä huusin, kun pelkäsin.

– Oikein teit, myönsi poliisi.

He nostivat Ruposen pystyyn kyynärtaipeista tukien ja Jaana kysyi mieheltä:

– Omistatko kenkiä tai paitaa?

Nämä löytyivät, mutta paitaa ei ryhdytty miehelle pukemaan ja linttaan astutut kenkänsä mies sai jalkaansa omin avuin. Taas matkattiin linnakkeen yösuojiin.

Koska puhallutus osoitti jälleen tasan yhtä promillea, päättivät he kuulustella miehen saman tien. Hänet kiinnitettiin käsiraudoilla tukipylvääseen, joka takasi kuulusteluhuoneessa sen, että siitä ei päästy hyökkäämään kuulustelijan kimppuun. Tiina naputteli miehen henkilötiedot koneelle ja ryhtyi sitten tutkimaan tämän historiaa.

– Olet päässyt vuodenvaihteessa linnasta.

– Niin pääsin.

– Kauanko lusit, Tiina kysyi, vaikka näki sen koneeltaan hyvin.

Sillä tavalla pystyi tarkistamaan kaksi asiaa. Ensinnäkin haluaako kuulusteltava puhua totta ja onko hänen todellisuudentajustaan sen verran tallella, että pystyi ymmärtämään aikamääreitä.

Ruponen kertoi lusineensa vuoden ja kahdeksan kuukautta alun perin kahden ja puolen vuoden tuomiostaan. Siinä oli yhdistettynä useampia pahoinpitelyjä ja huumausainerikoksia.

Jaana kysyi: – Etkös sinäkin ollut yhteen aikaan niitä uusnatseja?

– Minä olen isänmaallinen mies, ilmoitti Ruponen. – Mutta olen aina kunnioittanut yhteiskuntaa. Jopa virkavaltaa.

Jaana myönsi tämän.

– Niin, en muista, että sinun kanssasi olisi koskaan ollut mitään isompia vaikeuksia. Mutta olit kuitenkin samassa porukassa, joka vajaa vuosi sitten pyrki terrorisoimaan vappumarssia. Ja päädyitte silloin tänne.

– Niin olin. Mutta siitä huolimatta minä kunnioitan poliisia.

– Se on hyvä se.

– Mutta Jokisen Ismo on ilmoittanut tappavansa sinut.

– Näin minäkin olen kuullut, Jaana rauhoitteli miestä.
– Mistähän minä löytäisin tämän Jokisen?

– Sitä ei tiedä kukaan. Niillä on joku pitempikestoinen keikka. Siitä on varmaan yli kuukausi, kun näin ne jätkät viimeksi ja silloin ne kiskoi viinaa Jussissa. Ja julistivat, että kohta tulee paalua vähän enemmänkin. Mutta kovia ovat hommatkin.

– Mitä muuta he kertoivat hommistaan?

– Eivät mitään. Se, joka niistä on vähemmän ilmiselvästi typerys, eli Ilpo, älähti veljelleen, että pidä turpasi kiinni. Joku auktoriteetti niillä on kun Ismokin sai turpansa kiinni, mikä ei ole yleistä.

– Kiitos tiedosta Pasi. Merkitsemme kuulustelupöytäkirjaan, että olit kuulustelutilanteessa yhteistyöhalukas.

Tiina täytti loput tiedot pöytäkirjaan, johon tuli merkityksi, että vieraana asunnossa ollut Pasi Ruponen oli ääntään korottaen vaatinut Maija Kerviseltä alkoholia ja lääkeaineita, rahaa ja seksipalveluita. Vaikka heillä olikin täysi tunnustus, he eivät päästäneet Ruposta saman tien menemään vaan veivät hänetkin pahnoille nukkumaan päätään ainakin astetta selvemmäksi.

Kun naiset lähtivät jatkamaan työvuoroaan, kopautti Jaanaa kollegaansa olkapäähän ja tokaisi:

– En olisi uskonut, että tästä olisi ollut näinkin paljon hyötyä. Kyllä perinteinen poliisityö on vain se keino, jolla tässäkin asiassa eteenpäin päästään. Jos meillä olisi aikaa kierrellä viikkokin, niin ihan varmaan joku osaisi ilmoittaa osoitteenkin mistä ne velikullat olisi noudettavissa. Mutta meillä ei ole. Tämäkin ajelu on jo poissa rikospoliisin normaalista päivittäistoiminnasta. Tehdään nyt kuitenkin vuoro loppuun.

LUKU 19

Calamity Jaana ja Jussi James

Jaana ja Tiina saivat partiointipäivänään vielä kolme työtehtävää. He kävivät seuraavaksi hakemassa Poltinahontieltä humalaisen ja uhkaavan perheenisän pois terrorisoimasta perhettään ja kuljettivat tämän pahnoille. Kun he olivat tästä selviytyneet, kutsuttiin heidät jälleen kotikäynnille Karhitielle. Sieltä lähti mukaan perheenäiti, joka vaikutti olevan niin pahasti lääkkeissä, että hänet oli kuljetettava päivystyspoliklinikalle ja jätettävä sinne. Molemmat tehtävistä oli hoidettava päivystävän sosiaalityöntekijän kanssa, sillä molemmissa asunnoissa oli alaikäisiä.

Tämä sai naiset pohtimaan sitä, miten raskasta oli järjestyspoliisin työssä juuri se, että siitä niin merkittävä osa tapahtui ihmisten kodeissa.

Sitten he hakivat vielä Citymarket-tavaratalosta voimansa tunnossa heiluneen nuoren miehen, joka oli suuttunut myymäläetsivälle, joka vaati tätä näyttämään mitä miehen takin sisällä oli. Kun poliisi käskytti miehen polvilleen ja löi raudat ranteisiin, loppui pullistelu ja meinasi tulla itku silmään. 17-vuotiaalla miehellä oli takkinsa sisällä useampia tietokonepelejä.

Kun he olivat kuulustelleet nuorukaisen ja ottaneet hänet sylkitestiin, joka paljasti kahden viimeisen vuorokauden aikana käytetyt huumeet, he kirjasivat pöytäkirjaan myös liuskassa näkyvät väritunnukset. Kun tilanne kaikella tapaa rauhoittui, he päästivät miehen jatkamaan illanviettoa ja odottamaan haastetta käräjäoikeuteen vapaalta. Mies lupasi olla kunnolla. Sen verran he poikaa uhkailivat, että jos tämä joutuisi poliisin tutkaan vielä samana iltana, tulkittaisiin se niin törkeäksi vittuiluksi, että sitten menisi jo pidempään putkatiloissa. Poika lupasi painua kotiinsa.

Naiset olivat kirjoittelemassa raportteja päivän toimistaan, ja Jaana oli jo ehtinyt vaihtaa siviilivaatteisiin, kun hän vastasi soivaan puhelimeen. Hän tokaisi:

– Mitä Jussi?

Jussi kertoi: – Tietenkin ikävöin sinua, mutta voisitko tuoda pizzat tullessasi?

– Varmaan ikävöit niin. Käykö samanlainen kuin yleensä?

– Kyllä.

Jaana lupasi täyttää Jussin toivomuksen. Virka-aseen hän jätti kainalokoteloon kuten hänellä oli viime aikoina tapana tehdä. Hän riisuisi sen vasta kotona. Hän lupasi heittää kollegansa Ojoisille, missä tämä asui ja ajeli sitten pizzerian kautta oman kotitalonsa pihalle. Hän ei nähnyt ketään ylimääräisiä näköpiirissään, joten hän lukitsi auton ja astui ajoväylän kautta takaisin tielle, kiersi kulman takaa ja kirosi pizzalaatikoiden kuumuutta.

Hän ehti hyvin havaita, että vain muutaman metrin päähän heidän ulko-ovestaan oli parkkeerattu punainen Suzuki-katumaasturi. Eihän sitä tiennyt kenen se oli, mutta koska Jaana oli aina ollut auto-orientoitunut, niin hän pani asian merkille, eikä auto ollut tyypiltään suinkaan yleisin katumaasturi liikenteessä. Hän käveli reipasta tahtia laatikot käsissään ovea kohti, kun kuuli takaansa miehen äänen:

– Jaana Lindegren, pysähdy!

Jaana kääntyi katsomaan kuka häntä kutsui. Silloin hän havaitsi sivusilmällään, että toinen mies oli seissyt odottamassa häntä ulko-oven varjoissa. Jaana vastasi häntä puhutelleelle miehelle:

– Kas, Jokisen Ismo.

Mies tuijotti häntä ja lausui kohtalokkaan repliikin: – Nyt et minulta karkaa.

Jaana huomasi toisen miehistä avaavan valmiiksi Suzukin takaoven ja kun tämä lähestyi häntä, Jaana lykkäsi pizzalaatikot hänen syliinsä ja sanoi:

– Pidäs Ilpo noita.

Ilpo otti laatikot vastaan ja Jaana astui ripeästi askeleen kohti Ismo Jokista. Ismo yritti käskyttää:

– Älä tule enää yhtään lähemmäksi.

Jaana astui vielä toisen tarvittavan askeleen, iski sitten vasemman kätensä Jokisen oikean käden ranteen ympärille niin, että Jaana pystyi merkittävästi häiritsemään tämän aseella tähtäämistä. Oikealla kädellään Jaana tarrautui kiinni pistooliin sen yläpuolelta ja siinä vaiheessa Ismo Jokinen sai painettua liipaisinta. Jaana tunsi kuumana ilmavirtana, kun luoti sujahti hänen nahkatakkinsa oikeanpuoleiseen hihaan, tuli kyynärpään kohdalta ulos ja oli matkalla raapaissut Jaanan kyynärvarteen pitkän, mutta pinnallisen haavan. Haavan vakavuutta hän ei tietenkään heti tiennyt, mutta sen hän tiesi, että läpi se ei ollut mennyt eikä vaurioittanut luuta.

Ennen seuraavaa laukausta Jaana ehti jo vääntää Ismo Jokisen asekäden sojottamaan suoraan ylöspäin. Ismo älähti veljelleen:

– Tee nyt jotain! Ota tämä irti minusta!

Jaana mulkaisi nuorempaa ja hänen käsityksensä mukaan aavistuksen lahjakkaampaa Jokisen veljestä ja sanoi:

– Nyt mieti tarkkaan. Jos kosket minuun sormenpäälläsikään, siis sormenpäälläsikään, niin tapan sut siihen paikkaan.

Ilpolla oli täysi työ siirrellä kuumia laatikoita kädestä toiseen. Jaana oli pannut merkille myös sen, että mitä

Ismo Jokisella oli päällään ja todennut tämän olevan liikkeellä tavallisilla lenkkitossuilla. Jaanalla oli kolme paria maihareita, joita hän vuorotellen käytti. Niissä oli erikoisvarustelu, jonka hänelle oli henkilökohtaisesti rakentanut Hämeenlinnan poliisilaitoksen aseseppä. Koko kengänpohjaa varpaista kantapäähän kiersi teräksinen vanne, joka oli ruuvattu kengän reunoihin kiinni. Se oli asennettu niin millilleen, että kun käveli tavallisesti esimerkiksi sisätiloissa parketilla, teräs oli kumipohjaa millin ylempänä eikä raapinut lattiaa.

Mutta kun jalalla polkaisi voimakkaasti, niin kuin Jaana nyt Ismo Jokisen jalkapöydän päälle koko painollaan, tuli teräs esiin samaan matkaa kuin kovamuovinen kengänpohja. Joten hän tiesi, että yhdellä kunnon polkaisulla kaverin jalkapöytä murtuisi.

Jokinen parkaisi ja heilutteli vahingoittunutta jalkaansa. Samalla Jaana käänsi edelleen pistoolikättä edelleen ylöspäin, ja kun hän sai otteen pistoolista, riuhtaisi hän asetta jyrkästi sivulle niin että liipaisimen kaaren sisällä ollut Jokisen oikea etusormi päästi napsahtavan äänen murtuessaan. Ilpo Jokinen oli saanut laskettua pizzat sillä välin ulko-oven edustalle rappukorokkeelle ja pinkoi jo toiselle puolen tietä.

Taas Jaana havaitsi auton. Hallituskadun ja Sibeliuksenkadun risteyksestä oli lähtenyt voimakkaasti kiihdyttäen tapahtumapaikkaa kohti vaalea maastovärinen Jeep Cherokee. Jaana tiesi, että viime aikoina oli ollut puhetta myös tällaisesta autosta. Samalla kun auto teki lukkojarrutuksen heidän kohdallaan, tiesi Jaana, että kyseessä oli auto, jonka Irwin Shilton oli vuokrannut käyttöönsä.

Kun Jaana oli riisunut Ismo Jokisen aseista, lähti tämäkin nilkuttamaan jalkaansa raahaten kohti Shiltonin autoa. Shilton pysäytti autonsa keskelle katua ja ryhtyi ujuttautumaan itse ulos etupenkin matkustajan puolelta. Kun hän oli päässyt ulos, oli Jaana jo työntänyt housujen takataskuun Jokisen aseen ja vaihtanut käteen oman virka-aseensa.

Shiltonilla oli kädessään pienikokoinen sarjatuliase. Jaana päätti maastoutua Jokisten Suzukin suojaan. Shilton lähettikin ensimmäisen sarjan häntä kohti, mutta Jaana oli jo suojassa auton takana. Shilton kuului ripittävän ankarasti oman autonsa taakse ehtineitä Jokisen veljeksiä.

– Lähdin katsomaan miten tällä kertaa sujuu kaappauksenne. Ja pitihän se arvata, ettei se saatana suju. Mikä voisi olla teille riittävän yksinkertainen homma?

Jaana ei kuullut Jokisten vastaavaan mitään. Hän oli maastoutuneena auton etuakselin kohdalle, sillä siinä oli hänen käsityksensä mukaan eniten massaa hänen ja vastapuolen välissä. Jaana ampui kohti sitä paikkaa mistä kuuli kiivasta keskustelua. Hän tiesi, että ei osunut, mutta särki Jeepistä muutamia ikkunoita. Sitten hän ampui muutaman laukauksen sekä oman suoja-autonsa että Shiltonin auton alta ajatuksenaan osua jalkoihin. Joku kadulta älähtikin, että oli saanut osuman.

Shiltonilla tuntui olevan runsaasti ammuksia, sillä siksi surutta hän yritti Jaanaan osua epätoivoisilla kolmen laukauksen pyrskeillään. Tai sitten Jaana epäili, että mies ei todellisuudessa osannut käyttää Uzista kopioitua pientä konepistoolia. Jaana oli ehtinyt tehdä tarkat havainnot siitä, miten häntä ahdistava kolmikko oli Jeepin takana sijoittunut. Ismo, vahingoittuneen jalkansa kanssa oli etummaisena, Irwin Shilton jotakuinkin auton keskiosassa ja Ilpo istui taka-akselin kohdalla. Jaanalla ei ollut suoraa sihtiä kehenkään. Seuraavaksi hän ampuikin oman suoja-autonsa kadunpuoleiset renkaat puhki, jolloin auton maanvara käytännössä hävisi kokonaan eikä häntä päästäisi yllättämään vuorostaan auton alta.

Jaana näki, että Ismo Jokinen, joka oli auton moottorin kohdalla tavoittamattomassa suojassa, oli unohtanut oikean, käyttökelvottoman jalkansa näkyviin. Jaana tähtäsi Ismon nilkkaan ja lävisti sen laukauksella, joka epäilemättä murskasi nilkkanivelen ja repi silpuksi sitä ympäröivät nivelsiteet. Silloin Jaana uskoi Ismon jalan olevan niin kipeä, että hän löisi niin sanotusti pillit pussiin eikä yrittäisi enää kurkkia sillä pistoolilla, jonka Shilton oli hänelle pään pudistusten kanssa ojentanut. Shilton oli vielä sitäkin kironnut, että Ismo oli menettänyt aseensa taas.

Shilton oli kaivanut auton lattialta myös Ilpo Jokiselle jonkinlaisen pistoolin, jolla tämä ei ollut vielä ampunut yhtään laukausta.

Kadulta kuuluva aseiden räiskintä sen sijaan havahdutti Jussi Tammen viidennessä kerroksessa. Hän meni ikkunasta katsomaan mitä kadulla tapahtui. Vaikkei hän nähnyt aivan lähelle itsensä puoleista jalkakäytävää, näki hän mitä vastassa oli. Jeep Cherokee, joka oli keskellä tietä ja sen takana äijiä aseiden kanssa. Jussi luotti täysin arviointikykyynsä sen suhteen, että koska heidän ovellaan ammuskeltiin, oli varmaa, että toista puolta edusti Jaana. Jussi rupelsi äkkiä oman tarkkuuspistoolinsa asekaapista esille ja veti nahkatakin päälleen, lippalakin päähänsä ja syöksyi matkaan.

Kun hän tuli ensimmäiseen kerrokseen, mietti hän ulko-ovella hetken mitä Jaana oli neuvonut tämäntyyppisten tilanteiden varalle. Ja Jussi tulikin ulos niin ammattimaisesti, että Jaana oli siitä myöhemmin ylpeä. Hän työnsi ensin jalallaan oven auki, eikä astunut heti esiin. Odotettuaan pari sekuntia, eikä ovea kohti ammuttu, syöksyi hän ulos ase kahden käden otteessa. Jaana hihkaisi Suzukin kyljestä:

– Täällä, Jussi!

Jussi ampui matkalla muutaman laukauksen kohti vastapuolen autoa ennen kuin syöksyi maahan Jaanan viereen. Silloin hän kysyi:

– Mikä täällä on menossa?

– Jokisen pojat ja Irwin Shilton yrittivät kaapata minut matkaansa. Olen pistänyt hiukan hanttiin. Mutta huonolla menestyksellä. Kaikki ovat vielä hengissä, kaikki jaloillaan, yksi tosin vain yhdellä.

– Mitä haluat, että minä teen?

– Ota asemat siitä taka-akselin kohdalta, siinä on hyvä paikka.

Jussi huomautti: – Minä muuten näen, että tuolla on konetuliase vastapuolella.

Jaana myönsi näin olevan. – Onneksi se on joku Uzin paska piraattiversio, joka ei läpäise kahta autonkylkeä. Tämä puoli on ehjä, vaikka toisella puolella on varmaan 25 osumaa. Jos olisi aito israelilainen Uzi, olisin jo vähintään raajarikko. Tuossa Shiltonin mallissa ei ole puoltakaan siitä potkusta kuin esikuvassaan. Paha pyssy silti.

Shilton oli havainnut, että vastapuolelle oli ilmestynyt lisävoimia ja että siellä pidettiin jonkinlaista palaveria. Hän keskeytti neuvonpidon ampumalla kolmen laukauksen pyrskettä, lähinnä kuitenkin osumia saivat ikkunat Jaanan ja Jussin selän takana.

Jaana odotti hetken ja kun Shiltonin suurin into oli nähtävästi hetkeksi taittunut, hän jatkoi käskynjakoa:

– Yritä pitää sieltä takaikkunan kohdalta räiskimällä sitä Shiltonia varuillaan niin, ettei se pääse vaihtamaan asemia. On hyvä, että hän tietää meidänkin tulivoimamme lisääntyneen. Aion seuraavaksi ottaa pois pelistä toisen Jokisen pojista.

– Miten aiot sen tehdä? Sehän kyyristelee tuolla Jeepin takaosan kohdalla.

– Niin kyykistelee, mutta kun hän on mikä on, ei hän edes yritä osua vaan varmaankin istuu siellä ja nojaa auton kylkeen. Olen tarkkaillut, että hänen päänsä on niin lähellä ikkunan alareunaa, että otsahiukset nousevat esiin tuulenvireen myötä. Päälaki on siis ikkunan alatasossa. Kun osun tuohon takalasin alatiivisteeseen, raapaisee se samalla Ilpon päälakea niin, että lyö tajun kankaalle mutta ei tapa. Sinänsä turvallinen laukaus, koska jos osun alemmas, jää se auton oven täytteisiin, eikä tapa Jokista. Jos menee yli, niin menee vaan ohi. En nyt häntä sääli, mutta en nyt halua pääosumalla lopettaakaan tähän paikkaan.

Jaana sihtasi ja sihtasi. Sitten hän ampui yhden laukauksen, joka repäisi mennessään Jeepin jalkakäytävän puoleiseen ikkunaan reiän ja otti jonkinlaisen osuman Ilpoon, sillä tuulessa heiluva otsatukka hävisi näkyvistä.

Jaana laati uutta suunnitelmaa. – Nyt meidän täytyy hätistää tuo pääpukari sen verran esiin, että saadaan riisuttua se aseista. Se on huonossa asemassa. Se tietää, että molemmilta puolilta on apumies pudonnut ja sen täytyy pysytellä Jeepin moottorin takana. Se olettaa ihan oikein, että siihen myllyyn kyllä pysähtyy pistoolin kudit. Toisaalta, hän ei voi muuten poistua kuin ampumalla tiensä ulos. Hänen täytyy saada minut. Hänen on haettava parempaa ampuma-asentoa. Pidä sinä häntä vähän varpaillaan ampumalla silloin tällöin sinnepäin. On parempi, jos et osu. Tulee kauhea loppuselvittely, jos siviili on mukana ampumassa. Mutta jos paikka tulee, niin saat toki osuakin.

Jaana havainnoi samalla ympäristöään kuten aina. 15 metrin päässä olevassa risteyksestä näytti olevan tulossa neonvihreä lava-auto, amerikkalainen Chevrolet El Camino. Auto oli tulossa jalkakäytävälle ja Jaana tiesi, että se ei ollut kukaan muu kuin Susi-Hanski. Jaana huikkasi:

– Saadaan kohta tukea!

– Miten niin?

– Susi-Hanski parkkeeraa juuri tuolla risteyksessä.

– Mikä helvetin Susi-Hanski?

– Eläkkeellä oleva komisario, joka ei aina miellä olevansa eläkkeellä. Sillä on aina aseistus liivissä ja autossa varmaan muitakin tykkejä kuin vanha virka-ase.

Tuollaista autoa ei ole kellään muulla tässä kaupungissa. Hanskilla on noita useampi.

– Helvetti, tervetuloa vaan Sergein ja Hermanin nuorisoseuraan, täällä on pidot parhaimmillaan.

Evp-komisario Hannu Susi nousi autosta ja siirtyi kulman takaa kurkistellen katsomaan mitä ihmettä Sibeliuksenkadulla tapahtui. Hänellä oli ase kädessään, mutta hän toki ymmärsi, että ei ollut syytä rynnätä hätiköiden keskelle tulitaistelua. Jussi ampui heittolaukauksen aina silloin tällöin kohti Shiltonin pahasti reikiintynyttä autoa. Hän pystyi painostamaan Shiltonia astumaan askeleen eteenpäin, jotta tällä olisi mahdollisuus vastata tuleen.

Silloin Irwin Shilton nousikin vilkaisemaan tilannetta konepellin yli, sillä hän joutui korjaamaan asentoaan. Hetken aikaa hän oli osittain näkyvissä. Samaan aikaan Jaana kirosi:

– Ei saatana voi olla.

 Hän joutui vaihtamaan tyhjään lippaan, kaivoi uuden taskustaan ja asetti sen paikoilleen. Tällä välin Shilton oli jo kadonnut näkyvistä.

– Voi vittu mä olen tyhmä. Miksi en vaihtanut lipasta jo ennen kuin pääsi tyhjäksi. No, kyllä sen täytyy uudelleen siirtyä. Kun vaan odotellaan. Kyllähän kohta tulee muualtakin sellainen paine, että Shiltonin hermo menee, Jaana sähisi.

Shilton ei ymmärtänyt miten saisi naisen tähtäimeen. Hän hivutti itseään eteenpäin. Hän ujutti jalkaansa kohti auton keulaa ja piti konepistooliaan vain muutaman sentin Jeepin konepellin yläpuolella. Sitten hän siirsi painoaan etummaiselle jalalleen ja siinä yhteydessä hänen ylävartalonsa nousi noin sekunniksi hartialinjaa myöten näkyviin. Jaana ei tarvinnut enempää. Hän ampui ja osui miestä kaulantyveen. Jaana totesi mielessään:

– Tappolaukaus.

Shilton hoiperteli askeleen taaksepäin ja kaatui selälleen katuun. Jaana ilmoitti taistelutovereilleen:

– Nyt on tilanne se, että ollaan saatu kaikki. Mutta mennään varovasti. Kierrä sinä takaa, minä menen etupuolelta. Tarkista joka juippi, että ei kellään ole mitään luikkua kädessä. Ja käy kertomassa Hanskille, että siirtää autonsa poikittain tielle, ettei ketään pääse paikalle hälytysajoneuvoa lukuun ottamatta.

– Minä teen näin. Vien sanan.

He kiersivät ensin auton taakse, jossa Jaana näki ensimmäisenä Ismo Jokisen istuvan ja puristavan kaksin käsin verta pursuavaa nilkkaansa. Myös Jaanan tainnutuslaukaus Ilpoon oli osunut täydellisesti. Miehellä oli pitkä naarmu keskeltä päälakea aina otsalle asti. Syvä se ei ollut, vaan olipa lyönyt tällin ja todennäköisen aivotärähdyksen. Mies makasi tajuttomana. Sitten he tarkistivat Shiltonin tilanteen. Se oli äkkiä katsottu. Miehellä oli läpireikä hieman rintalastan vasemmalle puolella, josta oli pulpunnut pihalle lähes kaikki miehessä ollut veri. Irwin Shilton oli tullut tiensä päähän.

Jaana kävi vielä tökkäämässä kengällään asfalttiin pudonnutta konepistoolia ja sanoi Jussille:

– Näyttäisi olevan puolalainen lousku.

Sitten Jussi lähti viemään Jaanan ohjeita Hannu Sudelle ja Jaana käveli takaisin Ismo Jokisen luo. Hän otti vyöltään yhden nippusiteen, veti sen kiristyssiteeksi oikean nilkan yläpuolelle ja töni miehen kädet pois tieltä.

– Haluatko vuotaa kuiviin vai laitanko kiristyssiteen?

Hän veti siteen ampumahaavan yläpuolelle. Sitten hän astui koko painollaan murskaantuneen nilkan päälle ja tähtäsi pistoolillaan Ismo Jokista otsaan. Viimeinen, mitä Ismo kuuli, oli Jaanan sanat:

– Saatanan sinkosankari.

Sitten Ismo Jokinen pyörtyi kipu-, pelko- ja verenvuotoshokin yhteisvaikutuksesta. Jussi oli katsellut muutaman metrin päästä naisensa ilmeitä, kun tämä tähtäsi Jokista otsaan. Jussi ehti ensin huolestua, mutta kun hän oli tarkkaillut Jaanan mikroilmeitä, tiesi hän Jaanan olevan rauhallinen eikä päättäisi poliisiuraansa Ismo Jokisen teloitukseen kadulla. Kun hän näki Jaanan leuan rentoutuvan, tiesi hän Ismo Jokinen jäisi henkiin.

Silloin paikalle kaarsi Ojoisten suunnasta kiellettyyn ajosuuntaan ensimmäinen poliisipartio. Siinä oli Jaanan järjestyspoliisin suosikit Jaakko-pari, vanhemmat konstaapelit Jaakko Harju ja Jaakko Tanner. Nämä tulivat halaamaan häntä ja tiedustelivat oliko henkilövahinkoja.

– Meillä ei ole menetyksiä. Verinaarmu kyynärtaipeessa ainoa pieni. Vastustaja kärsi kovemmin.

Myös Susi-Hanski astui tapahtumapaikalle autonsa siirron jälkeen. Hänkin halasi Jaanaa ja paiskasi kättä Jussi Tammen kanssa.

– Hyvin toimittu. Kyllä minä tiesin, että kun hankkiuduit rikospoliisiin, että kyllä tämä tyttö pärjää.

Paikalle tunki nyt joka suunnasta hälytysajoneuvoja ja edelleen kiellettyyn ajosuuntaan paikalle kierteli myös Mauri Taposen oma Peugeot, jossa mukana istuivat Elias ja Jelena. Jaana kuiskasi Jussille:

– Pistä äkkiä pistoolisi vyön alle piiloon.

Kun ensimmäinen ensihoitoyksikkö oli vienyt Ismo Jokisen mennessään, tuli paikalle seuraava ambulanssi, joka koppasi Ilpon kyytiinsä, mutta Jaana ei päästänyt heti heitä lähtemään, vaan pyysi heitä pyyhkäisemään kyynärvarttaan jollakin ja peittämään lapulla. Kun hän otti takin pois, huomasi hän, että verta oli tullutkin paljon. Nuori mieshoitaja pyyhki tämän ja kaatoi käden päälle pullosta puhdistusnestettä.

– Käsihaavat vuotaa, mutta ei ole paha haava. Voit käydä näyttämässä mutta ei ole pakko. Eivät varmaan laita edes tikkejä.

– Joo, en minä sairaalaan ehdi lähteä. Laita vain lappu siihen.

Hän sai liimalaastarin ja totesi:

– Eiköhän tästä selvitä pienillä kauneusvirheillä.

Ambulanssi jatkoi matkaansa. Sitten paikalle peruutti myös musta ruumisauto. Poliisit olivat kokoontuneet isolla joukolla ihmettelemään ja tutkailemaan taistelumaastoa.

– Siis Jaanako yksin noita kolmea perkelettä vastaan ja tuloksena on, että naisella on naarmu kädessä, Shiltonilta pää irti ja Jokiset lasaretissa?

– Suurin piirtein. Näin meillä, Jussi totesi.

Jostain ilmestynyt Asko Kekkonen otti puhelinyhteyden omaan päämajaansa KRP:hen ja pyysi näitä tiedottamaan jenkkien suurlähetystöön, että Yhdysvaltain kansalainen Irwin Shilton on joutunut valitettavasti uhriksi ampumisvälikohtauksessa Hämeenlinnassa. Asko sai pian vastapuhelun suoraan suurlähetystöstä, josta joku alempi johtaja hihkui innosta ja kertoi, että kun hän oli ilmoittanut FBI:lle Shiltonin kuolleen, oli siellä kai poksauteltu samppanjapulloja. Että kiitoksia vaan. Saatte haudata sen tänne, eikä amerikkalaisilla ole mitään halua saada häntä takaisin.

– Asia selvä, sanoi Asko ja kuiskasi Jaanalle: - FBI kiittää.

Jaana huikkasi Jussille: – Tule kohta perässä. Mun täytyy mennä kotiin.

Jaana lähti lujaa hissille ja jätti Jussin selittämään ties monettako kertaa tapahtumien kulkua. Poliisi oli tukkinut kadun molemmista päistä. Jussi yritti muina miehinä poistua paikalta ja ajeli hissillä viidenteen kerrokseen. Kun hän astui sisään, kuuli hän Jaanan olevan suihkussa. Jussi oli tuonut mukanaan heidän pizzalaatikkonsa, jotka olivat säilyneet ehjinä. Hän haki jääkaapista oluttölkin ja istui sohvalle ihmettelemään mitä oikeastaan oli tapahtunut.

Pian kuitenkin ovikello soi. Jussi arvasi tulijat ja avasi oven enempiä kyselemättä. Mauri Taponen ja Elias Saario olivat oven takana.

Mauri kysyi: – Tuliko Jaana tänne?

– Suihkussa on. Tulkaa sisään.

Poliisit istuivat olohuoneeseen ja Jussi nouti pöydälle olut- ja kivennäisvesipulloja. Sitten hän väänsi taskuveitsensä avulla kylpyhuoneen oven auki. Jaana kurkisti suihkuverhon takaa:

– Mitä tänne tunkeet? Etkö voi mennä kolmanteen kerrokseen, jos pitää pöntölle päästä.

– Ilmoitan että Mauri ja Elias istuvat täällä eli kun tulet ihan Luojan jäljiltä, niin täällä on katsomoa.

– Selvä. Kiitos tiedosta.

Jussi meni istumaan poliisimiesten kanssa ja kertoi omasta osuudestaan.

– Loikoilin sängyllä täyttäen Iltalehden ristikkoa. Sitä kovista. Alkoi kuulua ammuskelua. Katsoin ikkunasta ja näin Jeepin. Ja ampuivat tännepäin. Eli joku kohde oli tässä meidän ulko-ovemme edustalla. Olin satavarma, että se oli Jaana. Ryntäsin ikään kuin apuun.

Elias myhäili. – Ei kaikki psykologit olisi voinut osallistua ampumistaisteluun ilman varoitusta kesken vapaaillan. Aika poika olet.

– No minun roolini oli vaan siinä, että yritin pitää sitä pääperkelettä varuillaan. Voin vannoa, että en ampunut osumaakaan ihmiseen. Yritin, mutta en osunut.

– Se on helppo uskoa, sanoi Mauri. – Ihmiseen osuminen kymmenestäkään metristä on helvetin vaikeaa. Mutta Jaana taisi saada muutaman täydellisen osuman.

– Niin taisi.

Jaana tuli kylpytakissa tervehtimään, kertoi pukeutuvansa ja palaavansa kohta. Hän tulikin uusissa vaatteissa hiuksiaan harjaten istumaan Jussin viereen ja otti pöydältä olutpullon. Mauri kysyi:

– Miksi sinulla oli niin kiire suihkuun?

– No, olin ensinnäkin toinen kylki sormesta kainaloon veressä. Hiukset oli täynnä ruudinpölyä ja jotain pölyä kadusta. Ja pakko on myöntää, että oli jo kauhea kusihätä, kun tulin kotiin ja kai vähän lirahti pöksyynkin ennen kuin saatiin taistelu loppuun. Päätin lähteä suihkuun etenkin, kun taitaa mennä koko yö paperihommissa ennen kuin kaikki on selvitetty.

– Selitys otettu vastaan ja hyväksytty. Tekniikka piirtelee kuvioitaan katuun ja Tiuran porukka tutkii rikospaikkaa. Kai me lähdetään linnakkeelle. Tule perässä, kun jaksat. Kuitenkin jo tänä iltana.

–Tullaan, tullaan.

LUKU 20

Jälkipuintia

Jaana Lindegren kertoi tapahtumien kulkua konklaaville, jossa istuivat Mauri Taponen, Akseli Tiura, ylikomisario Leveelahti, KRP:n kaksikko Kekkonen ja Lassila sekä poliisipsykologi Ulla Tiainen. Kuuntelijaksi oli päästetty Jussi Tammi. Jaana kertasi tapahtumien kulun ja kolmannella kerralla hän tokaisi:

–Teidän on pakko uskoa, että minulla ei ollut mitään valmista suunnitelmaa. Tilanne kerrallaan menin eteenpäin.

Leveelahti sanoi: – Tästähän tietysti tulee pirunmoiset tutkimukset, kun poliisi ampuu kymmeniä laukauksia keskellä kaupunkia. Ei sinänsä aseenkantolupaa ahdistella, sillä tämähän oli tilanne, johon sinä jouduit ja toimit tappioita minimoiden.

– Näin on. Itse asiassa minun aseenkantoluvastani puheen ollen, aion anoa lupaa kantaa kolmea asetta virantoimituksessa.

– Kolmea, kysyi Mauri. – Sulla on kotelossa Glock, nilkassa pikkupyssy. Mihin kolmas menee?

–Toisen Glockin haluan kauniin pyllyni päälle ja sen selitys on, että jos tänään olisi ollut toinen täydellä lippaalla mukana, olisin saanut Shiltonin elävänä. Lippaanvaihto veti sen mönkään. Toinen ase olisi pelastanut ihmishengen. Vaikka se kuulostaa rajulta, niin ymmärrätte kyllä perustelun, kun mietitte.

Leveelahti totesi: – Asia selvä. Luotan, että kentällä työskentelevät alaiseni pystyvät parhaiten arvioimaan mitä työkaluja tarvitaan. Saat luvan kolmanteen aseeseen tästä päivästä alkaen.

Psykologi pyysi puheenvuoron: – Meillehän tästä seuraa lakisääteisesti jälkipuintia.

– Yäk. En tarvitse mitään puintia.

– Juuri se, että sanot että et tarvitse, osoittaa että tarvitset.

– Ymmärsit väärin. En suhtaudu mitenkään kielteisesti jälkipuintiin periaatteessa. Mutta kun minä satun asumaan tuon psykologi Jussi Tammen kanssa, niin minä väsyksiin asti puran tätä asiaa hänelle ja hän, vaikka kertookin minusta tykkäävänsä, pystyy suhtautumaan asiaan ammatillisesti. Tulenhan minä sinun puintiisi, mutta vain sen lakisääteisen minimin, sen sanon nyt.

Psykologi ei luovuttanut. – Kun ihminen joutuu ampumaan toisen ihmisen, vaikka kuinka huononkin ihmisen, siitä seuraa valtavat stressipisteet.

Jaana myönsi: – Kyllä minä senkin tiedän, mutta oli lykkyni, että tästä saatiin itsepuolustustilanne. Mutta oli siinä muutakin. Kun se sinkoammus räjäytti asuntomme, on minulla siitä asti ollut jahti päällä. Tiesin, että tavalla tai toisella tulisin saamaan nämä jätkät. Juridisesti oli helpointa, että se tapahtui tällä tavalla. Henkisesti on kyse muustakin.

– Tästäkin olen samaa mieltä. Sinulla saattaa olla nyt sellainen metsästäjämoodi päällä, joka ei ole hyvästä.

Jaana tuijotti psykologia silmiin, laski kymmeneen ennen kuin sanoi miltei kuiskaten: – Minä metsästän siksi, ettei sinun tarvitse metsästää. Käännän aseenpiipun pahantekijää kohti, jotta lapsesi saavat nukkua rauhassa yönsä. Minä olen valmis tähän uudelleen, vaikka heti huomenna.

Enää psykologi ei jatkanut.

Kun Jaana oli saanut sanoa sanottavansa, hän kuitenkin sopuisasti sopi psykologin kanssa tulevansa tapaamaan tätä torstaiaamuna. Jatkosta sovittiin siten, että Sari Lassila kuulustelisi Jussin. Mauri olisi itse halunnut kuulustella Jussin, mutta hyväksyi sitten, että vaikka Jussi ei virallisesti kuulunut tutkintaryhmään, oli hän niin lähellä sitä, että jääviysongelma saattaisi syntyä. Ja kyllä Mauri luotti KRP:hen. Tiura aikoi matkustaa ensi tilassa keskussairaalaan kuulustelemaan Jokisia ja muita kuulusteltavia ei lopulta jäljelle jäänyt. Susi-Hanski oli puhelimitse selvittänyt osuuttaan Maurille heti tapahtumien jäähdyttyä. Mauri oli luvannut vanhemmalle ex-kollegalleen, ettei tämän tarvinnut tulla täyttämään mitään papereita.

Sari Lassilan ja Jussi Tammen tapaaminen kävi joutuisasti. Vajaan tunnin verran he keskustelivat tapahtumien kulusta. Jussi sanoi, ettei ampunut yhtään laukausta ihmistä kohti, siis osuen, vaikka myönsikin yrityksen osua. Hän oli heti ikkunasta tapahtumat nähtyään arvannut, että toisella puolella oli hänen tuleva vaimonsa ja koska taistelu oli käynnissä, oli toisella puolella väistämättä pahiksia. Lassila selitti Jussille itsestäänselvyyksiä:

– Tietenkään ei ole sopivaa syöksyä mukaan ampumataisteluun, mutta se oli ymmärrettävää. Sinua ei tulla syyttämään mistään, etenkin kun vahingot jäivät materiaalisiksi.

– Niin. Kyllä niistä Shiltonin autonpelleistä minunkin aseeni luoteja löytyy. Sekä siitä aikaisemmin hajonneesta ikkunasta tai sen takaisista näytteillepanoista.

– Takana oli onneksi vain liikehuoneistoja ja koska tapahtuma-aika oli sen verran myöhäinen, ei asiakasvahinkoja tapahtunut.

Vain yksi sivullinen ihminen oli ilmoittanut saaneensa jonkinlaisen haaverin. Hän oli jalankulkija, joka oli Hallituskatua pitkin lähestynyt tapahtumapaikkaa ja ehtinyt kääntyä kulman taakse ilmeisesti taistelun alkuvaiheessa. Hän oli ottanut muutaman askeleen ja kääntynyt takaisin. Mutta hän oli käsittämättömän huonolla onnella onnistunut saamaan hieman lasia kasvoilleen. Silmät eivät vaurioituneet, mutta nuori mies kärsi kyllä ulkonäköhaitasta ja sai traumaattisen kokemuksen. Sirpaleet olivat viiltäneet hänen kasvoihinsa pinnallisia haavoja.

Jussi pääsi nopeasti sopimukseen Sari Lassilan kanssa, että tutkija voi tehdä tässä vaiheessa tutkimattajättämispäätöksen. Enemmän Lassila oli kiinnostunut Jussin ja Jaanan suhteesta ja kyselikin siitä. Siitä Jussi puhui mielellään. Hän kertoi heidän suunnittelevan hääjuhlaa pidettäväksi vielä tänä keväänä. He olivat tunteneet toisensa jo pitkään ja asuneet epämääräisellä tavalla yhdessä kahdessa eri asunnossa yli kolmen vuoden ajan.

He kättelivät toisensa ja Jussi oli sen puolesta vapaa.

Seuraavana päivänä Akseli Tiura meni tapaamaan sairaalan kirurgiselle osastolle Ismo Jokista ja Asko Kekkonen lähti hänen mukaansa. Koska Tiura ei ollut ollut varma Kekkosen mukaantulosta, hän oli myös sopinut, että autokuskiksi lähtenyt konstaapeli Juha Silvennoinen toimisi myös kuulustelun todistajana. Tiura oli ollut tiukkana osastolle, että hän määräisi Ismo Jokisen majailevan sairaalassaoloaikansa yhden hengen huoneessa, jotta hänen kuulustelunsa olisi vaivatonta. He olivat sopineet tulevansa sairaalaan kello kymmenen. Jokisen jalka oli leikattu edellisenä yönä päivystysluontoisesti.

Kun he astelivat potilashuoneeseen, Tiura avasi oven koputtamatta. Hän oli vanhan liiton poliisi, jonka mielestä kuulusteltava ei ollut tapahtuman isäntä, joka antaisi luvan tulla tai olla tulematta. Sen sijaan hän oli yllättynyt, kun Ismo Jokinen oli saanut hankittua paikalle jo asianajajan. Poliisia kohti asteli 30 ikäinen jakkupukuleidi, joka esitteli itsensä asianajaja Milla Leinoksi. Tiura laski puhelimensa potilaan yöpöydälle ja napautti siitä tallennuksen päälle.

Ennen kuin hän ehti sanoa mitään, Leino ilmoitti, että he haluavat heti kertoa, että he tulevat syyttämään poliisia liiallisesta voimankäytöstä.

– Päämieheni jalkaa on vaurioitettu kaksi kertaa. Hänen jalkapöytänsä on murskattu ja sitten vielä ammuttu nilkkaan. Lisäksi ylimielinen ja aggressiivinen poliisinainen oli satuttanut vielä kerran senkin jälkeen ja uhkaillut vielä aseella, kun mies oli täysin antautunut.

Tiura sanoi: – Minä olen kuulustelun johtaja. Minä annan puheenvuorot tai en anna.

Kun hän sai lueteltua paikallaolijat nauhalle, oli nainen taas äänessä.

– Lisäksi se nainen oli katkaissut päämieheni oikean käden etusormen riisuessaan tätä aseista tarpeettoman kovakouraisesti.

Silloin Tiura, joka punoitti jo uhkaavasti, painoi puhelimesta tallennuksen kiinni ja sanoi mukana seuranneelle konstaapelille:

– Konstaapeli Silvennoinen, oletteko ystävällinen ja saatatte tämän asianajan Leinon ulos tästä huoneesta? Hän häiritsee kuulustelua.

Leino yritti vielä vedota lakiin, jolloin Asko Kekkonen puuttui puheeseen:

– Kuulustelunjohtajalla komisario Tiuralla on itse asiassa velvollisuus järjestää tilanne mahdollisimman rauhalliseksi ja poistaa kaikki levottomuustekijät. Sinä olet nyt sellainen.

Silvennoinen laski kätensä naisen olkapäälle ja ohjasi tämän ovesta ulos. Tiura asenteli taas puhelintaan. Hän poisti vanhan tallenteen ja laittoi puhelimen taskuunsa. Sitten hän istui Ismo Jokisen sängyn reunalle ja kiersi oikean kätensä sormet Jokisen paketoidun etusormen ympärille ja vempputteli sitä.

– Ismo Jokinen, sanon tämän vain kerran. Olet yrittänyt kahdesti murhata naispoliisin. Sinä tulet saamaan elinkautisen tuomion murhasta ja useista murhanyrityksistä ja kaikesta pienemmästä sälästä. Et elä vankilassa puoltakaan vuotta, mikäli tulet syyttämään poliisia mistään kaltoinkohtelusta tutkimuksen missään vaiheessa. Joka vankilassa on joku Banditos tai Cannonball. Ne on mulle velkaa yhden. Ja jos haluan sen velan maksuun, niin se yksi olet sinä. Eikä kulu montaa päivää, kun kompastut portaissa ja taitat niskasi. Että kehtaat, saatanan nilviäinen. Yrität murhata poliisin ampumalla singolla ja ryöstää kadulla aseella uhaten. Vollotat että on jalka kipeä. Tekisi mieli vääntää tämä sormi vielä sijoiltaan, mitäs siitä sanot?

Jokinen huohotti kalpeana ja sanoi: –En minä mitään vaadi.

– Onko varma kanssa? En tätä enää aio toistaa.

– Varma on.

Tiura vilkaisi Asko Kekkosta ja sanoi tälle: – Käytkö kysymässä siltä Leinon likalta uskooko tämä jo osaavansa käyttäytyä?

Asko Kekkonen meni käytävälle ja löysi asianajajan, joka salkku sylissä avoimena naputti jotakin tietokoneellaan. Asko meni seisomaan hänen viereensä ja sanoi:

– Luuletko jo pystyväsi käyttäytymään lakien mukaan kuulustelutilanteessa? Et inahdakaan ennen kuin saat luvan tutkinnanjohtajalta.

– Tuli selväksi.

He palasivat huoneeseen. Ismo Jokinen kuiskasi ensimmäisenä asianajajalleen:

– Ei minulla ole mitään vaatimuksia.

Sitten kuulustelu sujuikin hyvän yhteistyön merkeissä. Ainoastaan riitaa meinasi tulla siitä, että Jokinen väitti, ettei heillä ollut aikomusta tappaa Jaanaa, vaan ainoastaan kuljettaa sovittuun paikkaan, jossa Shilton olisi häntä puhuttanut. Tiura ei uskonut.

– Sinä siis väität, että kun möhlit sinkoiskun, päätitte lieventää käyttäytymistänne Jaana Lindegreniä kohtaan?

– Kyllä.

He saivat nopeasti kirjattua tapahtumat siten, että molemmat pystyivät allekirjoittamaan kuulustelupöytäkirjan. Lopuksi Tiura kysyi sammutettuaan ensin tallennuksen:

– Tuleeko tuosta jalasta vielä kalu?

– Ei tule hyvä, se jää suoraksi, Jokinen kertoi. – Siinä on niin paljon ruuveja, että liikkuvuutta jää hyvin vähän jäljelle. Nilkka oli ihan säpäleinä.

– Se on vaarallista rosvon elämä, totesi Kekkonen. – Huomenna haemme sinut täältä poliisivankilan pahnoille. Pystythän sinä kyynärsauvoilla lenkkaamaan sen mikä on tarpeen. Muuten voit makoilla siellä etkä työllistä täällä yhtä vartioivaa poliisia vuorokauden ympäri.

Akseli Tiura kiitti vielä hyvin sujuneesta kuulustelusta ja tokaisi jopa asianajaja Leinolle:

– Sinähän taidat olla oppimiskykyinen yksilö.

Sitten poliisit poistuivat paikalta ja osaston puolelle ovensuuhun ilmestyi takaisin istumaan kaksimetrinen ja 110-kiloinen poliisikokelas. Tämä kertoi, että hänellä oli vielä nelisen tuntia pestiä jäljellä ennen vaihtoa. He kävivät saman tien toisen Jokisen pakeilla.

Tämä nukkui, kun he tulivat sisään, mutta heräsi miesten ravisteltua häntä olkapäistä. Miehen pää oli paketoitu ja lisäksi jalassa oli jokin pienempi paketti kuin veljellään. Tiura kysyi:

– Mikä jalkaan osui?

– Kai joku harhalaukaus raapaisi. Meni tuosta pohjelihaksesta läpi. Ei osunut luuhun. Paranee pian.

– Hyvä. Ja pää on paketissa.

– Ja helvetin kipeä.

– Veljesi tunnusti kaikki rikokset mistä teitä epäillään. Sinä noudit hänet jäähallilta, kun hän oli tappanut Tuomas Sarkalan.

– Kyllä minä se olin.

– Ja tiesit missä aikeissa hän meni hallille.

– Kyllä.

– Voin rentouttaa sinua, että jo tämä riittää siihen, että saat elinkautisen avunannosta murhaan. Mutta mikä sinun roolisi oli siinä sinkohyökkäyksessä?

– Sama rooli, ajoin autoa. Minä olin ratissa. En ole oikein osannut koskaan noiden pyssyjen kanssa. Ja olen siitä saanut kuulla. En nytkään, kun siellä Jeepin takana oltiin, ampunut yhtään laukausta, jolla olisi edes teoreettista mahdollisuutta osua. Ensin vain istuin ja puuskutin ja mietin kuinka tästä selvittäisiin. Shilton lykkäsi minulle väkisin jonkun vanhan aseen käteen ja vaati että tekisin jotakin. Otin aseesta lippaan irti ja tarkistin, että se oli täysi. Ja ennen kuin ehdin kääntyä, napsahti taju kankaalle, kun tuli tälli päähän, joka katkaisi filmin kerta laakista.

– Tämän halusimmekin kuulla, Tiura myönteli. – Siirry huomenna poliisivankilaan. Pidämme teitä eri kopeissa, jotta ette pääse sopimaan yrityksistä muuttaa lausuntojanne. Ehditte sitten vankilassa vaihtaa kuulumisia. En tiedä tiedätkö, mutta sankarinne Shilton menetti henkensä siinä kahakassa. Jaana Lindegren otti siis täydellisen tyrmäysvoiton teidän surkeasta sukukunnastanne. Eli mieti tarkoin, jos meinaat hautoa kostoa. Joka tapauksessa linnaa tulee nyt pitkään ja reilusti.

Ilpo Jokinen sanoi, että ei hän mitään kostoa hautoisi. Itsehän he tätä olivat kerjänneet. Hän uskoi vakaasti, että onnistuisi parantamaan tapansa.

– Hyvä, lopetti Tiura ja poliisit jatkoivat matkaa.

Asian juridinen puoli oli lopulta yksinkertainen ja poliisitoimi laskeutui hiljakseen arkisen puurtamisen rauhaan.

LUKU 21

Kirjallinen kutsu

Kun Jaana Lindegren seuraavana maanantaina asteli aamulla työhön, hän ihmetteli nähdessään ylikomisario Armas Leveelahden jo talon aulassa. Jaana hämmästeli lisää, kun hän huomasi Leveelahden kiinnittävän huomionsa ylikonstaapeliinsa ja astelevan tätä kohti. Jaana mietti joko nyt alkaisi tulemaan lunta tupaan. Vaan ei kai hänelle potkuja sentään käytävässä annettaisi.

Leveelahti tuli kädet ojossa hänen luokseen ja kätteli ankarasti vemputtaen Jaanan oikeaa kättä. Mies kertoi hengästyneenä:

– Tulin juuri sinua vastaan. On tärkeää asiaa. Ota postisi, ja tule perässä tuonne Maurin huoneeseen.

Jaanan ihmetys ei helpottanut. Hän haki postinsa, jota ei ollut isoa pinoa vaikkei ollut sitä useampaan päivään katsonutkaan. Siellä oli kolme kirjettä ja lehti. Ensimmäisestä kirjeestä hän ei saanut selvää mikä se oli. Toinen oli liitosta ja kolmas jokin rikospoliisiyhdistyksen kutsu. Alimmaisena oli Rikospoliisi-lehti. Jaana käppäili käskyn mukaisesti posteineen suoraan Mauri Taposen huoneeseen takki vielä päällään.

Leveelahti poukkoili huoneessa tuolilta ikkunalle ja sieltä taas tuoliin.

– Tule tähän istumaan, hän vinkkasi viereensä.

Jaana teki näin. Mauri hymyili:

– Kyllä kohta selviää. Saitko postissa kuoren, joka on lähetetty Amerikasta?

Jaana selasi postiaan. – Ilmeisesti se on tämä, jossa lukee Madame Staff Sergeant Jaana Lindegren?

Hän käänteli kuorta ja hämmästyi kun kuoren toisella puolen alakulmassa oli leima: FBI. Jaana avasi kuoren ja ryhtyi lukemaan:

Hyvä rouva ylikersantti Jaana Lindegren.

Jaana ihmetteli ääneen: – Mikä helvetin ylikersantti?

– Sen takia, että Amerikassa on poliisivoimissa kaikilla myös sotilasarvoa muistuttava arvo. Helpottaa hierarkian hahmottamista, Mauri valisti.

Jaa.

Jaana jatkoi.

FBI haluaa kiittää ja onnitella teitä menestyksessänne sodassa terrorismia vastaan. Olemme saaneet teidän keskusrikospoliisinne välityksellä tarkan selonteon, kuinka eliminoitte vaarallisen kansainvälisen väkivaltarikollisen Irwin Shiltonin. FBI:n kiitos ei ole tyhjä kiitos. Me kutsumme teidät kuuden päivän koulutukseen FBI:n tutkimus- ja koulutuslaitokseen Quanticoon. Kutsun esittäjä luonnollisesti maksaa kaikki matkat ja oleskelunne kurssin ajalta. Kutsu on avec-luontoinen, joten voitte ottaa puolisonne mukaan. Järjestämme ohjelmaa myös seuralaisille. Kurssille on koottu yhteensä kaksitoista poliisiviranomaista ympäri Eurooppaa. Teidän lisäksenne yksi mies Islannista, Portugalista, Irlannista, Tanskasta, Slovakiasta, Saksasta, Virosta, Italiasta, Kreikasta ja kaksi norjalaista. Olemme ilmoittaneet tästä mahdollisuudesta sekä teidän esimiehillenne että sisäministerillenne. Etteköhän saa virkavapaata kurssin ajaksi. Kurssi alkaa 3.6., joka on keskiviikko. Matkapäivä on siis tiistai. Lähdette Pan American lennolla Helsinki-Vantaalta 9.45. Laskeudutte New Yorkiin, jossa teitä on vastassa FBI:n lähettämä opas. Kurssi kestää keskiviikosta lauantaihin, sunnuntai on vapaa. Seuraavalla viikolla kurssi käsittää vielä maanantain ja tiistain. Keskiviikkona palaatte kotiin. Olemme järjestäneet myös iltaohjelmaa. Teillä on mahdollisuus osallistua musikaalinäytelmään Broadwaylla, NBA:n koripallo-otteluun sekä järjestettyyn ostosmatkaan New Yorkin kauppakaduilla. Lisäksi ohjelmaan sisältyy vapaa-aikaa. Ryhmässä on teidän lisäksenne toinen naispuolinen henkilö, toinen norjalaisista. Teidän ryhmänne yhdistävä tekijä on sankarityöt sodassa terrorismia vastaan. Toivotamme teidät sydämellisesti tervetulleiksi FBI:n koulutustyön piiriin.

FBI:n terrorisminvastainen sodan osaston apulaisjohtaja,

Thomas Hart

Jaana katseli kirjettä hämmästyneenä.

– Te siis osasitte odottaa tätä?

Leveelahti kertoi: – Sain tiedon eilen, että tällainen olisi tulossa. Eilen siitä sai tiedon myös sisäministeri ja tämän laitoksen päällikkö. Olemme kaikki ylpeitä tästä kunnianosoituksesta. Sinä olet sen ansainnut.

– No joo, onhan se mielenkiintoista lähteä katsomaan FBI:n koulutusta. En ole koskaan käynyt jenkeissä. Voinko siis katsoa, että virkavapaani on myönnetty?

– Voit katsoa, että opiskeluvapaa on myönnetty. Myös uusi virka-aselupasi on pöydälläsi.

Jaana kiitti herroja ja poistui huoneesta. Hän meni ensin omaan työhuoneeseensa, lukaisi läpi lisäaseenkantoluvan, johon Leveelahti oli kirjoittanut:

– Anoo turvallisuussyistä lupaa kantaa kolmea asetta virantoimituksessa. Yhtä asetta kantaa nilkkakotelossa, toista kainalokotelossa ja kolmatta kertomansa mukaan kauniin pyllynsä päällä ☺. Näin sanoit sinä itse.

Jaanaa huvitti, että vanha irstas äijä ei ollut malttanut olla ikuistamatta hänen löysää heittoaan. Pääasia oli, että lupa oli myönnetty. Sitten hän asteli hyppelehtien kahvihuoneeseen ja hihkui siellä:

– Meikämimmi lähtee jenkkeihin ja FBI:hin.

Pöydän ympärillä istuvat kollegat olivat äimistyneitä. Simo sai ensimmäisenä suunsa auki:

– Mitä ihmettä sinä sanot? Sinä FBI:hin?

– Juu, mutta vain käymään. Sain kutsun koulutukseen vajaan viikon ajaksi kesäkuussa. Kutsu on avec, joten pääsemme Jussin kanssa rapakon taakse.

– Helvetin hieno juttu, totesi Elias.

Tiina Raikas sen sijaan sanoi ääneen sen mikä saattoi olla monella mielessä: – Kyllä käy vähän kateeksi.

Juotuaan kupillisen kahvia ja ihmeteltyään vielä kerran maanantaiaamun eriskummallista käännettä, Jaana sanoi:

– Ensimmäisenä virkatehtävänä aion nyt lähteä kertomaan tästä Jussille. Ihan työtehtävänä.

Hän hyppelehti hissiin haettuaan takkinsa ja kohta jo kurvasi linnakkeen autohallista kotiinpäin, josta oli vasta tunti sitten lähtenytkin. Hän meni kolmanteen kerrokseen, sillä tiesi Jussin parhaillaan työskentelevän siellä. Jo ovelta hän huusi:

– Jussi! Oletko täällä?

Mies murahti keittiöstä. – Täällä ollaan.

– Arvaas mitä varten tulin kotiin.

– No, en osaa kyllä arvata.

– Me lähdetään jenkkeihin.

– Ketkä me? Ja milloin? Ja miksi?

– Sinä ja minä. Kesäkuun 2. päivä.

– Millä helvetin rahalla? Etkö muista, että kun ostimme heinäkuun häämatkan Wieniin, jouduimme vähän funtsimaan rahoitusta?

– Muistan erittäin hyvin. FBI kutsuu ja maksaa kaikki viulut. Kutsu on avec, joten tervetuloa mukaan.

– Oletko tosissasi?

– Olen, olen. Leveelahti oli minua vastassa jo ulko-ovella. Sitten minut roudattiin Maurin huoneeseen ja käskettiin noutaa posti matkalla. Lokerossa oli kirje madame ylikersantti Lindegrenille.

– Ja mistähän syystä ylikersanttia nyt FBI:hin kutsutaan?

– Minä olen terrorismin vastaisen sodan sankari.

– Ei helvetti. En sano, ettet ole sankari, mutta aikamoista.

– Tämän tulin vain kertomaan. 2.6. nousemme siis Pan Americanin lennolle, joka vie meidät New Yorkiin, jossa on vastassa FBI:n mies tai nainen. Kurssi kestää kuusi päivää, jolloin minä saan jotain opetusta. Aveceillekin on järjestetty ohjelmaa.

– Siellä on siis muitakin?

– Kyllä. Meitä on 12 ympäri Eurooppaa.

– Ei muita suomalaisia?

– Ei.

– No mikä ettei. Ehdimme hyvin pitää hääjuhlat ennen reissua ja heinäkuussa sitten Wieniin.

– Nimenomaan näin. Minun täytyy palata töihin.

He suutelivat vielä kuin nuoret rakastavaiset eteisessä ennen kuin Jaana taas jatkoi matkaansa. Jussi puisteli päätään ja ihmetteli menon vauhdikkuutta. Hän kaatoi itselleen toisen kupillisen kahvia ja rupesi tutkimaan netistä mitä kaikkea FBI oikeastaan oli.

LUKU 22

Romantiikkaa

Toukokuun viimeisellä viikolla Jaana Lindegren sei-
soi elämänsä ensimmäistä kertaa sovittamassa teettä-
määnsä juhlaleninkiä. Hän oli päässyt ylioppilaaksi ja
mennyt ensimmäisen kerran vihille ostokoltussa.
Jaana oli päättänyt yrittää noudattaa Jussin toiveita
hääpuvun suhteen niin pitkälle kuin se inhimillisesti
oli mahdollista, joten hän oli melko pian joutunut to-
siseikan eteen, että hame oli teetettävä. Sen pääväri oli
sitruunankeltainen, jota miedonnettiin erilaisilla val-
koisilla lisukkeilla. Eikä mittojen mukaan teetetty
juhla-asu itse asiassa tullut kuin satasen tai kaksi kal-
liimmaksi kuin kaupan hyllyltä päälle sovitettu. Nyt
asu alkoi olla valmis ja hän oli siihen hyvin tyytyväi-
nen. Oli kieltämättä eri asia, jos vaate istui prikulleen
eikä vain lähes.

Lisäksi ompelija Mirja Heikkilä oli valmistanut vielä
pienenpienen hatun ylijääneestä keltaisesta satiinista.
Hame pakattiin paperikassiin. Jaana aikoi tällä kertaa
olla siinäkin suhteessa taikauskoinen, että Jussi ei saisi
pukua nähdä ennen kuin se otettaisiin ensimmäisen
kerran käyttöön. Kaupungin ainoasta alusasujen eri-
koisliikkeestä hän oli hankkinut vaaleanvioletin ko-
konaisuuden, jossa oli rintaliivit sekä pikkuhousut,

jotka olivat muutoin string-malliset mutta molemmin puolin oli puolen pakaran peittävä pitsikoriste. Lisäksi hänellä oli valkoiset silkkisukat ja valkoiset kengät. Hääkimpun hän oli jättänyt Jussin valittavaksi. Hän oli kuitenkin esittänyt toiveen, että kimpussa olisi jotakin punaista ja jotakin keltaista.

Jussi oli sonnustautunut hänkin parhaimpiinsa. Hänellä oli musta puku, vaaleansininen paita ja viininpunainen solmio. Myös kengät oli kiillotettu. Maistraatista heille oli varattu vihkimisaika toukokuun toiseksi viimeisenä päivänä lauantaina. Simo oli heitä kuljettamassa Jaanan autolla. Hän toimisi myös toisena todistajana. Toinen oli Jussin tytär Anniina Tammi. Hiukan Jaanaa harmitti se, että hänen poikansa Joel ei ollut kelvannut todistajaksi, sillä hän ei ollut vielä täysi-ikäinen. Joten Jaana oli halunnut hyvän ystävänsä ja työtoverinsa Simo Savun todistajaksi.

Jussi kuiskasi Simolle: – Kun otat kuvia, tarkenna tähän rusettiin Jaanan pyllyn päällä.

– Ainahan mä siihen tarkennan.

Jaana ei ollut koskaan ollut paikalla maistraatissa järjestettävässä tuomarin johtamassa vihkimistilaisuudessa. Jussi oli ollut kerran todistajana kaverinsa häissä. Tilaisuutta varten oli varattu melko karu, mutta tyylikäs huone, ja tuomari mustassa viitassaan näytti aivan yhtä juhlavalta kuin pappi. He seisoivat tuomarin edessä rinnakkain. Jussi oli laskenut vasemman kätensä naisen takapuolen päälle ja liikutellessaan sitä hän huomasi kankaan alla jotakin karheaa. Hän tiesi, että Jaanalla täytyi olla pitsiset pikkuhousut.

Tilaisuus oli äkkiä ohi. Jussi pujotti Jaanan nimettömään sormuksen, joka oli selvästi hankittu täydentämään valkokultaista kihlasormusta. Se oli muutoin samanlainen, mutta kihlasormuksessa oli yksi pieni sininen kivi ja tässä sormuksessa oli kaksi kiveä. Kun he luvan saatuaan suutelivat toisiaan, nousi Jaanan hameen helma melkeinpä liian ylös. Hameen mitoissa oli toteutettu Jussin toivetta: sen verran pitkä, että peittää sinun ihanan pyllysi, mutta niin lyhyt, että jättää esille kauniit jalkasi. Hame oli siis melkein mini.

Seremonian jälkeen lähdettiin hotelli Aulangolle, johon oli yhteen pitkään pöytään varattu häävastaanotto. Vieraita oli vain parisenkymmentä. Jaanan vanhempi sisko Jenni oli tullut paikalle yksin. Hänen toinenkin avioliittonsa oli päätynyt eroon. Sen sijaan Jaanan nuorempi sisar, Josefiina oli tuonut mukanaan avomiehensä muusikkokirjailija Arto Tontin. Jaana tiesi, että pariskunta oli ollut yhdessä kahden tai kolmen vuoden ajan. Kerran he olivat tavanneetkin ja Tontti oli vaikuttanut rennolta mieheltä. Sitten paikalla olivat tietysti heidän molemmat lapsensa Anniina Tammi ja Joel Ovaskainen. Anniinakaan ei ollut miesseurassa, vaikka Jussin tietämän mukaan oli tapaillut jo pidempään jyväskyläläistä hammaslääkäriä, jota ei tosin oltu vielä isälle esitelty. Pitkästä aikaa he tapasivat myös Jussin nuoremman veljen Jari Tammen, joka veljensä lailla oli ammatiltaan psykologi, työpaikkanaan Niuvanniemen sairaala Kuopiossa. Sen puhelinkeskuksesta mies oli löytänyt myös vaimonsa, Tuula Tammen.

Luonnollisesti paikalla oli myös heille läheiseksi tullut Mauri Taposen rikostutkimusryhmä. Mauri näytti itse olevan jälleen tilanteessa, jossa ei ollut niin vakavaa naissuhdetta, että sitä olisi syytä esitellä ulkopuolisille. Elias Saario oli paikalla pitkäaikaisen avovaimonsa Maya Nuguemin kanssa. Maya oli iättömän oloinen vietnamilaiskaunotar, jonka Elias oli kaikkien suureksi hämmästykseksi Kaukoidän matkalta löytänyt. Tilanne oli ollut erikoinen sikäli, että Elias oli ollut tuolloin matkalla silloisen tyttöystävänsä kanssa. Hän ei kuitenkaan tunnustanut jättäneensä vanhaa naisystäväänsä vaihdossa Vietnamiin, vaan Maya oli tullut puoli vuotta ensitapaamisen jälkeen Suomeen ja oli yhä sillä tiellä.

Eeva ja Sami Tolonen olivat jo vakiintunut pariskunta. He lähestyivät neljääkymmentä ja olivat menneet yksiin jo lukiossa luokkatovereina. Simo Savu, joka autokuskin, bestmanin ja seremoniamestarin virasta hyvin selvittyään, asettui myös pöytään vaimonsa Saritan kanssa. Saritalla oli yllään upea kirkkaanpunainen leninki, ja hänen pitkät kuparinpunaiset hiuksensa olivat laitettu ranskalaiselle letille. Hän oli upea nainen. Jussin oikealla puolella istui Tiina Raikas kapeassa tyylikkäässä, tummansinisessä leningissään. Hänkin oli käynyt kampaajalla laitattamassa lähes yönmustan tukkansa. Hän oli myös tuonut ensi kertaa näytille miesystävänsä Janne Lipsasen. Kun Jaana oli kutsunut miestä kadetiksi, oli Tiina korjannut:

– Ei sellaisia enää olekaan. Janne opiskelee maanpuolustuskorkeakoulussa, ja sitä paitsi Janne on ensimmäiseltä koulutukseltaan koneinsinööri.

Janne oli varsin särmän oloinen upseerismies, vaikka Jaana panikin merkille, että hänen hiuksensa olivat takaa ehkä puolisen senttiä kauluksen päällä. Miehen olemuksesta henki myös se, että hän tähtäsi neljän vuoden päästä oleviin kesäolympialaisiin Suomen edustajaksi melonnassa. Mies oli atleettinen ja ryhdikäs, paraatipuvussa todennäköisesti vaikuttava ilmestys. Jaana tiesi Jannen olevan neljä vuotta Tiinaa nuorempi, siis noin 27-vuotias eikä pariskunnalla ollut kummallakaan lapsia vanhoista suhteistaan. Jannen oikealla puolella istui Jelena, joka myös oli nyt poikamiestyttö, kun hänen suhteensa Kalleen oli karissut Jelenan raskauteen. Eikä hänen tulevan lapsensa isä oikein voinut osallistua juhliin Jelenan avecina, sillä hän oli vielä toisaalla naimisissa.

Viimeisenä pariskuntana Jussin oikealla puolen istui Ville Kohokas, joka oli juuri palannut pitkältä

sairaslomalta työhön. Väkivaltatilanteeseen joutumi-
nen oli ottanut hänelle yllättävän lujille. Muutaman
päivän koitettuaan tehdä työtä hän oli todennut sen
mahdottomaksi ja hakeutunut työterveyteen ja saanut
kuukauden sairasloman. Lomaa oli vielä pidennetty
kahdesti samanmittaisella pätkällä. Hän oli nyt aloit-
tanut talousrikosyksikössä ja uskoi olevansa työkun-
nossa. Hänen avovaimonsa Riina Paljakka oli Enonte-
kiön tyttöjä ja työskenteli sairaanhoitajana Hämeen-
linnan sairaalassa. Pariskunnalla oli 2- ja 4-vuotiaat
tytöt. Jaana ei tiennyt mistä he olivat lastenhoitajan
hankkineet eikä se häntä oikeastaan kiinnostanut-
kaan.

Puheita pidettiin, viiniä juotiin ja herkullista grillattua
kalkkunaa syötiin. Ravintolan tarjoiluhenkilökunta
oli niin hienotunteista, etteivät puuttuneet asiaan,
vaikka he eivät voineet olla huomaamatta, että Jaanan
alaikäisen pojankin lasissa oli punaviiniä. Juhlat olivat
rennot ja aikuisen asialliset. Kun tanssi alkoi, ilmeni,
että jostakin päin Baltiaa olevan orkesterin nokkamies
oli havainnut hääparin ja tuli kysymään heiltä haluai-
sivatko he ensimmäiseksi soitettavan perinteisen vals-
sin vaiko jotakin muuta.

Jussi ilmoitti, että jotakin muuta. He osasivat periaat-
teessa tanssia, mutta Jussi ei halunnut, että hänen
tanssiaskeliaan ryhdyttäisiin isolla raadilla arvioi-
maan heidän ollessa kahden parketilla. Orkesteri
soitti siis Elviksen *Love me tenderin*, jota ei hitaana

voinut tanssia väärin. Jussi tanssitti urheasti ja yhtä ilahtuneena pöydän kaikki naiset, ja kaikki olivat yhtä ilahtuneita hänen pokatessa kohdalla. Jaana ei ollut koskaan elämässään tuntenut mitään mitä olisi kutsunut mustasukkaisuudeksi. Hän kuitenkin huomasi yllätyksekseen päänsä kääntyvän, kun mies nojasi jo kolmatta perättäistä tanssia Tiina Raikkaan kanssa. Toki Jaanakin sai olla yhtenään lattialla eikä se ollut yksin rentouttavaa, sillä hän oli omasta mielestäänkin korkeintaan keskinkertainen tanssija. Rytmitajua hänellä oli, mutta askelkuvioita hän ei muistanut. Miehenhän piti niitä muutoinkin opastaa.

Kymmenen aikaan illalla, tanssien ollessa hurjimmillaan, tuli Jaanan entinen mies Jyri Ovaskainen sovitusti noutamaan heidän poikansa Joelin kotiin. Ovaskainen oli myös hankkinut Jaanalle lahjan. Se oli korurasiassa, jonka laski naisen käteen halatessaan ja onnitellessaan. Jussin kanssa hän paiskoi kättä ja kiitteli:

Saan virallisesti ja lopullisesti luovuttaa vastuun tästä naisesta sinulle.

Jussi vilkaisi nopeasti Jaanan ilmettä, mutta Jaana oli juhlatuulella eikä kiinnittänyt huomiota siihen, että olisi jonkun vastuulla. Ovaskainen heilautti kättä:

– Älkää pelätkö, en aio tuppautua enempää mukaan juhliin.

Yhden aikaan, kun osa vieraista oli jo lähtenyt kotiin, jotkut notkuivat baaritiskillä ja kaiken kaikkiaan tilanne näytti juuri siihen aikaan sopivalta, Jussi kuiskasi Jaanalle:

– Vetäydytäänkö meidän sviittiimme?

He olivat todellakin varanneet hotellista hääsviitin. He kävivät hyvästelemässä vielä paikalla olevat vieraansa ja poistuivat kerroksiin. Huoneessa oli sohvapöydällä ruusukimppu. Jussi kurkisti jääkaappiin, jossa oli sovitusti kolme pulloa kuohuvaa ja Jussi tunnusti itselleen, että hiljaisuus tuntui ihanalta, kun sai vetää huoneen oven kiinni perässään.

Hän sujahti äkkiä pois puvustaan, ripusti sen henkariin ja esittäytyi vaimolleen pelkissä vaaleanpunainen pantteri -boksereissaan. Hän painoi Jaanan istumaan sängyn reunalle, otti laukun tämän sylistä ja veti sitten hameessa selkäpuolella olevan vetoketjun auki, että nainen pääsi pujahtamaan siitä ulos. Kun Jaana keikisteli violeteissa alusvaatteissaan, Jussi nieleskeli ja totesi:

– Kyllä sä Jaana olet upea nainen.

Jaana oli pessimistisempi. Hänkin uskoi, että tänään he olivat upeita, mutta kuinka lienee vaikkapa viikon päästä Quanticossa. Jussi painoi Jaanan takaisin istumaan sängyn reunalle ja polvistui tämän jalkojen juureen riisuen naiselta kengät. Sitten hän ryhtyi hellävaroin ujuttamaan silkkisiä stayup-sukkia naisen jaloista. Hän saikin kummankin sukan ehjänä ja virheettömänä riisuttua. Sitten hän otti käteensä naisen vasemman jalan, suukotteli sitä varpaista ylöspäin siirtyen aina huulenmitan ylemmäs. Jaana kihersi. Kun Jussi pääsi polven alapuolelle, tiesi hän, että jos mystisiä g-pisteitä oli ylipäätään olemassa, Jaanalla ne olivat polven etupuolella, noin kymmenen senttiä polvilumpiosta alaspäin. Sitä kohtaa nuollessaan ja imeskellessään Jussi tunsi naisen hyrisevän mielihyvästä. Kun hän aikanaan ehti naisen reiden puoleenväliin, pyysi hän naista nostamaan pyllyä sen verran että saisi pikkuhousut ujutettua pois. Samalla lähtivät rintaliivit. Kun Jussi ehti huulineen sinne minne oli varsinaisesti matkalla, ei hän ehtinyt tutkia aarretta kuin kolmisen minuuttia kun Jaana jo kevyestä humalatilasta huolimatta lensi ensimmäisen kerran tähtitaivaalle. Sama toistui vielä kaksi kertaa. Sitten Jussi nousi polviensa varaan lattialle ja kiepsautti naisen vatsalleen. Oli toisen jalan vuoro.

Suukotellessaan naisen reisiä Jussi ihmetteli jälleen kerran sitä, että Jaanan reidet näyttivät pehmeiltä, mutta se oli hämäystä. Hän tiesi niihin kätkeytyvän valtavasti voimaa. Hän oli nähnyt tenniskentällä lukemattomia kertoja, miten Jaana singahti pallon perään ja voitti miehen nopeudessa mennen tullen. Itse ottelun Jussi kuitenkin vielä useimmiten voitti, kokemuksella, sillä hän oli pelannut yli 30 vuotta kun Jaana taas epäsäännöllisesti seitsemän vuotta. Jos Jussi jaksoi takoa peruslyöntejä riittävän pitkään, tuli Jaanalle ennen pitkää virhe. Jussi pelasi melko virheettömästi, kun tyytyi palauttamaan palloja lähelle vastustajan takarajaa.

Jussi liu'utteli kieltään naisen pakaroiden välissä ja Jaana säpsähteli viiksien kutitellessa häntä. Jussi ei lakannut ylistämästä naistaan:

– Sinä olet niin upea nainen, että jos olisit syntynyt Antiikin Kreikkaan, sinua palvottaisiin jumalattarena. Luultavasti lainvartijoiden nimikkojumalana.

Sitten hän kiepsautti naisen taas selälleen ja viimein yhtyi tähän.

Kun he jonkin ajan kuluttua nousivat istumaan sängyssä, johon olivat uuvahtaneet, Jussi kertoi, että hän oli laittanut saunan päälle heti kun he olivat tulleet.

– Mennäänhän ottamaan parit löylyt. Teen meille saunajuomat, hän lupasi.

Jääkaapissa oli kahden samppanjan lisäksi yksi Elysee-pullo. Hän kaatoi sen isoon kannuun, sitten perään puolitoista litraa appelsiinimehua ja kourallinen jäitä. Kaapista löytyi pitkät lasit, joihin hän kaatoi juomaa ja meni naisen perässä löylyihin.

Jaana istui jo saunassa silmät suljettuina nojaten saunan päätyseinään niin että saattoi nostaa jalkansa Jussin syliin. He kilauttelivat lasejaan ja toivottivat toisilleen ties monettako kertaa, että hyvällä onnella ja kovalla työllä he tulisivat huolehtimaan suhteensa menestyksestä. He eivät jaksaneet saunoa kauaa, olihan kello jo lähes puoli kolme. Suihkussa he pesivät toisensa ja istuivat sitten hotellin kylpytakeissa sviittinsä olohuoneen sohvalla. Jussi haki toisen samppanjapulloista, Brut-merkkisen, antoi Jaanalle puhelimen käteen ja sanoi:

– Ota minusta kuva. Haluan kuvan, jossa juon tätä sinun kengästäsi.

– Kenkä menee pilalle. Siinä on sivustoissa koitettua satiinia. Pilalle menee.

Jussi ilmoitti juovansa silti.

– Ostan sinulle täsmälleen samanlaisen parin tilalle.

Niin hän kaatoi jaloa juomaa yhteen lasiin ja yhteen kenkään, josta melko nopeasti hän sen hörppi. Jaana räpsi kuvia ja nauroi. Jussi huomasi heti, että oli pitänyt turhaan kiirettä juoman kanssa. Kengän sivukaistaleet olivat pysyvästi pilalla. Samppanjapullo jäi melkein puolilleen, kun he kömpivät vuoteeseen. Jussi makasi selällään, kädet suorina sivullaan. Jaana kiipesi istumaan hajareisin hänen vatsansa päälle ja valmisteli miestään tuntematta armoa, vaikka Jussi pyysi huomioimaan, että hän oli 18 vuotta vaimoaan vanhempi mies.

– Ei selityksiä, totesi Jaana, ja pian Jussi olikin taistelukunnossa ja Jaana istui satulaan.

Hän nojasi selkä kaarella taaksepäin levittäen kätensä pitkälle taakse, kämmenet auki kattoa kohti. Koska hänen jalkansa liikahtelivat epärytmikkäästi, näytti aivan kuin hän tasapainoilisi. Ja niinhän hän tekikin. Hän oli kuin avaruuskapseli, joka oli vain yhdestä kohtaa kiinni emäaluksessa, mutta siitä kohden sitäkin tukevammin. Kun he lopulta pääsivät maaliin, ei kumpikaan enää jaksanut mitään.

Kun Jussi ensimmäisen kerran katsoi kelloa, oli se puoli kahdeksan ja Jaana nukkui yhä mahallaan puoliksi Jussin rintakehän päällä. Jussi kiepsautti naisen kyljelleen ja tiesi, että heillä olisi vielä kaksi tuntia siihen kun huoneeseen tilattu aamiainen saapuisi. Kun he olivat nauttineet sen ja Jussi pukeutunut hieman arkisempaan pukuun (sinistä liituraitaa), ja Jaana oli vetänyt päälleen tummansinisen leningin, keräsivät he tavaroitaan. Jussi oli yrittänyt juottaa lopun samppanjan, mutta Jaana otti vain puoli lasillista. Jääkappiin jääneen täyden pullon he pakkasivat mukaansa ja poistuivat. Hotellin parkkipaikalla oli heidän sinne aiemmin viemänsä Jussi Peugeot, jolla he ajelivat kotiin ja totesivat kumpikin:

– Tänään ei ihan hirveästi jaksa.

He avasivat kumpikin puhelimensa, johon molemmille napsui tekstiviestejä. Onneksi pelkkiä onnitteluja. Eritysesti Jaana oli tyytyväinen siihen, että yksikään ei ollut peräisin virkapuhelimista.

Amerikkaan minä menen, sinne menee kaikki

Maanantaina heillä oli pakatessa ensin kova tavoite. He aikoivat moderneina matkustajina selviytyä vain yhdellä lentolaukulla per matkustaja. Mutta pian se osoittautui mahdottomaksi ja he pakkasivat nöyrästi mukaan kummallekin ison matkalaukullisen varusteita. Jaana oli saanut FBI:ltä ohjeet pakata mukaan yksi juhla-asu. Muutoin rentoja opiskeluvaatteita. Jussi yritti tästä arvioida, että ilmeisesti hänenkin oli otettava juhlapuku mukaan. Kun kummallakin oli oma iso laukku, niin oli pakkaaminen rennompaa kaiken mahtuessa helposti mukaan.

Tiistaiaamuna he nousivat Pan Americanin koneeseen. Heidät yllätti iloisesti paikat, jotka heille oli varattu. Ne olivat ensimmäisessä luokassa. Jaana 165 senttiä pitkänä ei tosin ollut kokenut mitään vaikeutta turistiluokan jalkatiloissa, mutta Jussi 190 senttisenä oli äärimmäisen kiitollinen ylimääräisistä 20 sentistä lisäjalkatilaa ensimmäisessä luokassa. Saatuaan kahvia ja lasilliset kuohuvaa he vetäytyivät molemmat oman kirjansa pariin. Jaana kuiskasi Jussille:

– Äläpäs nuku. Kohta liitytään kymppitonnikerhoon.

– Ei helvetti. Minä olen vanha ja kankea mies.

– No kankeuttahan siihen tarvitaankin.

Jaana ei antanut periksi, joten Jussi hiipi ensimmäisenä vessaan. Hän istui pytylle housut nilkoissa ja jäi odottamaan. Pian Jaana tuli perässä, lukitsi oven ja tiputti omat housunsa. Sitten hän istui hajareisin miehen syliin selkä miehen rintaa vasten. Siinä he hitaasti keinuen sen mitä varten olivat leikkiin ryhtyneet.

– Kymppitonnin kerho juu, Jussi totesi. – Asento oli huono, että en osaa arvioida oliko kokemus täällä yläilmoissa kovin erikoinen.

– En tiedä minäkään. Mutta Tiina kertoi, että he olivat heti ensimmäisellä ulkomaanmatkallaan Prahaan liittyneet kerhoon ja uusineet tempun paluumatkalla. Ja se oli kuulemma niin iii-hanaa.

Lindegren-Tammen pariskunta pukeutuivat ahtaudessa ja poistuivat.

Niin matka Atlantin yli sujui leppoisissa merkeissä, välillä torkkuen, välillä lukien. He laskeutuivat aikataulussa New Yorkiin. Lentokenttämuodollisuudet sujuivat vaivatta. He panivat merkille, että lentokentällä oli mainio palvelumuoto: siellä oli isossa koreissa varrellisia nimikylttejä ja tusseja, joilla saattoi kirjoittaa tauluun nimen.

He löysivät nuoren tummahiuksisen miehen, joka oli hieman vaivautunut seisoessaan joukon laidalla sinisessä puvussa. Hänen kyltissään luki: Jana Lindegren.

He menivät miehen luokse ja tervehtivät. Mies kertoi olevansa FBI:n virkailija nimeltään Malcolm Journey. Hän kertoi olevansa kotoisin Louisianasta ja olevansa ranskalaista sukujuurta. Hän viittoili heidät Lincolnin luo, jonka massiivisen tavaratilaan heidän laukkunsa upposivat helposti.

Kun he lähtivät liikkeelle, Journey kertoi, että hänen pomonsa oli antanut tehtäväksi matkan aikana ottaa selvää siitä kuinka sinun etunimesi Jane Lindegren kuuluisi ääntää. Siitä oli kuulemma ollut montaa mielipidettä. Jaana yritti selvittää: *Jay, pitkä aa, ja lopuksi nah.*

Mies yritti, mutta Jussi puuttui puheeseen: – Ei. Jana on geometrinen yksikkö. Jaa-na.

Kun mies oli mielestään oppinut nimen kyllin hyvin, tarttui hän puhelimeen, painoi pikavalitsimesta numeron ja kun siihen vastattiin, hän lausui hitaasti ja huolellisesti: – Jaa-na.

Agentti Journey kertoi heille ohjelmasta.

– Tänä iltana on vain tervetulosanat ja saatte levätä rauhassa matkan rasituksista. Huominen päivä alkaa aamupalalla ja FBI:n esittelyllä, johon myös puolisot voivat osallistua. Lounaan jälkeen poliiseille on kaksi luentoa ja puolisoilla muuta ohjelmaa.

Illalla he menisivät paikalliselle jazzklubille, jossa tarjottaisiin päivällinen.

– Klubi on yksityinen, josta on se etu, että siellä saa tupakoida sisällä eikä valomerkkiä tule. FBI on ostanut kaikille jäsenyyden yhdeksi illaksi.

Mies ei muistanut ulkoa minkä niminen orkesteri paikassa esiintyisi. Näillä eväillä he pääsivät huoneeseensa, joka oli tilava, parvekkeellinen toisen kerroksen huone. Journey oli etukäteen valitellut heille, että FBI:n sääntöjen mukaan huoneiden minibaareissa ei ollut lainkaan alkoholia. Mutta jos vieraat katsoisivat tarpeellisiksi sitä huoneeseen tuoda, ei siihen kukaan mitenkään puuttuisi. Huoneessa oli myös asekaappi, mutta aviopari Lindegren-Tammella ei ollut luonnollisesti pyssyjä mukanaan lentomatkailun takia. Huone oli siisti ja tilava sekä sänky pehmeä.

Kello 20 he laskeutuivat sovitusti aulaan, jossa nostettiin tervetulomaljat ja Thomas Hart otti heidät hoteisiinsa. Hän piti nimenhuudon. Kaikki olivat paikalla. Hart kertoi hieman tulevan viikon ohjelmasta, muun muassa sen, että torstai-iltana heillä on mahdollisuus käydä New Yorkissa shoppailemassa yhteiskuljetuksella. Talon autot olisivat muutoin käytössä, mikäli joku haluaisi käydä hieman etäämmällä. Perjantaina he menisivät NBA-otteluun Washington Wizards-Chicago Bulls.

Kurssilaiset saivat esittää kysymyksiä ja keskeyttää esityksen halutessaan. Kun päästiin sunnuntain kohdalle, tiedusteli Jussi Hartilta: – Onko Quanticon alueella jumalanpalveluksia sunnuntaisin?

Hart kertoi, että katolinen messu alkaisi kello kymmenen ja baptistien palvelus puolestaan kello 12. Lisäksi illalla episkopaalinen iltahartaus olisi kello 18.

– Riittää, kiitos kiitos, Jussi oli tyytyväinen.

Hart jatkoi, että ensi viikon ohjelmasta kerrottaisiin myöhemmin kirjallisesti. Jaana ja Jussi kävelivät vielä aulakerroksessa olevaan ravintolaan ja söivät pizzat. Alueella oli päivittäistavarakauppa, josta he ostivat shampoota ja hammastahnaa, joita Jaana ei pitänyt mielekkäänä pakata mukaan. Tarjolla olisi ollut Fazerin sinistä suklaata, mutta he päättivät mieluummin ostaa levyn amerikkalaista tuotetta. Lopun iltaa he lojuivat sängyssä ja selasivat televisiosta 68 eri kanavaa. He päätyivät katsomaan luontodokumenttia Yellowstonesta.

Seuraavana aamuna runsaan aamupalan jälkeen heitä kierrätettiin ensin fyysisesti melkoinen lenkki pitkin käytäviä Hartin johdolla. Thomas Hart oli noin 60-vuotias pitkän linjan FBI:n agentti, jonka toimipaikka oli ollut jo yli 10 vuoden ajan Quanticossa. Hän oli kotoisin Wyomingista ja hänen sukunsa oli irlantilaista. Iltapäiväksi poliisivieraat jäivät luentosaliin ja heidän puolisoilleen esitettiin auditoriossa dokumenttielokuva FBI:n historiasta. Thomas Hart kertoi luennossaan yleisesti jatkuvasta ja kasvavasta terrorismin uhasta ja siitä, kuinka taistelu tätä vitsausta vastaan käytäisiin lopulta aina yksilötasolla.

Jaana pani merkille, että luento oli poliittisesti erittäin korrekti. Siinä ei mainittu arabeja eikä venäläisiä. Sen sijaan uskonnolliset ääriliikkeet ja äärikansallismieliset rasistit saivat omat alaotsakkeensa. Luennon jälkeen opiskelijat vapautuivat jokainen iltapäivän lepotauolle. Lähtö päivälliselle olisi kello 18.30. Kun Jaana tuli huoneeseensa, iloitsi hän siitä, että Jussi oli hankkinut kaupasta suodatinkahvia ja oli valmistanut sitä heille. He joivat kahvia ja vertailivat päivän kokemuksiaan. Kumpikin oli varsin tyytyväinen. Jaana sanoi:

– Kukaan ei ole suoraan sanonut, että onko tämä päivällinen nyt se, johon tulee laittaa se juhlapuku. Vaikka kai se on.

– Näin minäkin tulkitsen.

Jussi oli ottanut kaapista esille sekä oman pukunsa että vaimonsa sinisen leningin, jossa oli punaiset hihansuut, helmat ja pääntie. Illalla ravintolassa, joka oli siis yksityinen jazzklubi nimeltään Quantico's Jazz Club, he totesivat tyytyväisinä, että olivat pukeutuneet oikein. Hieman huvittuneina he huomasivat, että ruoaksi oli jälleen grillattua kalkkunaa omituisella mustalla riisipedillä. Kun he yrittivät vapaamuotoisesti tutustua toisiin kurssilaisiin, kysyi kreikkalainen 29-vuotias tessalonikalainen konstaapeli Mikos Jannoupoulos heiltä, kuinka he olivat olleet naimisissa.

Jussi sanoi: – Arvaa. Jos arvaat oikein, olet aika mestari.

Mies mietti hetken ja sanoi: - Olette aika tuore pari. Kumpikin jo toisella kierroksella, veikkaan.

– Hyvin menee tähän asti.

– Sanon että kolme vuotta.

Jussi masensi miehen toteamalla: – Olemme olleet naimisissa neljä vuorokautta.

Kurssilaiset onnittelivat heitä aplodein. Lavalle nousi orkesteri, jonka nimeksi kuulutettiin Surf – tosin Jaana ei ollut varma kuuliko oikein. Miehiä oli orkesterissa kuusi. Kolme mustaa, kaksi valkoista ja yksi latino. Isokokoinen latinomies, trumpetinsoittaja, esiintyi orkesterin johtajana. Rumpujen takana istui nuori musta mies, myös kitaristi ja basisti olivat mustia. Saksofonia puhaltamassa oli iäkkään oloinen valkotukkainen valkoinen mies. Klarinettia piteli keski-ikäinen, tanakka valkoinen mies. Miehillä oli yhtenevät asut: mustat paidat ja housut, vaaleansiniset solmiot ja valkoiset pikkutakit.

Jaana nautti musiikista, joka oli letkeää ja konstailematonta perinteistä jazzia. Eniten hän nautti siitä, että tiesi Jussin nauttivan tavattomasti tällaisesta. Kieltämättä oli rentouttavaa istua mukavassa nahkatuolissa ja poltella Jussin lentokentältä ostamia pikkusikareita. Vaikka he eivät koskaan polttaneet kotona sisällä, niin he totesivat, että kyllä tällaiseen jazzin kuunteluun olutpullon ääressä kuului savuinen ilma.

Jussi kysyi tarjoilijalta, osaisiko tämä kertoa minkäikäinen oli rumpuja soittava nuorukainen. Tarjoilija hymyili ja kertoi tämän olevan 17-vuotias. He olivatkin ihmetelleet miehen nuorta olemusta ja nuoreksi hän osoittautuikin. Ruoan kanssa oli tarjottu FBI:n nimikkopunaviiniä. Jussi oli tutkinut etikettiä, josta ilmeni, että viini oli pullotettu Kaliforniassa.

– Kai sitä pitäisi viedä pari pulloa kotiin tuliaisiksi.

Ilta oli onnistunut ja rauhallinen. Jaana oli kyllä tyytyväinen, kun ilta päättyi jo kello 00.30. Ravintoloitsijalle oli ilmeisesti selvää, että yleisöstä vähintään 80 prosenttia palveli FBI:ssa ja huomenaamulla he menisivät töihin, joten olisi turhaa venyttää iltaa aamuun asti. Jaana oli oikein mielissään. Häntä väsytti ja huomenna olisi mielenkiintoinen päivä. He menisivät ampumaradalle.

Seuraavana päivänä Jussin ja Jaanan tavatessa lounaalla Jaana oli tohkeissaan. Hän kertoi ampuneensa ensimmäistä kertaa elämässään rynnäkkökiväärillä.

– Se tuntui samalta kuin olisi yrittänyt pitää sylissä villihevosta. Tuntui, että rekyyli oli samaan aikaan kaikkiin eri suuntiin. Ensimmäisen lippaan ajan pitikin vain opetella, että miten sillä teknisesti ammuttiin. En pystynyt tähtäämään lainkaan enkä kyllä osunutkaan. Mutta kun kouluttaja Adam Wilkinson, joka muuten on skotti sukuaan, näytti miten aseesta sai parhaiten tukevan otteen, opin pitämään sitä sivulla niin, että rekyyli potki taakse enkä ollut enää itse sen tiellä. Pystyin vähän tähtäämäänkin ja vaikka tauluun jonkun kerran osuinkin, onhan se enemmän pelote koko ase. Se pitää kauheaa meteliä ja tuntuu kuin sillä olisi oma tahto. Oletko muuten huomannut, että näillä amerikkalaisilla on kaikilla hirveän tärkeää kertoa mistä Euroopan kolkasta he ovat tulleet? Kaikkihan tietää, että mitään alkuperäisiä valkoisia amerikkalaisia ei olekaan.

– Olen huomannut, myönsi Jussi. – He myös vaalivat juuriaan kummallisen hartaasti. En tiedä mistä johtuu. Olisiko huono omatunto, kun on lähtenyt emämaasta vai mikä lienee.

– Iltapäivällä ammumme pistoolilla. Odotan mielenkiinnolla. Huomiseksi olen muuten sopinut sinulle tapaamisen kello 12.30 FBI:n psykologisen tutkimuksen laitoksella. Yksi heikäläinen profiloija lupasi esitellä sinulle mielellään heidän toimintatapojaan ja oli myös kiinnostunut siitä, miten Suomessa toimitaan. Menet 00-kerrokseen, kysyt Lennart Holmqvistia. Sukuperiltään ruotsalainen. Puhuu kuulemma mielellään ruotsia, jos haluat.

– Eiköhän me mieluummin englannilla yritetä. Mielenkiintoista.

Kun iltapäivän ammuntasessio oli ohitse, saapuivat he miltei yhtä aikaa huoneeseen. Jussi oli tulossa lenkiltä. Jaanan kummastellessa Jussi vastasi:

– Tulee nykyään syötyä, juopoteltua ja tupakoitua niin paljon, että on yritettävä jotakin vastalääkettä.

– Olet oikeassa. Ammuin äsken Sig Sauer ysimillisellä puoliautomaatilla. Usko tai älä, olin porukasta ihan kärkipään pistooliampujia. Viiden metrin etäisyydeltä tauluun ammuin parhaiten. Ne taulut tulevat yhtäkkiä ponnahtamalla ja ovat korkeintaan kaksi sekuntia näkyvillä. Se voi tulla 5 metriin tai 25 metriin tai mihin tahansa siitä väliltä. Tietysti tiedämme että se tulee, että on siihen valmistautuneena kahden käden otteella. Vielä kymmenen metrin tauluhiinkin osuin aika lailla hyvin, sanoisinko noin jääkiekon kokoiseen pyörylään, joka ihmishahmoisessa taulussa sykkii punaisena. Se voi olla otsassa, rinnassa tai polvessa. Täällä tosiaan taulut ovat ihmisen muotoisia eikä kukaan näe siinä mitään moraalisesti arveluttavaa. Enkä näe minäkään. Suomessa täytyy olla hyvin luottamuksellinen porukka, jos tällaisiin ammuttaisiin. Vaikka kaikki tietää, että kysymyksessä on pahvikuva. Mutta on myönnettävä, että 25 metrin tauluun en pistoolilla niin hyvin osu. Se irlantilainen, Tony Gillan, se on ihan kone. Tuntuu, että mitä kauemmas taulua vietiin, sitä paremmin se osui. Enkä minä totta puhuen tästä Sigistä oikein tykännyt. Mutta kun sain toisen jakson ampua ysimillisellä

Beretalla, johon olen tutustunut jo poliisikoulussa, tuntui se luontevalta kädenjatkeelta ja ryhdyinkin vähän haaveilemaan sellaisesta. Nyt kun siis Leveelahti lupasi minulle toisen ysimillisen virkakäyttöön.

He lähtivät mielellään mukaan New Yorkin ostosmatkalle. Jaanalla oli jo tarkoin mielessään mitä aikoi ostaa ja viedä tuliaisiksi. Kun he sattuivat stetsonkaupan kohdalle, Jaana puikahti sisään ja veti Jussin perässään. Hän sovitteli itselleen valkoista stetsonia ja piti näkemästään.

– Juu, kyllä on komea, myönsi Jussi.

– Kokeile sinä mustaa.

– En kokeile mitään stetsoneita.

– Kyllä kokeilet.

– Tiedän, että minun hattuni koko on 59 mutta en aio ostaa tällaista, kun ei tule käytettyä.

– Mutta minä ostan.

– Onko pakko?

– On. Amerikasta kuuluu tuoda stetson.

– Selvä.

Loppujen lopuksi he ostivat aikamoisen pinon stetsoneita aikoen niitä tuliaisiksi. Jaana ihmetteli Jussin ilmoitettua kunkin henkilön kohdalla oikean hatun koon.

– Miten sinä pystyt, vaikka Tiinan kohdalla, arvioimaan oikean koon?

– En tiedä, kunhan osaan.

– Onko varma kanssa?

– Varma on.

Stetsoneita tuli siis aikamoinen pakkaus. Vielä he asioivat kenkäkaupassa, jossa Jussikin jo vähän innostui. Hän löysi itselleen klassikkomallin Brooks Brothers kumipohjaiset kävelykengät. Jaana osti tietysti käärmeennahkaiset buutsit, joissa oli kärjessä metallivahvistus. Hän tiesi, että ne ei olisi jaloille kovin terveelliset, mutta olivat sitäkin komeammat. Kengistä joutui maksamaan aika suolaisen hinnan, mutta kerranhan sitä vain jenkeissä ostellaan, totesi Jussi ja maksoi heidän ostoksensa.

Heillä ei ollut tarkoitusta enää ostaa muuta, mutta Jaana ei voinut vastustaa nähtyään kultasepän liikkeen ikkunassa kullatun sheriffin tähden. Sieltäkin tuli siis ostettua useamman sadan dollarin edestä. Sitten he päättivät lopettaa ostelun tältä erää ja olivat FBI:n pikkubussilla hyvissä ajoin. He veivät ostoksensa autoon ja menivät viereisen kahvilan terassille odottamaan puoleksi tunniksi muita paluumatkan alkamista varten.

Perjantaiaamupäivän ajan kurssilaiset saivat seikka-
peräistä opetusta minkälaista oli FBI-agentin työ.
Opetusta ehkä hieman vaivasi se, että jos materiaali
olisi ollut kirjallisessa muodossa, olisi mustattuja koh-
tia ollut paljon. FBI piti erittäin hyvin huolta siitä, että
ulkopuoliset eivät saaneet sellaista tietoa, joka ei heille
kuulunut. Joka tapauksessa luento oli antoisa.

Iltapäivällä oli vuorossa kongressin edustaja, joka pu-
hui lähinnä FBI:ta koskevasta ja säätelevästä lainsää-
dännöstä sekä myös hiukan taloudesta. Jussi matkusti
hissillä sovittuna aikana 00-kerrokseen ja löysi sieltä
Lennart Holmqvist-nimisen herran, joka ohjasi hänet
sinisävyiseen neuvotteluhuoneeseen. Sinne saapui
kohta heidän lisäkseen Annabella Borgiksi esittäyty-
nyt ammattiprofiloija. Nainen kertoi olevansa ruotsa-
lainen, joka oli työskennellyt FBI:ssa reilun vuoden.
Hänen varsinainen työantajansa oli Ruotsissa Suo-
men keskusrikospoliisia vastaava laitos. Hän oli
Quanticossa sekä opiskelemassa että myös profiloi-
massa. Lennart Holmqvist kertoi, että nainen oli eri-
tyislahjakkuus, jonka opilliset suoritukset eivät olleet
häikäiseviä, sillä hän oli nuoresta pitäen käyttänyt
paljon aikaa miettien rikollisia persoonallisuuksia.
Jussi kertoi tuntevansa tähän ajatukseen yhteyttä, sillä
hän itsekin oli eräänlainen harrastelija. Hän oli kyllä-
kin psykologi ja oli omaehtoisesti opiskellut kriminaa-
lipsykologiaa, mutta varsinaista profilointia hänelle ei
kukaan ollut opettanut yhtään päivää. Holmqvistin

mukaan tämä oli maailmalla tyypillinen tilanne: eihän profilointia Quanticon lisäksi monessa paikassa lähestytty edes akateemisesti.

– Meitä pidetään enemmänkin jonkinlaisina selvännäkijöinä.

Jussi myönsi näin olevan. – Joskin siitä seuraa luonnollisesti se, että varsinaisesti meitä pidetään epäselvännäkijöinä. Valitetaan, että profiiliin mahtuu puolet väestöstä ja jos tarjoaa tarkempia yksityiskohtia, ei uskota.

Neiti Borg kertoi olevansa hieman perillä Suomen profilointitilanteesta ja tiesi myös, että Ruotsissa oltiin asiassa hieman edellä. Hänelläkin oli rikostutkimuksessa virallinen asema ja hänen tittelinsä oli rikospsykologi. FBI:n edustajat ihmettelivät, kun Jussi kertoi avustavansa vain yhtä laitosta ja sielläkin oikeastaan vain yhtä tutkimusryhmää, joka sattui olemaan vieläpä hänen vaimonsa työpaikka.

Holmqvist hymähti, että he toki tunsivat taustat suomalaispoliisista, joka parhaillaan osallistui FBI:n täydennyskoulutukseen. Sitten he kävivät läpi kolme erilaista rikostapausta, työskennellen kukin ensin yksin ja sitten profiileja vertaillen. He tulivat odotettuun johtopäätökseen: täsmälleen samasta materiaalista saattoi saada, omista taustatekijöistä johtuen, melkoisen erilaisen tekijäprofiilin. Karkein ero näkyi viimeisessä tapauksessa, jossa Jussin mielestä kyse oli todennäköisesti keskiluokkaa edustavasta, keski-ikäisestä miehestä, eronneesta tai poikamiehestä, joka ei asunut rikosten tapahtumisseudulla. Holmqvistin mielestä tekijä oli kylläkin mies, mutta alle 35-vuotias ja musta, joka ei ollut työelämässä ja luultavasti oli kaiket päivät tavattavissa lähistöllä.

Tähän Jussin oli helppo vastata: – Ajattelin tapahtumapaikkaa tietysti meikäläisissä ympyröissä, joissa ei ole käytännössä lainkaan mustia rikoksentekijöitä muutamaa maahanmuuttajaa lukuun ottamatta.

Tästä heräsi mielenkiintoinen keskustelu, kun Annabella Borg luonnollisesti tiesi mikä oli maahanmuuttaja, kun taas Holmqvist halusi maahanmuuttajan määritelmälle tarkempia perusteluja.

– Onko niin, että jos muuttaa maan sisällä, ei ole maahanmuuttaja?

Jussi vastasi: - Pysyy maahanmuuttajana, jos Somaliasta peräisin olevan muuttaa Turusta Tampereelle.

– Kuinka kauan hän pysyy maahanmuuttajana?

– Kyllä se on elinkautinen tuomio. Jos hän saa lapsia, ovat hänen lapsensa toisen polven maahanmuuttajia.

Tämä oli amerikkalaiseen ajatteluun selvästi vaikeasti istuva yhtälö, koska maa oli niin monirotuinen ja keskivertokansalaisen ajatus oli jo sinänsä vaikeasti hahmotettavissa. Sen sijaan Annabella Borg tiesi mistä Jussi puhui, sillä Ruotsissa tilanne oli samankaltainen mutta vaikeampi. Vasta silloin Holmqvistille valkeni, että kyseessä oli nimenomaan vaikeus.

– Näin se valitettavasti menee, Jussi myönsi, vaikka tietenkin rasismi on tuomittavaa. Mutta on tahoja, jotka ajattelevat pelkän maahanmuuttajuuden olevan jo riskitekijä.

Sen kautta he vajosivat syvälliseen yhteiskuntapoliittiseen mielipiteenvaihtoon. Tilaisuuden lopuksi Jussi kysyi, että oliko sattumaa vai mistä johtui, että he molemmat olivat ruotsalaista sukua.

Holmqvist sanoi: – Sinänsä se on sattumaa, mutta tilastoista löytyy myös tukea. FBI:n leivissä on useita kymmeniä ruotsinsukuisia, mutta hänen tietääkseen vain muutamia suomensukuisia.

Jussi jäi miettimään tätä asiaa kätellessään isäntänsä ja lähti matkalle kohti omaa majoitushuonettaan. Matkalla hän kohtasi omasta ohjelmastaan vapautuneen Jaanan.

– Lähtö koripallo-otteluun olisi kello 19. Matkaan menee kuulemma reilut puoli tuntia, Jaana sanoi. – Täytyy tunnustaa, että ei paljoa kiinnostaisi, mutta ei kehtaa olla lähtemättä.

– Samat sanat, myönsi Jussi.

Kun he sitten koripallo-ottelun tauolla mutustelivat nakkisämpylää ja taas yhtä Budweiseria, totesivat he, että peli näytti käsittämättömän löysältä. Valtavan kokoiset mustat kaverit löntystelivät kenttää päästä päähän ja moni pelaajista näytti suorastaan lihavalta.

Jaana totesi: – Kyllähän urheilun kannalta olisi paljon mieluummin NHL-pelin katsellut.

– Niin kyllä, mutta ehkä tämä koripallo-ottelu on vielä amerikkalaisempi tapahtuma. Joten ollaan nyt vaan hengessä mukana.

Jussi oli laskenut, että vierasjoukkue Chicago Bullsissa oli kaksi valkoista miestä kahdestatoista kokoonpanon ilmoitetusta pelaajasta. Kotijoukkueessa heitä oli yksi. Joten kenties oltiin myös Amerikan mustien kulttuurin kunnioittamisen äärellä.

Ottelu päättyi kotijoukkueen voittoon numeroihin 94-88. Kun lopussa joitain pelaajia palkittiin, ihmetteli Jaana taas valmentajien ja neuvonantajien määrää penkin takana. Jokaisella pelaajalla tuntui olevan henkilökohtainen valmentaja.

He ajelivat hieman eri reittiä takaisin Quanticoon, jossa olivat puoli yhdentoista aikaan. Jaana ja Jussi päättivät vielä käydä pienellä iltakävelyllä vain katsellakseen tätä FBI:n sydänaluetta. Huoneessaan he olivat puolen yön aikaan.

LUKU 24

Kurssiviikonvaihde

Lauantaina kurssipäivän jälkeen ei ollut sovittua ohjelmaa, joten kaikki saivat viettää iltaa oman makunsa mukaan. Jaanalla oli kauan ollut haave: hän halusi käppäillä Washingtonin Georgetownissa ja ihmetellä sen punatiilistä talopaljoutta.

Kun Jaana tiedusteli varikon päälliköltä minkä auton hän saisi ottaa, tämä lupasi hänelle yhden Ford Town Carin, joita näkyi pysäköityinä 5 kappaletta.

– Saanko sen mikä on vähiten ajettu?

Mies lupasi.

– Ota tuo oikeanpuolimmainen, viininpunainen, sillä on ajettu 12 000 mailia.

He kävelivät autojonon luo. Jaana huomasi heti, että kun he kurvasivat pois varikkoalueelta, että tämä oli yksi asia, jota hän oli kaivannut. Hän kerta kaikkiaan piti autolla ajamisesta. Jussi tiesi tämän eikä edes ehdottanut voivansa ajaa osan matkasta. Aina kun Jaana sai käsiinsä auton, jota ei ollut aiemmin ajanut, hän suhtautui kokemukseen uteliaisuudella. Nytkin hän kiihdytteli ja jarrutteli ja kokeili, olivatko automaattivaihteet hänen mielestään täydellisesti synkronisoitu vai joutuiko jossain välissä odottelemaan hyppäystä isommalle tai pienemmälle. Jaanan mielestä pienempään vaihtaminen oli vähän löysää, mutta se saattoi johtua siitä, että hän oli joutunut säädättämään omassa Audissaan vaihtovälit mahdollisimman kireiksi, jotta autolla olisi helppo saavuttaa huippunopeus. Tämä auto ei ollut selvästi FBI:n nopein tykki ja välitykset todennäköisesti melko tavanomaiset. Joka tapauksessa automatka oli nautinto.

Päästyään rattiin oli Jaana heti kuin kotonaan. Hän ei osannut jännittää liikennettä Washingtonissa, koska ei jännittänyt sitä missään muuallakaan. Liikenne oli vauhdikasta, mutta ei kohtuuttoman riskialtista. He pysäköivät heille etukäteen neuvottuun paikkaan. Georgetownissa oli yksi FBI:n virallinen rakennus, jonka aidatulla takapihalla auto saisi olla takuulla rauhassa. Siitä he rauhallisesti käppäilivät pitkin Georgetownin ruutukaavakatuverkkoa.

Jaana oli aina ihmetellyt sitä, että Yhdysvaltain pääkaupungissa oli näinkin vanha ja historiallinen kaupunginosa. Kaupungit sinänsä olivat hänen käsittääkseen uusia ja eteenpäin suuntautuneita ja tehokkaasti rakennettuja. Georgetown ei ollut. Pari kertaa he pysähtelivät kahviloihin. Jaana joi kahvia, sillä hän oli kuskina ja Jussilla ei ollut mitään paria Budweiseriä vastaan. Toisessa pysähdyspaikassa Jussi tilasi ja saikin paikallisen panimon olutta, joka oli valmistettu vain neljän kilometrin päässä. Se oli kuulemma huomattavasti enemmän olutta muistuttavaa. Aito-amerikkalainen Budweiser oli osoittautunut petty-mykseksi.

Siellä he pyörivät koko aurinkoisen illan istuskellen välillä puistonpenkeillä pikkusikarilla eivätkä he ostaneet mitään. Valokuvia he ottivat toisistaan uusissa maisemissa ja pyysivät myös ohikulkenutta jakkupu-kunaista ottamaan heistä pari yhteiskuvaa. He viettivät siis kunnon turisti-illan. Yhdeksän aikaan he palauttivat auton varikolle. Varikon pomo oli valistanut heitä, että autoa ei tarvitsisi tankata, mikäli se ei tyhjenisi aivan kokonaan. Varikolla oli oma tankkaus-piste, joten hän huolehtisi sitä. Myös varikon väki halusi yhteiskuviin suomalaisen naispoliisin kanssa, joten kuvia otettiin taas.

Illalla he kävivät vielä Quanticon ravintolassa syömässä kasvisnyyttejä. Sielläkin oli tarjolla elävää musiikkia. Valkotukkainen, iältään vaikeasti arvioitava mies, ehkä hyvinkin vanha, esitti balladeja itseään pianolla säestäen. Se oli juuri sopiva päätös ensimmäiselle kurssiviikolle.

Sunnuntaiaamun he aloittivat katolisessa messussa kello kymmenen. Kirkko oli ehkä vain puolillaan vaikka rakennus ei ollut suuri. Sinne olisi mahtunut ehkä 200 henkilöä, nyt paikalla oli Jussin laskujen mukaan 90–100 henkeä. Jaana kummasteli kuinka messua johtanut isä David näytti niin nuorelta. Jussi kuiskasi hänelle, että mies oli 39-vuotias, hän oli tarkastanut netistä eilen illalla.

– Näyttää poikamaiselta, ihmetteli Jaana edelleen.

Jussi ratkaisi asian toteamalla: - Selibaatti pitää poikamaisena. Katso vaikka minua. Tämännäköiseksi tulee vanha ukonrähjä, kun yrittää pitää nuorta vaimoaan tyydytettynä.

Jaana pukkasi miestään kyynärpäällä kylkeen.

Sen jälkeen he pysähtyivät kahville samaan ravintolaan, jota olivat tottuneet käyttämään täällä ollessaan ja vetäytyivät sitten päiväunille. Jussi oli ilmoittanut lähtevänsä illalla lenkille ja Jaana ilmoitti lähtevänsä mukaan. Jussi kyllä varoitteli, että sitten juostaisiin hänen vauhtiaan.

– Et sitten pingo sataa metriä edellä.

Jaana sanoi, ettei hänestä ollut pinkomaan eikä edes muistanut koska viimeksi oli juossut.

– Minä muistan. 11 päivää sitten tenniskentällä kuin nuori jänis.

Maanantai, joka oli toiseksi viimeinen kurssipäivä, sisälsi paljon rikosteknistä tutkimusta. Kaikki tiesivät, että Quantico oli siinä maailman edelläkävijä. Vaikka Jaana epäilikin olevansa ylipäätään heikosti perillä rikostekniikasta, huomasi hän monen eurooppalaisen kollegan olevan vielä enemmän pihalla. Toisaalta taas saksalainen, 40 vuoden ikäinen Günter Schwartz kertoi, että hänen työstään ainakin ajallisesti jopa 50 prosenttia on rikosteknistä tutkimusta. Hyvin erilaiset olivat muutoinkin heidän toimenkuvansa omissa organisaatioissaan, mikä oli tietysti arvattavissa.

Maanantai-iltana oli yksi viikon kohokohdista. He kävisivät katsomassa Broadway-musikaalin, joten taas pukeuduttiin parhaisiin. Esitys oli brittiläisamerikkalainen yhteisproduktio, joka kertoi Yhdysvaltain sisällissodan aikaisista tapahtumista. Jaana ei paljoa jaksanut juoneen keskittyä, mutta varsinkin kuoroesitykset olivat mykistävän loistavia. Aivan erinomainen oli myös yksi naispääosan esittäjistä, joka pikaisen ohjelmalehtisen tarkistuksen jälkeen paljastui Daniella Howe-nimiseksi, 40-vuotiaaksi New Yorkista kotoisin olevaksi Broadwayn veteraaniksi, joka oli jo 20 vuoden ajan tehnyt isoja rooleja Broadwayn teattereissa.

Nainen oli varmaankin 180-senttiä pitkä, mutta hänen äänivaransa vaikuttivat loppumattomilta. Vaikka Jaana ymmärsi, että hän ei ole henkilö, joka pystyisi arvioimaan esitysten laatua hyväksi tai huonoksi, niin tämän naisen kyvyistä hän oli vakuuttunut. Esitys veti sanattomaksi. Esityksen pituus mykisti heidät myös. Perinteisen suomalaisen kahden näytöksen sijasta näytelmässä oli kolme näytöstä, kukin 45 minuutin mittainen. Kun näytös lopulta tuli päätökseen kaikkien kuorojen valtavaan yhteislauluun, antoivat

Jaana ja Jussi muiden mukana spontaanisti aplodeja pitkään seisaaltaan.

Esityksen jälkeen heidät johdateltiin heidän kaitsijansa Thomas Hartin mukaan. Heillä oli tapana viivähtää samassa viini- ja olutkellarissa vieraillessaan Broadwaylla eikä eurooppalaisilla tietysti ollut mitään sitä vastaan. Jaana ja Jussi maistelivat taas yhteensä neljä pulloa erilaisten amerikkalaisten pikkupanimoiden oluita. Kun puolen yön aikaan oltiin taas takaisin Quanticossa, oli keski-ikäinen teatteriseurue jo aivan valmis unten maille.

Tiistaina olisi heidän kurssinsa viimeinen päivä. Se oli järjestetty siten, että myös poliisien puolisot saivat olla mukana. Kysymyksessä oli keskustelutilaisuus, jonka teemaksi Hart esitteli taululle kirjoittamansa Friedrich Nietzschen lauseen: *kun jahtaa hirviöitä, täytyy olla varovainen, ettei muutu itse sellaiseksi.* Tästä riittikin puhuttavaa. Jaanakin koki ensimmäisen kerran vaikeutta, ettei osannut ilmaista itseään täydellisesti englanniksi, mikä oli ymmärrettävää, kun oltiin siirrytty filosofiseen keskusteluun. Jussi, joka ei kovin aktiivisesti osallistunut keskusteluun, hallitsi tässä lajissa sanaston melko täydellisesti. Jaana totesi, että ehkä hänellä oli jokin luonnevika. Sillä hän ei todellakaan kokenut mielensä tai sielunsa vaurioituneen siitä, että hän ampui Irwin Shiltonin. Tai vähän aiemmin potkaisi huumekauppiaalta leuan halki. Kyllä hän koki poliisin työn usein henkisesti raskaaksi, mutta voimankäyttö tapahtui hänen mielestään vain silloin kun se oli absoluuttisesti välttämätöntä, niin se ei häntä rasittanut niin kuin oli yrittänyt asiasta kertoa siitä tiedustelleille.

Jussi antoi taustatukea. Hän myönsi tarkkailleensa Jaanaa erityisen tarkoin dramaattisten tapahtumien jälkeisinä päivänä, eikä ollut havainnut rakkaansa mitenkään muuttuneen. Hän toki ymmärsi oman jääviytensä, mutta hän väitti kuitenkin, että hän oli kokenut psykologi ja pystyi mitä erilaisimmista tilanteista selviytymään oman ammatillisuutensa avulla. Sen sijaan kurssin osanottajissa oli useampia, jotka myönsivät joutuneensa vaikeaan moraaliseen kriisiin tapettuaan ihmisen. Vaikka he kaikki ymmärsivät, että tilanteet olivat olleet sellaisia, joissa tappaminen oli ollut minimitaso vaatimuksiltaan, oli asia jäänyt vaivaamaan. Hart ei ottanut kantaa oliko oikein se, että asia jäi vaivaamaan vaiko se, ettei jää. Hän kuitenkin kannusti kaikkia pohtimaan asioita myös tästä näkökulmasta.

Jussi oli jälkeenpäin sitä mieltä, että tämä loppukeskustelu oli hänen kannaltaan koko kurssin parasta antia ammattiprofiloijan tapaamisen lisäksi.

Tiistai-iltana he nauttivat juhlaillallisen koko seurueella Quanticon edustustiloissa ja koko laitoksen apulaisjohtaja Harry Ballantine kävi ojentamassa jokaiselle poliisille FBI:n kunniamerkin. Siinä luki, että merkki myönnettiin urhoollisesta osallistumisesta terrorismin vastaiseen sotaan. Jaana ei tiennyt itkeäkö vaiko nauraa kun paksusorminen Ballantine näpelsi hänen jakkunsa rintamukseen pronssinväristä mitalia, jossa oli sinivalkopunainen nauha. Hän kuitenkin tarkisti heti oliko hänen korjausvaatimuksensa läpi. Ja se oli. Hän ei ollut enää ylikersantti, vaan detective Lindegren. Lisäksi heille ojennettiin papyrusrullilta näyttävät kunniakirjat. Ballantine toi mukanaan myös terveiset Yhdysvaltojen senaatista, josta oli saatu lupaus, että yhteistyö erilaisten eurooppalaisten toimijoiden kanssa tulisi tiivistymään ja tämä ryhmä oli siitä eräänlainen symboli.

Juhlapäivällisellä oli tällä kertaa tarjolla kolmea eri vaihtoehtoa: lammasta, taimenta tai kasvispataa, joka oli valmistettu lähiruokatuotteista. Suomalaiset suosivat lammasta. Juomana oli taas FBI:n nimikkoviiniä, jota Jussi oli käynyt hakemassa elintarvikemyymälästä neljä pulloa, kaksi punaista ja kaksi valkoista, matkalaukkuun pakattavaksi. Jaana oli myös asioinut FBI:n kaupassa. Hän oli pyytänyt Thomas Hartia kirjoittamaan itselleen todistuksen, jolla saisi ostaa yhdeksänmillisen Beretan. Hart oli lähtenyt hänen mukaansa kauppaan selvittämään miten se kivuttomimmin kävisi. Sovittiin, että ase matkaisi matkaajien perässä postipakettina. Olisi ollut myös mahdollista kuljettaa se ruumassa, mutta Hart piti paperitöitä tässä suhteessa liian vaikeina verrattuna postivaihtoehtoon. Hart kertoi, että he lähettivät muutenkin aseita ympäri maailmaa. Hart sanoi, että asetta ei tarvinnut maksaa, vaan lasku voitaisiin laittaa esimiehelle. Jaana piti sitä hyvänä ideana ja ajatteli, että saisi Leveelahden taivuteltua järjestelyyn ja pitää aseen, joka ei kuulunut poliisin perusvalikoimaan. Hän tiesi, että poliisin ysimillisestä virka-aseista suurin osa oli Glockeja ja loput Waltereita. Varmaan olisi joku muukin, joka olisi halunnut jonkin eri valmistajan aseen jostakin henkilökohtaisesti syystä – tähän hänkin aikoi vedota.

Lisäksi Jaana ja Jussi olivat kummatkin hankkineet puvun: Jaanan tummansinisen jakkupuvun ja Jussi samanvärisen FBI:n suosiman arkipuvun. Lisäksi he olivat ostaneet lapsilleen FBI:n lenkkeilyasut.

Päätösillallisella tunnelma oli hyvin vapautunut. Sähköpostiosoitteita vaihdeltiin ja ihmiset toivottivat toisilleen menestystä uralla ja elämässä. Lopulta puolen yön aikaan palkitut eurooppalaiset sankaripoliisit olivat valmiita noutamaan todistukset osallistumisesta kyseiselle kurssille. Huomenna he lähtisivät kaikki kotimatkalle. Toinen norjalaisista tosin aikoi matkustaa Kanadaan tapaamaan sukulaisiaan.

Jaanalla ja Jussilla oli inhimillinen aikataulu, sillä heidän lentonsa jälleen Pan Americanin järjestämänä lähtisi New Yorkista kello 12.15. He eivät siis joutuisi nousemaan aamuyöstä. Jaana lähetti sähköpostia Simo Savulle, jossa hän kertoi heidän palaavan yöllä kotiin ja hän toivoi, että koko heidän työryhmänsä voisi olla paikalla yhdeltätoista, kun hän piipahtaisi linnakkeella. Hän toki lisäsi, että jos jokin tutkinta estäisi sen, hän ymmärtäisi. Hän kertoi, että hän kuitenkin kävisi paikalla ja olisi tuliaisiakin. Hän pyysi Simoa välittämään tietoa eteenpäin.

Jaana avasi vielä itselleen ja Jussille yhdet tummat tennesseeläisoluet ja he menivät parvekkeelle istumaan. Siellä Jaana kuuli, että sähköpostilaatikko kilahti tietokoneella. Hän uskoi sen olevan Simolta ja aikoi tarkastaa sen vasta myöhemmin.

Myöhemmin, kun he makailivat sängyssä, selasi Jaana tietokoneelta esiin heidän hääjuhlakuvansa, joita Simo oli lähettänyt lisää ja ne olivat ilmestyneet Jaanan sähköpostiin tämän tiistaipäivän valjettua USA:n itärannikolla. Kuvia oli paljon. Nyt kun hän selasi kuvia, kysyi hän Jussilta:

– Olitko sopinut, että Simo ottaisi kuvia myös vihkimistilaisuudesta?

– Kyllä. Pyysin häntä ottamaan sieltä muutamia kuvia. Lähinnä siksi, että halusin muistoksi sinut tuossa minihameessa. Sanoin Simolle, että tarkentaa Jaanan takapuoleen. Tämä lurjus sanoi, että siihenhän hän tarkentaa aina. Aika hyviä kuvia tulikin.

– No joo, Jaana myönsi. – Entäs tämä?

Jaana otti kuvan, jossa hän seisoi hääsviitin suihkukopin ovella hymyillen leveästi ja muutoin alastomana mutta nännit oli peitetty saippuavaahdolla ja samoin jalkaväli.

Jussi sanoi: – Tästä minä teetän työpöydälläni kehystetyn kuvan.

– Et varmaan teetä.

– Ja varman teetän, änkäsi Jussi.

He selasivat kuvia eteenpäin.

Jussi kommentoi: – En tiennyt, että Tiinalla oli noin upeat hiukset.

– En minäkään. Hänellä on töissä aina poninhäntä ja häntä aina paidan alla turvallisuussyistä. Mutta hiuksia on valtavasti.

Kun kuvat oli katsottu taas kerran läpi, Jaana laittoi koneensa lataukseen, jos sitä vaikka paluumatkalla tarvittaisiin. Sitten hän tiedusteli Jussilta mitä mieltä hän muuten oli heidän hääjuhlansa daameista.

Jussi myönsi, että nämä olivat upeita naisia kaikki tyynni.

Jaana totesi, että hän oli yllättynyt siitä, että meidän Josefiinasta oli tullut noin kaunis.

– Kaunis on juu, sanoi Jussi. – Josefiina on kasvoiltaan paljolti samannäköinen sinun kanssasi, mutta hänellä on valokuvamaisempi vartalo, koska hän on viisi senttiä sinua pidempi ja hänen rinnanympäryksensä on varmaan saman verran leveämpi. Sitten siitä yhtä kapea vyötärö ja Josefiinalla on jyrkempi raja vyötärön ja lantion välillä. Lantiokin lienee sen viisi senttiä leveämpi.

– Mistä helvetistä sinä olet ehtinyt jo lantionkin mittailemaan?

Jussi puolustautui: – Minä tanssin hänen kanssaan. Siinä pystyy luontaisesti mittaamaan strategiset mitat.

– Siltä vaikuttaa.

Kun Jaana oli laittamassa konettaan lattialle ja oli astelemassa kylpyhuoneeseen, soi heidän huoneensa puhelin. Jussi vastasi siihen ja totesi sitten:

– Wait a second.

Jussi kopautti kylpyhuoneen oveen ja vinkkasi Jaanalle: – Sinua kysytään.

Jaana ihmetteli kuka siellä nyt voi olla, johon Jussi totesi dramaattisesti: – Taitaa olla Dirty Harry itse.

Jaana vastasi nimellään puhelimeen. Toisessa päässä esittäytyi Ray Eastwood -niminen mies. Hän kertoi olevansa FBI:n erikoisagentti toimipaikkanaan Denverin piiritoimisto. Hän kertoi haluavansa sekä kiittää että pahoitella Jaanaa tälle koituneesta vaivasta.

– Oli itse asiassa minun virheeni, että Shilton pääsi matkustamaan Suomeen. Hän on ollut meillä passiivisessa seurannassa, mikä tarkoittaa, että emme seuraa häntä, mutta reagoimme jos hänen nimensä pomppaa esiin jossakin. Nyt kun hän oli anonut viisumia Suomen-matkaa varten, sen nimen on täytynyt nousta esille, mutta minä olin lomalla enkä selvästikään osannut delegoida asiaa riittävän selkeästi. Periaatteessa minun linjani on, että erityisagentin loman aikana ei hänen alueeltaan kukaan seurannassa oleva matkusta ulkomaille mistään syystä. Näin pääsi kuitenkin käymään ja sinä jouduit siihen puuttumaan. Olisin halunnut tulla Quanticoon henkilökohtaisesti kiittämään ja tervehtimään, mutta yksinkertaisesti en ehtinyt. Ja te olette huomenna lähdössä kotiin. Ehdotankin, että solmimme tällaisen epävirallisen kollegiaalisen suhteen, joihin meitä kehotetaan nykyään mahdollisimman hanakasti ryhtymään. Onhan FBI:lla viralliset suhteensa Suomenkin poliisin, mutta joskus asiat sujuvat sukkelammin, jos esimerkiksi minä voin soittaa suoraan sinua tiedustellakseni jostakin henkilöstä ja päinvastoin. Sopisiko tällainen? Olisimme siis toistemme kontakteja.

Jaana sanoi ajatuksen kuulostavan suurenmoiselta. He vaihtoivat vielä kuulumisia. Jaana kehui kurssin antia ja ylipäätään vieraanvaraista vastaanottoa. Eastwood lupasi vielä kerran elämässänsä matkustaa Suomeen, vaikka Jaana ei pitänytkään sitä kovinkaan uskottavana. He sopivat pitävänsä yhteyttä ja päättivät puhelun.

Jussi oli kuunnellut sivusta ja sanoi: – Lähdetäänkö nyt Hollywoodiin?

– Pölvästi. Hän oli Denverin toimiston kaveri, jolla oli ollut Shilton seurannassa ja oli päästänyt tämän lomansa aikana matkustamaan. Sitä paitsi etunimi oli Ray. Siis Ray.

– Jaa, minä taisin kuulla väärin, Jussi hymisi.

Jaana epäili ääneen, että mies yritti kiusata häntä, väsynyttä naista.

LUKU 25

Kotiinpaluu

Koska kurssilaisten kotiinpaluulennot lähtivät niin eri aikaan, oli Jaanalla ja Jussillakin taas henkilökohtainen kuljetus ja kuskina sama Louisianan mies kuin heidän saapuessaan. Thomas Hart kävi heidät saattelemassa ulko-ovelle asti ja hän mainitsi Jaanalle vielä lähtiessä:

– Beretta-asia on selvä. Ase tulee laitosten välisenä siirtona. Ei ehdi aivan ennen sinua Suomeen mutta parissa päivässä tulee. Vaihtoehtoja oli monta, mutta päättelin että halusit sen mallin, jolla ammuit harjoitusammunnoissa. Eli kyseessä on ase, jonka teräsosa on sidistetty, ja kumikädensija, sileä sellainen. Mukana on kainalokotelo ja vyökotelo. Lasku seuraa toimituksen yhteydessä.

Jaana kiilli, he paiskasivat kättä ja Jaana ja Jussi nousivat autoon. Louisianan mies kyseli heiltä millainen kokemus oli ollut ja matkustajat kiittelivät hyvästä palvelusta ja muutoinkin erinomaisen sujuvasta toiminnasta ja että he olivat tunteneet itsensä todella tervetulleiksi. He saapuivat kentälle normaalin käytännön mukaiset kaksi tuntia ennen koneen lähtöä. He kiittivät kuskia ja lähettivät terveisiä Louisianaan.

Mies vastasi vielä omalla cajuninranskallaan ja iski silmää.

Lentokentällä matkalaiset halusivat luopua matkalaukuistaan heti, jotta voisivat vapaammin kuljeskella alueella, jossa oli kaupattavana lähes mitä hyvänsä mihin turisti voisi viimeiset dollarinsa sijoittaa. He ostivat tavalliset tax free-tuliaiset: kartongin Marlboroa ja Jussi halusi vielä toisen laatikollisen sadan sikarin laatikon, jossa sikarit olivat kymmenen kappaleen rasioissa. Jaana ilmoitti, että hän ei niitä enää aikonut polttaa, mutta Jussi lupasi hoitaa polttelun. Sitten he ostivat perinteiset viski- ja konjakkipullot. Jaana valitsi Jussille partaveden ja Jussi Jaanalle hajuveden. Kun he olivat kaupoista selvinneet, suunnitteli Jussi istahtamista kahvilan pöytään, mutta Jaana nyki hänet hihasta vielä Buffalo Bill-nimiseen myymälään. Jaana osti sieltä itselleen ruskean nahkaliivin, jossa oli helmassa hapsut ja Jussille vyön, jonka soljessa oli teksasilaiset häränsarvet.

Jussi kyllä vastusteli. Hän sanoi:

– Koska en ole poliisi enkä rockabilly-muusikko, niin missä ihmeessä tällaista käyttäisin?

Jaana ei antanut periksi, joten vyö ostettiin. Kun he pääsivät koneeseen, he löysivät jo luontevammin paikkansa koneen etuosasta. Jussi oli sitä mieltä, että heidän paikkansa olivat samalla rivillä kuin heidän saapuessaan. Jaana otti kannettavansa esille mutta ei ryhtynyt sitä vielä tutkimaan, vaan he joivat kahvia ja katselivat loputtomia Atlantin aaltoja.

Parin tunnin kuluttua, kun Jaana lähti käymään lentokoneen toiletissa, kiinnittivät kaksi miestä, jotka istuivat koneen peräosassa, Jaanan huomion. Kun Jaana astui taas lentokoneen käytävälle, miehet hihkuivat:

– Jaana! Jaana Lindegren!

Jaana kääntyi ihmetellen. Miehet heiluttivat hänelle ja viittoilivat häntä lähemmäksi. Jaana asteli heidän luokseen ja kysyi miehiltä:

– Mitäs advokaatit matkustelee?

Jaana tunsi miehet: he olivat Hämeenlinnan asianajajien eturiviin kuuluvat Jarkko Salmi ja Vilho Porras. Miehet selittivät yhteen ääneen olevansa palaamassa työmatkalta. He pyysivät Jaanaa hakemaan miehensä ja liittymään heidän seuraansa, sillä heidän vieressään oli tilaa.

– Tarjoamme teille lasilliset samppanjaa.

Jaana kävi hakemassa Jussin. He esittelivät itsensä. Jaana ja Jussi istuivat kaksin keskiriville ja pystyivät jotenkuten seurustelemaan miesten kanssa. Jussi ihmetteli, kun keskustelu pian kääntyi Jaanaa ylistäviin arviointeihin. Hän ihmetteli, että mitähän tässä oli takana. Jussista oli vielä luontevaa, että Jaanaa kiiteltiin periksiantamattomaksi tutkijaksi, joka aina etsi oikeutta ja totuutta, mutta kun arviointiin liittyi vielä se, miten kaunis ja älykäs Jaana oli, piti Jussi sitä erikoisena, vaikka olikin arvioinneista sinänsä samaa mieltä. Hän kyllä luotti, että Jaana näkisi noin selvän pelin läpi.

Joka tapauksessa herrojen tarjoama keltainen leski oli herkullista. Kun toinen pullo oli tyhjenemässä, Salmi viittoi lentoemännän tuomaan kolmannen pullon. Tämä saapuikin pian kaataen koko seurueen lasit täyteen. Sitten Jarkko Salmi sanoi:

– Minä esitän sinulle Jaana nyt tarjouksen. Me tarvitsemme tutkijan. Lupaan sinulle 30 prosenttia korkeamman palkan kuin mitä nyt saat. Työaika on välillä 8–18 ja joka ylityöminuutista maksetaan. Viikonloput melkein aina vapaata. Lupaan vielä samat lomaedut kuin mitä nyt sinulla on poliisissa. Olisit puolustuksen tutkija. Meillä on yksi, mutta tarvitsisimme toisen. Ja me arvostamme sinut erittäin korkealle rikostutkijana.

Jaana kulautti samppanjaa ja näytti mietteliäältä. Kyllä hän miettikin. Mutta ei sitä mitä nämä kaksi puolustusasianajajaa kuvittelivat. Jaana muisteli kuinka hän oli tuntenut matkalla suurta ymmärtämystä, kun hänen matkalukemisekseen sattunut Michael Connellyn Harry Bosch-dekkari kertoi Boschin urasta siinä vaiheessa, kun hänet oli kieroiltu eläkkeelle Los Angelesin poliisista ja tämä laitoksen historian paras murhatutkija oli tilanteessa, jossa hänen velipuolensa, kuuluisa asianajaja, houkutteli Boschin yhteen juttuun tutkijaksi. Kun tämä tutkimus oli valmistunut ja syytteessä ollut mies vapautettu, Bosch ilmoitti veljelleen, että tämä oli tässä. Ei koskaan enää. Jaana ymmärsi hyvin asenteen. Hän mietti kuinka he kurjalla palkalla yötä päivää raatavat poliisit saavat viimein jonkun liskon käräjätuomarin eteen ja sitten tuli miljonäärilakimies, joka penkoi aivan pirun tarkasti kaiken todistusmateriaalin. Tämä oli vielä ihan okei ja länsimaiseen oikeusjärjestelmään kuuluvaa, mutta sen jälkeen, kun aineisto todettiin täysin päteväksi, alkaa rääpiminen poliisin työstä, ja keksitään kaikki helvetin O.J. Simpsonit, joilla voitaisiin todeta jokin aivan selvä asia vääräksi. Jaana mietti, että jos vaikka poliisi, kuten minä, tulen kentältä ja lasken pöydälle kirjekuoren, jossa on DNA-näyte, ja menen vessaan viipyen viisi minuuttia ja sen jälkeen toimitan näytteen asianmukaisesti, haastaa puolustus silloin todisteketjun aukottomuuden, olihan kirjekuori vartioimatta viisi minuuttia pöydällä kenenkään sitä vahtimatta. Vaikka se tapahtui poliisilaitoksen lukittujen ovien takana, vois siellä periaatteessa liikkua moni henkilö. Ja näin kaivettaisiin maata kiistatta pitävän syytteen alta. Näitä Jaana mietti, mutta ei sanonut ääneen.

Ääneen hän sanoi: – Ei pojat. Kyllä me nähdään tulevaisuudessakin käräjäsalissa. Minä olen aina, siis aina syyttäjän todistaja. Kerran kyttä, aina kyttä. Kiitos samppanjasta. Palaamme omille paikoillemme. Oikein hyvää loppumatkaa teille.

Jussi oli jo pompannut pystyyn ja kiitteli advokaatteja kädestä pitäen ja harppoi sitten Jaanan perään. Istuttuaan Jussi sanoi

– Jumalauta muutaman sekunnin pelkäsin, että tosissasi harkitset ehdotusta, kun siinä oli niin hyvät ehdot.

– Niin hyviä ehtoja ei ole, että ryhtyisin vaikeuttamaan hyvien puolten työtä.

– Ei taida tulla niin.

Loppumatka sujui rauhallisesti torkkuen. Helsinki-Vantaalla he saivat hämmästyttävän joutuisasti matkatavaransa ruumasta ja odotellessaan seuraavaa bussiyhteyttä Hämeenlinnaan, joka lähtisi vasta 40 minuutin kuluttua, Jaana sanoi:

– On aika rentouttavaa huomata, ettei ole enää kutsuvieras vaan joutuu odottelemaan tavallisen rahvaan joukossa.

– Kyllä niin. Mutta oli aika hauskaa olla hetken aikaa kutsuvieraskin.

Bussi tuli ajallaan ja he pakkasivat valtaviksi paisuneet matkatavararöykkiönsä linja-auton kuljetustilaan. Matkan loppuosa sujui kommelluksitta.

Yöllä ennen nukkumaanmenoa Jussi tiedusteli vielä:

– Oliko se kello 11 kun sinä lupasit olevasi linnak-keella?

– Kyllä. Simo on kuitannut sen, että sopii, heillä ei ai-nakaan vielä mitään päälle painavaa. Ja minä muuten lupasin, että me olemme.

– Minun täytyy käydä sitä ennen kaupungilla parilla asialla mutta tulen tänne ennen kello yhtätoista takai-sin.

Seuraavana aamupäivänä Jaanan ollessa meikkaa-massa Jussi kolusi takaisin kaupunkireissultaan, tuli hänen luokseen ja aukoi muovikasseja ja pahvilaati-koita.

– Mitä sinä nyt olet ostanut?

– Tässä on identtinen pari sinun hääkengillesi. Minä-hän lupasin ostaa uudet, kun alkuperäiset menivät pi-lalle. Maksan vielä korkoakin, että tässä on toiset sa-manlaiset, tosin tummansiniset.

– Voi kiitos.

Jaana sovitti sinistä paria ja ihasteli niiden keveyttä ja kauneutta. Ja samalla suri sitä, että koska hänellä olisi seuraava tilaisuus niihin pukeutua. Jalkaansa hän kis-koi kuitenkin käärmenahkabuutsit.

He pakkasivat tuliaiset autoon ja autoilivat linnak-keelle.

LUKU 26

Linnakkeella

Jussi odotteli käytävässä, kun Jaana kävi ensimmäisenä toimittamassa yhden kappaleen tilauskaavakkeesta, jolla hän oli Berettansa tilannut. Hän vei sen suoraan Armas Leveelahdelle. Leveelahti toivotti hänet tervetulleeksi takaisin kotiin ja ryhtyi sitten tutkimaan paperia.

– Mikäs sinulla siinä on?

Jaana oli hieman vaivaantunut selittäessään: – Pyysin lupaa siihen ysimillisen kantamiseen, niin ihastuin FBI:n ampumaradalla Berettaan. Tilasin sellaisen.

– Niinpä näkyy. Tällainen on yksittäiskappaleena suurin piirtein samanhintainen kuin meidän Glockit, mutta kun valtio ostaa sadan kappaleen erinä, niin eihän niistä tällaisia hintoja makseta. Tämä on varmaankin kaksi ja puoli sataa euroa kalliimpi.

Jaana lupasi, että hän oli valmis maksamaan erotuksen, mikäli saisi muuten aseen käyttöönsä.

Leveelahti hymyili:

– Et varmasti maksa. Ei tämä minun Heckleriinikään perusasevalikoimasta löytynyt, kun sen tilasin enkä minä edes tarvitse virka-asetta. Mutta lupa kantaa on. Kyllä tämänkin veronmaksajat maksoivat alusta loppuun ja niin maksetaan sinun Berettasikin. Puhutaan sinun reissustasi myöhemmin paremmalla ajalla, mutta tämä asia on tällä selvä.

Jaana kiitteli ja poistui.

Sitten he menivät Jaanan tuttuun työkerrokseen. Jaana otti takin päältään. Leveelahdelle hän ei ollut uskaltanut näyttää hankkimaansa tinaista apulaissheriffin tähteä, joka oli hänen hapsuliiviinsä ripustettu. Päässään hänellä oli stetson kun hän koputti Maurin oveen ja astui sisään.

Mauri oli kirjoittamassa koneellaan, mutta päätti sen ja sulki koko koneen, nousi pöytänsä takaa ja hymyillen ilmoitti: – Onpa loistavaa nähdä amerikankävijä taas siinä.

Jaana veti käden lippaan ja ilmoitti: – Ylikersantti Lindegren ilmoittautuu vuorokauden etuajassa palvelukseen. Minullahan on vielä tämä päivä virkavapaata.

– Niinhän sinulla on, mutta Simo jo paljasti, että tulet käymään tänään. Ja toivoit kaikkien olevan paikalla.

– Kyllä.

Jaana kaivoi valtavasta muovikassistaan mustan stetsonin ja painoi sen Maurin päähän.

– Jumalauta, tämähän on makee, sanoi Mauri.

– Ja tämä on vielä makeempi, sanoi Jaana ja kiinnitti kultaisen sheriffintähden komisarion takin rintapieleen. – Minä rehellisesti ilmoitan, että tämä ei ole kultaa, vaan tinatähti ohuella kultauksella.

– Voi jumalauta, Mauri kiherteli. – Näissä kun vetäisen johtoryhmän palaveriin, niin saan joko apolodit tai potkut. Tule kohta kahville, älä tule ihan vielä. Sinut tullaan hakemaan.

– Okei.

Jaana meni kahvihuoneeseen, josta löytyivät kaikki hänen lähimmät työtoverinsa Simoa lukuun ottamatta. Jussi kävi koputtamassa Simon oveen. Jussi raotti ovea ja pyysi miestä käytävälle. Simo päätti puhelunsa ja tuli.

– Jaana pyysi kahvihuoneeseen.

– Tulen.

Siellä halailtiin ja päiviteltiin. Jaana painoi Tiinan päähän samanlaisen valkoisen stetsonin kuin itsellään ja kiinnitti myös tämän rintapieleen apulaissheriffin tinaisen tähden. Simo ja Elias saivat hiukan erisävyiset, ruskeat stetsonit ja omat tähtensä. Jelenan hattu oli kermanvärinen, samoin sihteeri Eeva Tolosen. Ja koska Eeva ei ollut poliisi, hän ei saanut tähteä vaan Jaana antoi pullon kalifornialaista yrttilikööriä, joka esitteen mukaan paransi kaikki vaivat. Tunnelma oli

riehakas. Keitettiin kahvia ja päätettiin ottaa valoku-
via. Eturiviin asetettiin naisille neljä tuolia ja tuolien
taakse tulivat seisomaan miehet. Jussi haki Maurin
paikalle

Kun Mauri asteli kahvihuoneeseen ja näki työryh-
mänsä stetsonit päässä ja tähdet rinnassa, hän nauroi
selkä kippurassa.

Mauri asettui valokuvaan miespuolisten konstaape-
liensa väliin ja Jussi räpsi kuvia. Kun kuvat oli otettu,
vaati Jaana, että Jussikin tulisi kuvaan ja haettaisiin
käytävältä joku ottamaan kuva.

– Mutta Jussilla ei ollut stetsonia, joku huomautti.

– Kyllä on. Ei suostunut laittamaan päähän, mutta mi-
nulla on se mukana.

Jussi yritti vastustella. – Ei, en tule.

– Sinä tulet.

Jussinhan oli tultava. Hän seisoi Jaanan takana stetson
päässä ja käytävältä vinkattu ylikonstaapeli Vilska
otti kuvia, kun sai ensin naurultaan itsensä rauhoittu-
maan. Eikä kuvaus loppunut siihenkään. Oli erikois-
kuvien vuoro. Simo halusi sellaisen, jossa hän kannat-
teli oikealla käsivarrellaan Jaanaa ja vasemmalla Tii-
naa.

Kun naiset epäilivät miehen voimia, Simo sanoi:

– Minä nostan nykyään 100 kiloa rinnalle.

– Niin mutta me painetaan 110 kiloa.

Tiina ryki kurkkuaan ja keskeytti: – Mistä sinä luulet tietäväsi paljonko minä painan?

Jaana vastasi: – Siitä satun tietämään, että meillä on yhteinen pukuhuone. Olet minua ehkä kolme senttiä pidempi, mutta hieman kiinteämpi, enkä minäkään ole mikään löysä säkki. Ja minä painan 55, joten sinun täytyy olla hyvin lähellä sitä.

– Okei, Tiina myönsi.

– Teitä ei tarvitse kiskoa maton rajasta asti, joten kyllä minä teidät nostan. Mutta haluan lisärekvisiittaa. Hakekaa pistoolit käteen.

– Ei helvetti, Mauri kakisteli.

Kohta naisilla oli virka-aseet käsissään ja Simo kumartui heidän väliinsä ja nosti kuin nostikin naiset käsivarsilleen.

– Ammutaanko kattoon pari kertaa niin saadaan autenttisempi tunnelma, Tiina kysyi.

– Ei helvetti ette heiluttele niitä aseita, ettekä naksauta edes tyhjää asetta.

– Ei minun ole tyhjä, lipas on täysi, Jaana sanoi.

Asetelmasta otettiin pari kuvaa ja Simo laski kollegansa takaisin vakaalle lattialle. Myös Mauri halusi itseään kuvattavan naisten kanssa, mutta ilman aseita.

Hän pyysi Tiinan ja Jaanan seisomaan tuoleille ja meni itse väliin. Jelena ja Eeva saivat tulla Maurin eteen. Taas otettiin hienoja kuvia. Samantyyppisen kuvan halusi myös Elias. Sitten räpsittiin kaikista juhlaan osallistuvista yksittäiskuvia.

Vihdoin päästiin kahvipöytään. Pöydällä oli iso pussillinen korvapuusteja. Elias totesi: - Kun eilen illalla Simon soitettua mainitsin Maijalle, että Jaana tulee kotiin, ryhtyi hän tänä aamuna leipomaan ja sanoi, että täytyyhän sellaiseen juhlaan olla muutakin kuin kahvia. Ovat siis uunituoreita.

He ryhtyivät kahvittelemaan ja Mauri kysyi tässä vaiheessa Jaanalta: – Eikö ne tarjonneet töitä FBI:sta?

– Eivät. Mutta matkalla sain kyllä mielenkiintoisen tarjouksen. Kerron teille koko jutun.

– Mutta sitä ennen saat kertoa jotakin FBI:sta. Joudut pitämään myöhemmin koko osastotunnin, mutta kerro nyt edes jotakin pientä.

Jaana totesi: – Niillä amerikkalaisille on jostain syystä hirveän tärkeää painottaa mistä Euroopan kolkasta polveutuvat. Kurssimme vetäjä Thomas Hart kertoi olevansa irlantilaista sukua. Sitten hän kertoi, että vaikka hän ei suhtaudu siirtolaisiin epäilevästi, niin kun irlantilaiset tulivat Amerikkaan, toivat he mukanaan FBI:n rakenteen. Kun italialaiset tulivat, toivat he mafian. Muita suomalaisia ei tavattu. Mutta ihmettelen vielä, että mikä tuo valtava kukkapuska tuolla pöydällä on.

– Siinä on kortti, katso.

Jaana otti puskan juuresta kortin, joka oli osoitettu Jaana Lindegrenille ja koko työryhmälle. "Nopeasta ja tehokkaasta työstä kiittäen, Reijo Palo ja koko Ilveksen organisaatio".

Mauri kertoi paketin tulleen samana päivänä, kun Sarkalan murhasta auennut rikosketju oli ensimmäistä kertaa käräjillä. Kyseessä oli tosin vain syytteidenluku.

– Syyttäjä hakee molemmille elinkautista. Ismon taitaa olla selvä, siinä on murhaa ja murhanyritystä. Mutta saa nähdä mitä Ilpolle käy. Sen lisäksi siellä tuli esille, että siitä kansiosta, jonka polttamisen sinä onnistuit estämään, löytyy alkeellisella salakirjoituksella laadittu jäsenluettelo. Ainoastaan tämän vuoden luettelolla on mitään virkaa koska yhdistys Suomen Tuki on rekisteröity vasta tämän vuoden tammikuussa. Joka tapauksessa saatiin luettelo pelastettua, jossa on 48 nimeä. Ja kiusallisen siitä tekee se, että luettelossa on kaksi poliisia. Tunnetko tällaista Satu Lainetta? 26-vuotias järjestyspoliisissa muutama kuukausi sitten aloittanut nuori nainen.

– Taidan tuntea. Nätti vaalea nainen.

– Juuri se. Ja hänen sulhasensa ylikonstaapeli Lind karhuryhmästä.

– Älä helvetissä. Sehän on jo pahempi juttu.

– Sen verran se on, että tämän nuoren naisen sijaisuus katkaistiin saman tien ja Lind on palkattomalla virkavapaalla tutkinnan ajan. Tulee saamaan potkut, jos näyttöä on jäsenyydestä. Kopra kävi raivoamassa minulle, että se sinun yli-innokas tutkijasi kävi pelastamassa kansion, joka muutoin olisi palanut tuhkaksi. Ja nyt hän menettää hyvän miehen.

– Ymmärrän, onpa kiusallista. Tuli mieleen, että olisikohan Kopra tai vähintään se Lind tarkoituksella jättänyt sen materiaalin niiden naisten poltettavaksi? Ja minä sitten keskeytin todisteiden hävittämisen?

– Sehän tässä tulee mieleen. Vaikka en haluaisi niin ajatella.

Jaana tiedusteli vielä: – Olenko minä nyt sitten jollain karhun mustalla listalla?

– No et ainakaan millään ääneen lausutulla, mutta kai se Lind oli siinä porukassa aika pidetty kaveri.

– Vittumaista.

– Se on sitä.

– Minkälainen muuten se oli se salakirjoituskoodi?

Mauri raapi päätään ja tokaisi: – Jos oikein ymmärsin, oli sanat vain käännetty nurinpäin. Oli käytetty kyrillisiä aakkosia.

– Sehän on jo aikamoista temppuilua. Asia selvä.

– Mitä tulee veljesten tuomioihin, minusta Ilpon pitäisi saada kevyempi tuomio. Kyllä se linnaan joutaa, mutta Ismo on se päätekijä. Ilpolle riittäisi määrämittainen tuomio, mutta ne päätetään muualla.

Sitten Jaana kertoi koneessa saamastaan työtarjouksesta ja kertoi siihen asti, kun hän totesi, että ei pojat, kerran kyttä, aina kyttä.

Tiina halusi näyttää uutta virkakorttiaan, joka roikkui hänellä kaulassa.

– Mitä? Oletko sinä ylikonstaapeli?

– Olen.

Mauri sanoi: – Toinen avoimista vakansseista ennen Tiinan tuloa oli ylikonstaapelin toimi. Kun Tiina on kaikki kurssit käynyt, niin tarjosin sitä ja hän otti sen vastaan. Puhuin kyllä Jelenankin kanssa, mutta hän aikoo olla äitiyslomalla pidempään kuin vuoden. Ja Elias on ilmoittanut selvästi, että hän aikoo jäädä eläkkeelle konstaapelina. Joten Tiina se oli.

– Hienoa.

Tiina supisi Jaanan korvaan: – Mulla on yksi tosi inhottava juttu, josta pitäisi puhua sun kanssa.

– Onko se työjuttu?

– On.

– Voiko odottaa huomiseen, kun olen vielä virkava-paalla tänään.

– Voi toki, ei ole päivän päälle.

Kaikki ihmettelivät Jussin absoluuttista päänkokosil-mää, kun hatut sopivat niin hyvin.

– Onko se jokin psykologinen erikoistaito?

– Ei. Puhdasta matematiikkaa. Suomalaisten miesten päänkoko on 59 senttimetriä. Puolustusvoimat pitä-vät siitä kirjaa. On hyvin epätodennäköistä, että ke-nenkään pää heittäisi enempää kuin yhden numeron. Jos heittää kolme, niin näyttää jo vähän erikoiselta. Jo-ten kyllä se arviointi onnistuu. Sitten tietysti pitää huomioida seikkoja, kuten se, että uskon Tiinalla ole-van samankokoinen pää kuin Jaanalla, mutta hääjuh-lassa paljastui hänen valtavat hiuksensa, joten Jaanan 55 kääntyi Tiinan 56:ksi. Ihan loogista päättelyä vaan.

– Joka tapauksessa, hauskaa kun olette takaisin. On vielä kysyttävä: nämä lurkit olisivat siis palkanneet si-nut tutkijaksi?

– Niinhän ne yrittivät.

– Voi jumalauta, jos olisi tullut se päivä, kun olisin nähnyt vastapuolen todistajana Jaana Lindegrenin.

– Ei tule sitä päivää. Kerran kyttä, aina kyttä.